Andrea Isari
Römische Rache

Zu diesem Buch

Die Oktobersonne scheint sanft vom Himmel, und Leda Giallo döst zufrieden im Liegestuhl, als ihr Sohn Marco aufgeregt aus dem Fußballstadion kommt. Während des Spiels haben Neofaschisten ungehindert ihre Meinung kundgetan, und danach ist es zu handfester Randale gekommen. Dabei ist Marcos bester Freund zwischen die Fronten geraten und lebensgefährlich verletzt worden. Kurz darauf wird der Anführer der rechten Schlägertrupps erschlagen in einem römischen Park aufgefunden. Am Tatort findet sich ein rätselhafter Hinweis, ein in den Sand gezeichneter Buchstabe. Während Leda und ihr Team ermitteln, geschieht ein zweiter Mord: Franco Bardi, Eigentümer eines Immobilienimperiums, wird von seiner Putzfrau tot in seinem Bett entdeckt. Auch diesmal hat der Täter einen Buchstaben hinterlassen. Weil die Nachforschungen zu keinem Ergebnis führen, wird Leda zu ihrem großen Ärger die Leitung des Falls entzogen. Da findet man eine alte Frau in ihrer Wohnung in Trastevere – erstickt. Und wieder einen Buchstaben. Die eigenwillige römische Kommissarin beginnt auf eigene Faust zu ermitteln und stößt auf unvermutete Verbindungen zwischen den drei Toten …

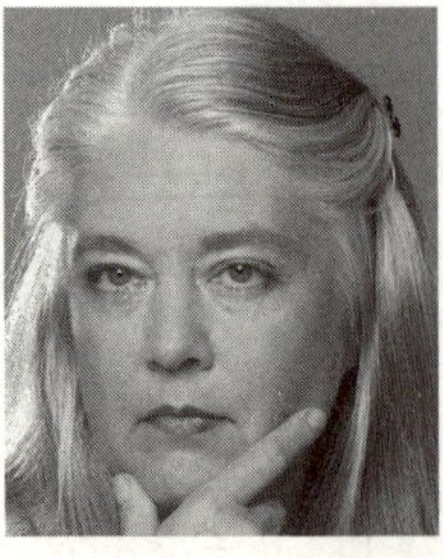

Andrea Isari, geboren 1954 in Koblenz am Rhein, ist Volljuristin und war jahrelang als politische Journalistin in Rio de Janeiro, Bonn und Rom tätig. Nach »Römische Affären«, »Eine Arie für die Diva« und »Letzter Tanz am Tiber« ist »Römische Rache« der vierte Fall der Kommissarin Leda Giallo.

Andrea Isari

Römische Rache

Ein Leda-Giallo-Krimi

Piper München Zürich

Von Andrea Isari liegen bei Piper im Taschenbuch vor:
Römische Affären
Eine Arie für die Diva
Letzter Tanz am Tiber
Römische Rache

Mix
Produktgruppe aus vorbildlich bewirtschafteten Wäldern und anderen kontrollierten Herkünften
www.fsc.org Zert.-Nr. GFA-COC-1223
© 1996 Forest Stewardship Council

Originalausgabe
Oktober 2007

Umschlag: Büro Hamburg, Heike Dehning, Stefanie Levers
Bildredaktion: Alke Bücking, Charlotte Wippermann, Daniel Barthmann
Umschlagfoto: Heike Dehning
Autorenfoto: Ulrike Hölzinger-Deuscher
Satz: Filmsatz Schröter, München
Papier: Munken Print von Arctic Paper Munkedals AB, Schweden
Druck und Bindung: Clausen & Bosse, Leck
Printed in Germany ISBN 978-3-492-25093-1

www.piper.de

I

Michele Borghese lief, so schnell er konnte. Er war gut trainiert, sehr gut sogar. Viel besser als der Uniformierte, der versuchte, ihn einzuholen. Der hatte mit seinen Stiefeln keine Chance gegen ihn. Michele war clever genug gewesen, Turnschuhe statt Springerstiefel anzuziehen. Er würde entkommen, wie immer. Noch vor ein paar Monaten hätte er das als einen weiteren Sieg über die Staatsmacht gewertet, diesen Nachmittag als einen einzigen Triumph für sich und seine Leute eingestuft. Ihn als eine Aufforderung des Schicksals gesehen, diesen besten Weg aller Wege zur Veränderung des Landes zu gehen.

Der Auftritt seiner Leute war von mindestens zwanzig Fernsehkameras im Olympiastadion übertragen worden. Denn er hatte es wieder einmal geschafft, sie in der ersten Reihe zu platzieren. Damit sie ihre Fahnen in voller Breite über die Balustrade hängen konnten: die mit dem Mussolini-Adler in die Mitte, rechts daneben die mit dem Hakenkreuz und ganz links die mit dem keltischen Kreuz, das von einem Kreis umgeben war. Das Transparent war auch erstklassig gewesen: »Got mit uns« stand darauf, ein alter Nazispruch. Sie hatten es das ganze Spiel hindurch in den oberen Reihen hochgehalten. Dass Gott eine falsche Orthografie ereilt hatte, fiel Michele so wenig auf wie seinen Kameraden. Ihre Verehrung für die Nazis ging nicht so weit, dass sie auch deren Sprache erlernt hätten.

Mortacci! Was für ein Pfeifkonzert war auf den Rängen des Stadions angestimmt worden, als sie die Flaggen und Transparente aufspannten. Das Spiel war minutenlang in den Hintergrund getreten. Im Mittelpunkt des Interesses hatten allein sie gestanden. Und dann Gianni Amantini, die

Nummer neun der heimischen Fußballmannschaft, der nach dem Abpfiff sogar den »römischen Gruß« entrichtet hatte, den Gruß aller wahren Italiener. Buhrufe, aber auch eine Jubelwelle der Zustimmung waren durch die Arena gerollt. Niemand von den Sicherheitskräften hatte ihre Aktion verhindert oder auch nur den geringsten Versuch unternommen, sie zu verhindern. Es war ein Kinderspiel gewesen, bei den Eingangskontrollen die Symbole ihres politischen Kampfes ins Stadion zu bringen. Michele hatte die richtigen Leute in die Riege der Ordner eingeschleust. Eilig hatten sie nach der Beendigung des Spiels ihre Fahnen unter erneuten Buhrufen der Massen eingerollt und waren – vorbei an grinsenden Ordnern – friedlich aus dem Stadion gezogen.

Draußen vor dem Haupteingang hatten sie sich wieder versammelt. Unter den Hemden waren die Baseballschläger versteckt. Falls es doch zu Übergriffen oder zu Provokationen durch die linken Zecken kommen sollte. Und dann hatten diese tatsächlich losgepöbelt, das Maul voll genommen, blödes Zeug über die Demokratie gefaselt und dass Italien vom Faschismus die Schnauze voll hätte. Beleidigungen waren durch die Luft geflogen.

Doch das brauchten sie sich nicht gefallen zu lassen! Bei Kamerad Clemente war eine Sicherung durchgebrannt. Er hatte einer dieser Kommunistenzecken mit der blanken Faust ins Gesicht geschlagen. Die Zecke hatte das Konterfei Che Guevaras auf dem Hemd getragen, rot-grün gefärbte Haare gehabt und mit Piercings an Ohren, Nase und Lippe furchterregend ausgesehen. Ein garantiert gewalttätiger Typ. Und tatsächlich, er hatte zurückgeschlagen, dass es Clemente beinahe den Kopf weggerissen hätte.

Das war der Auftakt für die große Prügelei gewesen. Blitzschnell waren die Kameraden mit den Baseballschlägern zur Stelle gewesen, um Notwehr zu üben. Bis die Bullen sich formiert hatten, war schon beinahe alles vorbei gewesen.

Seine Kameraden hatten mindestens zehn von diesen linken Typen fertiggemacht. Das reichte, und Michele hatte laut gepfiffen – das Zeichen, sich schleunigst aus dem Staub zu machen. Festnahmen gab es jedes Mal, das war nicht weiter schlimm. Nach ein paar Stunden Verhör und schlechter Behandlung bei der Polizei kamen sie wieder raus. Das gehörte zur Revolution.

Micheles Trick für ein ungehindertes Durchdringen der Polizeireihen war es, sich ein blaues Hemd über das schwarze Kampfhemd zu ziehen und so zu tun, als wäre er nur zufällig in die Prügelei hineingeraten. Bis die Bullen begriffen, dass gerade der Anführer der Rechten an ihnen vorbeiging, dauerte es jedenfalls. Auch heute hatte er diesen Vorsprung genutzt und war abgehauen. Darauf dass die Polizisten langsamer waren als er selbst, war Verlass. So wie jetzt.

Michele schaute sich um: Der Abstand zu dem Bullen wurde immer größer, und er selbst war noch längst nicht am Ende seiner Kräfte. Wenn er das Tempo halten konnte, würde er noch zehn Minuten bis zu Clarettas Wohnung brauchen. Dort war er sicher.

Während er rannte, dachte er darüber nach, dass ihn das alles eigentlich langweilte. Seit er Claretta kannte, hatte sich so vieles bei ihm geändert. Vorhin im Stadion hatte er sich sogar bei dem Gedanken ertappt, dass ein freier Nachmittag mit ihr zusammen vielleicht schöner gewesen wäre als der Auftritt im Stadion mit den grölenden Kameraden. Zumal er sich zunehmend nach dem Zweck seines Einsatzes an der Front fragte. Seit sieben Jahren begleitete er mit dem Fanclub die Mannschaft, von Stadt zu Stadt, von Fußballspiel zu Fußballspiel, und immer gelang es ihnen, ihre Überzeugung zu demonstrieren. Für Michele und seine Kameraden ein eindeutiges Zeichen dafür, dass die Fußballclubs die Zeichen der Zeit erkannt hatten. Man ließ sie gewähren – nicht nur, weil sie die treuesten Anhänger ihrer Clubs waren, sondern auch, weil die Clubleitung und viele der Besucher ihre politische Einstellung teilten: Dem linken Gesocks musste endlich wieder eine Alternative entgegengesetzt werden. Schluss mit der politischen Toleranz, die Italien unregierbar machte! Schluss mit den Ausländern, die nichts als Kriminalität ins Land brachten und ihnen, den wahren Italienern, die Arbeitsplätze wegnahmen!

Doch er war innerlich müde geworden, und seine Interessen verlagerten sich allmählich. Immer öfter schenkte er Claretta und seinem Beruf bei der Firma IT-Services mehr Aufmerksamkeit als seinen Kameraden. Er fand es manchmal sogar primitiv, was sie taten. Und das Einschwören der anderen auf die immer gleichen Parolen kam ihm hohl vor. Aber wie sollte ausgerechnet er, der Chef der neofaschistischen Fußballfans im Latium, seinen mangelnden Enthusiasmus vor den anderen begründen? Er, der sie alle auf den Kampf eingeschworen hatte? Einen Rückzug würden sie ihm schwer verübeln, sie würden Rache an ihm üben, so wie er es sie immer gelehrt hatte.

Michele begann zu schwitzen. Bald lief ihm das Wasser in die Augen und brannte. Deshalb sah er im ersten Moment auch nicht den Wagen seines Kameraden Antonio, der langsam und hupend neben ihm herfuhr. Doch dann erkannte er ihn und sprang hinein. Er ließ sich in die Nähe von Clarettas Wohnung bringen. Die letzten Meter ging er zu Fuß. Niemand von seinen Kameraden sollte wissen, dass es sie gab, dass er sie liebte. Sie gehörte zu seinem anderen Leben.

Sie wartete schon auf ihn, glücklich, endlich einmal sonntags ungestört mit ihm zusammen sein zu können. Ihre Eltern waren mit dem jüngeren Bruder Simone am frühen Morgen zu Verwandten aufs Land gefahren. So hatten sie die Wohnung bis in die späten Abendstunden für sich allein.

Michele duschte und schaute sich dann in ihrem Zimmer die Fernsehberichterstattung über das Spiel an. Wieder und wieder wurden seine Leute mit den Fahnen im Stadion und dann bei der Prügelei auf dem Vorplatz gezeigt. Der Präsident des Fußballclubs tat so, als sei er empört über das, was sich die Faschisten erlaubt hätten. Das Ansehen des Clubs leide darunter, und vor allem der »Ave-Gruß« Gianni Amantinis sei völlig deplatziert gewesen. Der Rechtsextremismus und die Politik im Allgemeinen hätten in den Stadien nichts verloren. Er werde dafür sorgen, dass die Sicherheitskräfte in Zukunft rigoros durchgreifen würden.

In diesem Moment kam Claretta mit einem Tablett herein.

»Was war denn los?«, fragte sie.

»Großes Politspektakel. Es ging rund. Stört es dich, wenn wir noch ein paar Minuten schauen?«

Claretta runzelte zwar die Stirn, setzte sich dann aber zu ihm aufs Bett.

Der Schiedsrichter wurde befragt, warum er das Spiel nicht unterbrochen habe, bis die Fahnen und Spruchbänder wieder verschwunden waren. Darauf hatte dieser nur lakonisch erwidert, er sei für das Spiel zuständig und nicht für politische Fragen. Das sah der Regierende Bürgermeister Roms anders und kündigte an, wenn so etwas noch einmal geschehe, werde das Olympiastadion eine Saison lang für die Heimspiele der beiden römischen Mannschaften gesperrt.

Als Michele das hörte, lachte er laut und meinte: »Das sagen die jedes Mal nach einer Aktion, und nie passiert etwas.«

Den Finger hielt er immer drückbereit auf dem Ausknopf der Fernbedienung, für den Fall, dass sein Bild im Fernsehen erscheinen sollte. Claretta hatte nur eine ungefähre Ahnung von seinen Umtrieben, und so sollte es auch bleiben. Sie war seine Insel der Normalität. Sie interessierte sich weder für Fußball noch für Politik. Er hatte sich schon immer so weit wie möglich im Hintergrund gehalten, um die Strippen erfolgreich und ungestört ziehen zu können. Unter den Faschisten galt er wegen seines Organisationsgeschicks landesweit als Held. Dieser Ruhm hatte Michele immer gereicht. Er brauchte den öffentlichen nicht. Und wenn er mal im Fernsehen erschien, störte es ihn. Da war er ganz anders als die Kameraden, die sich dann unheimlich wichtig fühlten.

Als Claretta sich jetzt an ihn schmiegte und wie ein kleines Kätzchen schnurrte, stellte er den Fernseher aus. Lachend zog er sie an sich und schwor ihr, in Zukunft die Sonntage nur noch mit ihr zu verbringen. Sie nickte mit glänzenden Augen, und er küsste sie leidenschaftlich.

II

Die Oktobersonne schien sanft vom Himmel. Die winzigen Blüten des Jasminbuschs verströmten einen wunderbaren Duft. Leda Giallo dämmerte im Liegestuhl auf dem Balkon vor sich hin und genoss ihren freien Sonntag. Seit geschlagenen drei Stunden war sie allein in der Wohnung, und nicht einmal das Telefon rührte sich. Von irgendwoher trug ein leichter Wind den unverwechselbaren Sprechgesang Paolo Contes an ihr Ohr: »Via, via, vieni via con me … tschips, tschips, datiduti tschibum«. Leise singend wippte sie mit den Füßen zum Rhythmus und fühlte sich eins mit dem Leben.

Sie hatte erreicht, was sie wollte: Ihren Kindern ging es gut. Flavia, die Ältere, bereitete sich auf das Abschlussexamen an der Universität vor, was sie ohne Zweifel mit besten Noten bestehen würde. Sie wohnte die meiste Zeit bei ihrem Freund Alessandro, sodass ihr Zimmer in Ledas Wohnung quasi unbenutzt blieb. Marco, der Jüngere, hatte im Frühjahr sein Abitur bestanden, war gerade von einem längeren Aufenthalt bei seinem Vater in Madrid zurückgekommen und wollte Architekt werden.

Dann gab es noch Paolo Sinibaldi, ihren Lebensgefährten. Seit einiger Zeit bezeichnete Leda ihn so, genau genommen seit seinem Einzug in ihre Wohnung. Zwölf Jahre ihrer Beziehung hatte Paolo bei seiner Mutter gelebt, der Witwe Agata Sinibaldi, dort, wo er aufgewachsen war. Doch dann hatte die rüstige Dame im zarten Alter von über achtzig Jahren beim Tanzen einen neuen Partner gefunden und ihren Sohn zum Ausziehen gedrängt. Die beiden Alten wollten ihr spätes Glück allein genießen. Paolo, entsetzt über den Verlust des Hotels Mamma, war zunächst »übergangsweise«

bei seiner Dauergeliebten Leda eingezogen, um sich von dort aus eine eigene Wohnung zu suchen. Doch die hatte er bis jetzt nicht gefunden oder, wie Leda und ihre Kinder vermuteten, nicht finden wollen, sondern sich stattdessen ausgesprochen harmonisch in das Familienleben der Giallos eingefügt.

Und außerdem verlief ihre Karriere glatt, wenn nicht sogar glänzend. Als Leiterin der römischen Mordkommission verzeichnete sie Erfolge und hielt im ganzen Land Fachvorträge über ihre Arbeit. In den lokalen und überregionalen Medien wurde sie als »Rote Kommissarin« gefeiert. Diesen Spitznamen hatte ihr der karottenrote Lockenkopf eingetragen. Sie musste sich eingestehen, dass ihr diese bescheidene Berühmtheit – nach anfänglicher Unsicherheit – gefiel. Sie schmeichelte ihrem Ego. Zweifelsohne war sie die bekannteste Polizistin Roms. Polizeipräsident Alberto Libero hatte begriffen, wie sehr Ledas Popularität ihm selbst nutzte, denn an ihrem Beispiel konnte er die Effizienz der staatlichen Polizeiarbeit in der Hauptstadt vorführen. Nicht ohne Grund unterstützte er sie, wo er nur konnte.

Letzte Woche hatte sie aus Mailand das Angebot erhalten, die dortige Leitung der Mordkommission zu übernehmen. Gute Bezahlung, hoch qualifizierte Kollegen und die Aussicht auf die Mitarbeit in international operierenden Teams – alles hatte dafür gesprochen, das Angebot anzunehmen. Warum nicht mal einen Wechsel wagen?, hatte sie sich gedacht.

Doch als sie mit Paolo darüber sprach, machte sich blankes Entsetzen auf seinem Gesicht breit. Erst habe Mutter Agata ihn vor die Tür gesetzt, und er habe sich mit Mitte fünfzig »mühsam« an das neue Leben gewöhnen müssen, und ausgerechnet dann wolle Leda ihn verlassen. Denn mitkommen könne er nicht, weil er dort in seinem Alter keinen adäquaten Job als Polizeireporter bekomme. In Rom dagegen habe er einen Namen, sei unverzichtbarer Bestandteil seiner Zeitung, kenne die Verhältnisse aus dem Effeff und verfüge über die nötigen Beziehungen zu staatlichen Stellen wie zur Unterwelt. Auch Ledas Argument, dass er in Mailand Tausende von neuen Restaurants ausprobieren könne, hatte seine Wirkung verfehlt. Das lukullische Angebot Roms reichte ihm vollkommen. Er sei ein Kind dieser Stadt und ertrüge den Mailänder Nebel nicht, ebenso wenig wie die dortige Winterkälte, hatte er Leda klipp und klar gesagt.

Damit hatte er ihr im Grunde genommen aus dem Herzen gesprochen. Doch konnte es durchaus im Interesse ihres Arbeitgebers liegen, dass sie für einige Zeit im Norden des Landes tätig wurde. Deshalb erörterte sie die Frage offen mit ihrem Chef. Früher oder später hätte Libero ohnehin von der Offerte erfahren oder wusste gar schon davon, denn er war eng mit seinem Mailänder Amtskollegen befreundet.

Libero schien tatsächlich nicht sehr erstaunt zu sein, als Leda ihm die Situation schilderte. Er hatte der Hauptkommissarin gratuliert und ihr prompt in Aussicht gestellt, von ihrer jetzigen Position aus auch international zu arbeiten, und ihr zudem versprochen, im komplizierten Netzwerk von Sonderzuschlägen ein paar zusätzliche Euros für ihren Geldbeutel aufzutreiben. Außerdem habe er sie als Beraterin für einen neuen Ausschuss des italienischen Parlaments zu Fragen der Kriminalprävention vorgeschlagen. Die erste Frau in einer solchen Rolle, da könne sie doch jetzt nicht nach Mailand gehen. Und überhaupt, das Wetter dort, kein Strand in der Nähe. Ob ihr klar sei, was sie erwarten würde?

Tags darauf hatte sie in Mailand angerufen und abgesagt. Die Berufung zur Parlamentskommission lag inzwischen vor, und Libero hatte Sonderzuschläge von fast dreihundert Euro monatlich aufgetrieben.

»Tschips, tschips, datiduti tschibumbum …«, summte sie zufrieden vor sich hin. Es ging ihr richtig gut.

Sie musste eingeschlafen sein, denn als Marco nach ihr rief, sang Conte gerade »Un gelato al limon«, und die Sonne stand tiefer.

»Ich bin auf dem Balkon, bring mir bitte ein Glas Wasser mit«, antwortete sie.

Als Marco vor ihr stand, bekam sie einen Mordsschrecken. Sein Gesicht war geschwollen, und über dem linken Auge klebte ein großes Pflaster. Den rechten Arm trug er in einer Schlinge. Leda sprang auf.

»Dio, was ist denn passiert? Hattest du einen Unfall?«

»Die sind mit Baseballschlägern auf uns losgegangen!«

»Wer, warum?«

»Die Faschisten im Fußballstadion. Hast du das nicht im Fernsehen gesehen oder im Radio gehört? Ein Riesenskandal, und das Spiel wurde nicht mal abgebrochen! Ich bin noch glimpflich davongekommen. Andere hat's viel schlimmer erwischt«, erklärte Marco ihr. Das Sprechen fiel ihm sichtlich schwer. »Andrea haben sie mit einer Gehirnerschütterung im Krankenhaus behalten. Er hat mit dem Schläger voll einen auf den Kopf bekommen und ist bewusstlos zusammengebrochen. Erst dachten die Ärzte, er hätte einen Schädelbasisbruch, und haben ihn geröntgt. Aber auf dem Bild war nichts zu sehen. Wir haben seine Eltern angerufen, die sind jetzt bei ihm.«

Leda war außer sich. »Und was hast du genau? Komm, setz dich erst mal. Soll ich dir was zu trinken holen?«

Marco nickte und ließ sich vorsichtig auf einem der Stühle nieder.

»Fa male? Tut's weh? Willst du dich hinlegen?«

Marco nickte, und Leda strich dem Jungen vorsichtig über den Kopf. Dann ging sie in die Küche und bereitete ihm ein

Glas Wasser, so wie er es liebte: mit Eis und einer Scheibe Zitrone. Außerdem nahm sie Eiskompressen aus dem Tiefkühlfach und holte aus dem Bad ein Handtuch. Als sie zurückkam, lag er im Liegestuhl und stöhnte leise. Gierig trank er das Glas leer. Vorsichtig legte Leda ihm das Handtuch mit dem Eis auf die geschwollene Backe.

»Was haben die Ärzte gesagt? Haben sie dich geröntgt?«

»Ja, ist aber nix gebrochen. Der Arm ist nur verstaucht. Ich hatte eine Platzwunde an der Augenbraue. Die haben sie erst ganz wegrasiert und dann genäht. Vier Stiche, ohne Betäubung. War gar nicht so schlimm.«

»Warum hast du mich denn nicht angerufen, damit ich dich abhole?«

»Du warst so froh, ausnahmsweise deine Ruhe zu haben. Mit dem Taxi ging's doch auch gut. Ich bin ja nicht wirklich verletzt. Nur ein paar Schrammen.«

»Wo ist Paolo?«, erkundigte sich Leda. Er war schließlich mit Marco gemeinsam ins Stadion gefahren, um dieses – aus welchen Tabellenranggründen auch immer – wahnsinnig wichtige Fußballspiel zu sehen.

»In der Redaktion. Schönen Gruß, er ruft später an. Er hat Andrea und mich ins Krankenhaus gebracht und die ganze Zeit die Ärzte herumgescheucht. Echt toll, die hätten uns sonst nie so gut und schnell behandelt. Er wollte mich noch heimbringen, aber ich hab dann lieber das Taxi genommen, weil er es so eilig hatte und schreiben musste.«

Just in diesem Moment klingelte das Telefon, und Paolo war dran.

»Wie geht es Marco? Hat er Kopfschmerzen?«

»Er sieht furchtbar aus. Was haben die Ärzte zu dir gesagt?«

»Er soll wegen der Wunde über dem Auge ein bisschen Ruhe halten und den Arm ein paar Tage schonen. Du brauchst dich nicht aufzuregen. Aber Andrea geht es sehr schlecht. Ich habe gerade mit dem Krankenhaus telefoniert. Er liegt im Koma, sie vermuten eine Hirnblutung. Im Moment machen sie eine Computertomografie. Wahrscheinlich müssen sie notoperieren. Das sieht nicht gut aus. Gibst du mir bitte Marco? Ich muss mit ihm reden.«

Leda trug das Telefon zu ihrem Sohn auf den Balkon. Sie war kreidebleich.

»Was ist los?«, wollte Marco wissen. Wortlos hörte er Paolo zu. Dann ließ er den Hörer sinken und schaute seine Mutter an: »Ich will hin. Er ist doch mein Freund. Mamma, er darf nicht sterben, ich muss ihm das sagen.«

Schweigend suchte Leda Handtasche und Autoschlüssel zusammen und fuhr mit Marco ins Krankenhaus. Andrea befand sich bereits im Operationssaal, seine verzweifelten Eltern warteten auf dem Gang. Seine Mutter betete laut und nahm die beiden gar nicht wahr. Dem Vater liefen Tränen übers Gesicht, als er Marco erklärte, dass Andreas Chancen, den Eingriff zu überleben, äußerst gering seien. Leda sah, wie Marco um Fassung rang. Sie nahm ihn wie ein kleines Kind an der Hand, führte ihn zu einer Holzbank, setzte sich neben ihn und schloss ihn fest in ihre Arme. Da begann er zu schluchzen.

Sie warteten stundenlang. Marco berichtete detailgenau, wie sie zufällig auf dem Weg aus dem Stadion in die Prügelei hineingeraten waren, wie einer von den kurzhaarigen Schwarzhemden mit dem Baseballschläger auf Andrea losgegangen war.

»Würdest du ihn wiedererkennen?«, fragte Leda.

»Ich glaube schon«, meinte Marco.

»Dann lass uns ins Polizeipräsidium fahren und die Karteien durchschauen«, schlug sie vor.

»Nein, ich bleibe hier.«

Da war nichts zu machen, Marco würde nicht von Andreas Seite weichen.

Leda ertrug diese Untätigkeit nicht. Diese rechtsradikalen Schläger mussten aus dem Verkehr gezogen werden, und zwar sofort. Sie rief in der Questura an.

Kommissar Fabrizio Roncalli kam aus dem Polizeipräsidium und saß eine knappe Stunde später neben Marco auf der Holzbank. Auf dem Bildschirm seines Laptops betrachtete Marco einen rechtsradikalen Fußballfan nach dem anderen. Zuerst diejenigen, die nach dem heutigen Spiel festgenommen worden waren, zwölf an der Zahl. Unter ihnen konnte Marco den Täter nicht entdecken. Dann die übrigen, die der gewalttätigen rechten Fußballszene der Stadt zugerechnet wurden. Plötzlich zeigte Marco auf einen der Männer auf dem Bildschirm.

»Ich glaube, das ist er.«

»Antonello Faiola, einundzwanzig Jahre alt, arbeitslos, ohne abgeschlossene Ausbildung, gilt als leicht erregbar und äußerst gewalttätig. Hat schon zweimal wegen Körperverletzung gesessen«, fasste Roncalli zusammen. »Ein guter Bekannter für uns. Einer von denen, die nichts zu verlieren haben, weil sie noch nie etwas hatten. Ein Hirn so groß wie das eines Spatzen, wenn überhaupt. Dafür Muskeln wie Fußbälle. Eine wandelnde Bombe. Williger Handlanger für militante Einsätze des Foro 11 punto 2, das ist eine faschistische Organisation. Er haust in unsäglichen Verhältnissen bei seiner Mutter im Quartiere della Magliana. Sind Sie zu einer Gegenüberstellung bereit?«

Marco nickte erschöpft.

»Gehören Sie selbst einer politischen Gruppierung oder einem Fanclub an?«, wollte Roncalli wissen.

»Nein, ich bin weder Anhänger der Rechten noch der Linken, und Mitglied eines Fanclubs bin ich auch nicht«, antwortete Marco entschieden. »Und wenn die in den Stadien weiter diese Neofaschisten reinlassen, gehe ich nicht mehr zu den Spielen hin, nicht mal zum Derby. Die machen einem den ganzen Spaß am Fußball kaputt.«

Dann wandte sich Roncalli an Andreas Eltern, ließ sich ein paar Informationen über ihren Sohn geben und verschwand mit den Worten: »Den Faiola holen wir uns. Diesmal wandert er für länger in den Knast, da können Sie sich drauf verlassen. Arrivederci.«

Andreas Operation dauerte Stunden. Sein Zustand hing am seidenen Faden, als er im tiefen Koma auf die Intensivstation gebracht wurde. Nur seine Eltern ließ man zu ihm.

Als Leda und Marco am späten Abend nach Hause kamen, hatte Paolo ihnen liebevoll Salat zubereitet. Doch der Appetit war ihnen vergangen. Statt zu essen, schauten sie sich im Fernsehen eine Sendung an, die die Vorkommnisse im und am Olympiastadion beleuchtete. Politisch korrekt wurden sie von allen Teilnehmern der Gesprächsrunde wortreich verurteilt. Als aber die Frage nach konkreten Gegenmaßnahmen auftauchte, war man sich uneinig.

Auch zwischen Leda, Paolo und Marco entfachte sich eine Diskussion über den Umgang mit radikalen politischen Gruppen. Paolo warf der Polizei und den verantwortlichen Organisatoren der Fußballspiele vor, den gewalttätigen Umtrieben der Neofaschisten nicht rigoros genug entgegenzutreten.

»Und dass dann noch Identifikationsfiguren wie dieser Gianni Amantini ungestraft ihren Arm zum Faschistengruß heben dürfen, ohne aus der Mannschaft zu fliegen, ist ungeheuerlich. Das hat mit politischer Meinungsvielfalt innerhalb einer Demokratie nichts mehr zu tun!«

»Du sagst es«, stimmte Marco ihm zu. »Die werden aber trotzdem untätig bleiben, weil die Faschisten angedroht haben, den Spielen fernzubleiben, falls ihre Fahnen und Transparente verboten werden sollten. Und die Anzahl ihrer Anhänger in den Fanclubs ist nun mal groß. Der finanzielle

Ausfall wäre also enorm. Die sind geschickt, das muss man ihnen lassen. Sie haben die Themen Fußball und Politik perfekt verknüpft. Und da Mussolinis Nachfolger bis heute sogar im nationalen Parlament mitreden, können ihre radikalen Untergruppierungen schalten und walten, wie sie wollen. Denen tut so schnell niemand etwas!«

»Du willst doch wohl nicht behaupten, dass die staatlich legitimierte Randale machen?«, meinte Leda empört.

»Doch, genau das tun sie.«

»Ich gebe Marco absolut recht«, nickte Paolo. »Denn säßen die Post-, Neo- oder anderen Faschisten nicht in den Parlamenten unserer wunderschönen Republik, würde den jungen Krawallmachern der Riegel vorgeschoben, und zwar sofort.«

III

Antonello Faiola wurde noch in derselben Nacht festgenommen. Am nächsten Tag kam Marco ins Präsidium und erkannte in ihm eindeutig den Mann, der Andrea so brutal niedergeschlagen hatte.

Nach der Gegenüberstellung, bei der Marco durch eine reflektierende Scheibe geschützt war, damit der Beschuldigte ihn nicht sehen konnte, passierte eine Panne. Gerade als Ledas Sohn den Raum verließ, führte man auch Faiola heraus. Als dieser Marco sah, identifizierte er ihn sofort als seinen Verräter.

»Ich kriege dich! Das wirst du mir büßen!«, tobte er und wollte auf Marco losgehen. Die beiden Wachen hatten alle Mühe, ihn festzuhalten. Aus dem Augenwinkel bemerkte Marco einen jungen Mann, der wie zufällig auf dem Flur stand und die Szene beobachtete. Als Marco an ihm vorbeiging, zischte der Unbekannte: »Faiola hat recht. Wir kriegen dich. Verräter werden von uns hart bestraft.«

Daraufhin drehte er sich um und ging seelenruhig Richtung Ausgang. Marco blieb vor Schreck wie gelähmt stehen und lief dann zum Büro seiner Mutter, das zwei Stockwerke höher lag. Doch es war leer. Im Nebenzimmer fand er Ugo Libotti, Ledas engsten Mitarbeiter, und die junge Kollegin Raffaella Valli. Beide kannten Marco und begrüßten ihn herzlich.

»Dio, du siehst ja schlimm aus. Tut's weh?«, erkundigte sich Raffaella mitleidig.

»Tut zwar weh, aber geht schon.«

»Wie war's unten? Hast du den Typen eindeutig identifiziert?«

»Ja. Leichte Sache. Der stand ja gestern direkt vor mir, als er Andrea zusammenschlug. Solche Leute merkt man sich natürlich.«

»Und wie geht es deinem Freund?«, wollte Ugo wissen.

»Schlecht. Sie wissen immer noch nicht, ob er durchkommt. Wo ist Mamma?«

»Beim Chef. Sie war euretwegen so aufgebracht, dass sie jetzt beim Polizeipräsidenten ein anderes polizeiliches Vorgehen gegen die Faschisten bewirken will. Und wie ich sie kenne, schafft sie das auch. Sie sitzt schon über eine Stunde bei ihm, und hier läuft das Telefon heiß. Da siehst du mal, was ihr bewirkt habt«, meinte Ugo tröstend.

»Das finde ich gut, nur der Preis dafür scheint mir ein bisschen hoch zu sein. Muss erst der beste Freund des Sohnes einer bekannten Kommissarin halb totgeschlagen werden, damit ihr das Problem in seiner gesamten Dimension erkennt? Traurig, kann ich da nur sagen. Was machen Leute ohne eine berühmte Mamma, die irgendwann mal kapiert, was in ihrer eigenen Stadt eigentlich abgeht?«

Raffaella und Ugo schauten ihn bestürzt an und schwiegen. So aggressiv kannten sie Marco nicht.

»Entschuldigung, war ein bisschen dicke. Ich meine ja auch nicht euch direkt, sondern die Polizei im Allgemeinen. Euer Zuständigkeitsgebiet wird's ja erst, wenn Andrea stirbt. Tut mir leid, ich bin momentan nicht so gut drauf.«

»Ist schon gut. Du hast ja auch recht. Da muss etwas passieren«, meinte Raffaella versöhnlich. »Möchtest du ein Glas Wasser oder einen Kaffee?«

Marco nickte. »Gern ein Wasser.«

Dann erzählte er den beiden, was er soeben auf dem Flur vor dem Gegenüberstellungsraum erlebt hatte.

»Das klingt gar nicht gut«, meinte Ugo mit gerunzelter Stirn und griff zum Telefon. »Ciao, Roncalli. Hier ist Libotti. Ihr habt da unten geschlampt. Jetzt steckt Marco Giallo in der Tinte.«

Drei Minuten später stand Roncalli im Büro und entschuldigte sich überschwänglich bei Marco. Es sei unglaublich, dass dieser Typ überhaupt durch die Eingangskontrolle gelangen konnte, denn dieser Bereich des Polizeipräsidiums sei eigentlich für den Publikumsverkehr gesperrt.

»Wahrscheinlich ein Insider, der selbst schon bei Gegenüberstellungen vor der Scheibe gestanden hat und die Räumlichkeiten kennt. Wir müssen seine Drohung auf jeden Fall ernst nehmen. Würden Sie sich bitte unsere Dateien noch einmal anschauen, damit wir ihn vielleicht finden?«

Während Marco aufmerksam Bild für Bild auf Ugos Computer betrachtete, fiel ihm auf, dass Roncalli das gleiche Rasierwasser benutzte wie der junge Mann auf dem Flur. Dieser kräftig-herbe Duft war ihm sofort unangenehm gewesen. Ihm wurde übel, und er stand auf.

»Ich brauche eine kurze Pause. Ist doch in Ordnung, oder?«

»Kommen Sie. Es sind nur noch wenige Fotos. Das schaffen Sie schon«, meinte Roncalli, bleckte seine gelben Zähne und versuchte sich in einem Lächeln. Sein Atem, der aus den tiefsten Gründen seiner Raucherlunge zu kommen schien, verstärkte Marcos Übelkeit. Er wandte den Kopf ab, holte tief Luft und schaute nickend zurück auf den Bildschirm. Schließlich ging es um seine Sicherheit. Aber er fand den Mann nicht. Roncalli öffnete die nächste Datei.

»Da sind die uns bekannten Mitglieder der verschiedenen faschistischen Bewegungen, Gruppen und Grüppchen, die nichts mit Fußball am Hut haben oder darüber hinaus politisch aktiv sind. Die meisten wurden noch nie erkennungsdienstlich behandelt. Wir haben nur den Verdacht, dass sie an kriminellen Handlungen beteiligt sein könnten. Deshalb gibt es auch nur ›Zufallfotos‹ von ihnen. Darauf erkennt man die Leute meist schlechter. Schauen Sie selbst weiter? Ich muss eben auf die Toilette.«

Von wegen Toilette, rauchen willst du, dachte Marco und war froh, dass Roncalli ging.

Hoch konzentriert betrachtete er die Fotos, die alphabetisch nach Familiennamen der Verdächtigen geordnet waren. Bei den meisten waren auch Anschrift, Beruf und Arbeitgeber, Familienstand, Alter und soziales Umfeld vermerkt. Marco staunte, wie genau die Polizei über diese Männer informiert war.

»Woher wissen Sie das alles?«, fragte er Ugo.

»Wir haben Leute in der Szene, die undercover für uns arbeiten und Informationen liefern.«

»Kriegen die Geld dafür?«

»Ja, klar. Warum sollten sie es sonst tun? Manche sind sogar fest angestellte Polizisten. Die haben nur zeitweilig einen anderen Dienstort«, lachte Raffaella. »Ich war auch schon mal undercover fürs Drogendezernat unterwegs. Harte Sache.«

Das überraschte Marco, denn Raffaella sah überhaupt nicht aus wie eine Drogenabhängige oder eine Dealerin, sondern wirkte mit ihren langen schwarzen Haaren, ihrer dunkelblauen Jeans und einer frisch gebügelten weißen Bluse ausgesprochen gesund und gepflegt.

Sie hätte sein Fall sein können, wäre sie mit Ende Zwanzig nicht viel zu alt für ihn gewesen. Außerdem kam eine Polizistin keinesfalls infrage. Von seiner Mutter wusste er nur zu genau, dass diese Frauen nie Zeit hatten und ständig überraschend wegmussten. Vor allem aber hatten sie keine Ahnung vom Kochen. Zumindest war das bei seiner Mutter so.

In diesem Moment kam Leda herein.

»Ciao. Ist die Gegenüberstellung gut gelaufen? Hast du ihn erkannt?«

»Das schon, aber …« Noch einmal berichtete Marco, was im Flur schiefgelaufen war.

»Porca miseria«, rutschte es Leda raus. »Das klingt miserabel.«

»Eccolo, ich hab ihn«, verkündete Marco just in diesem Moment. »Michele Borghese. Fünfundzwanzig Jahre alt, Systemprogrammierer, arbeitet beim Computerservice-Unternehmen IT-Services, wohnt in der Via Capo d'Africa hinter dem Kolosseum. Trägt den Spitznamen ›Dux‹.«

»Dux?«, wiederholte Roncalli, der gerade ins Büro trat. »Den beobachten wir seit etwa einem Jahr verstärkt, weil er der Anführer des Foro 11 punto 2 ist, zu dem auch Faiola gehört. Er ist eher Ideologe als Gewaltmensch, hat aber einen Haufen Leute, die er prügeln und schießen lässt. Die Gruppe umfasst etwa sechzig Männer und ein paar Frauen. Borghese selbst ist ein absoluter Frauentyp, charmant, gut erzogen, großzügig.«

»Und benutzt das gleiche Rasierwasser wie Sie«, platzte es aus Marco heraus.

»Wie kommen Sie denn darauf?«

»Ich habe es gerochen, als er vor mir im Flur stand.«

»Aha«, meinte Roncalli. »Aber per Nase kriegen wir ihn wohl nicht, also müssen wir uns an andere Fakten halten.«

»Ist seine Drohung denn ernst zu nehmen, oder lässt er nur seine Muskeln spielen?«, fragte Leda besorgt.

»Dio, nein, der Typ meint, was er sagt. Wir hatten vor zwei Jahren nach langen Mühen einen unserer Undercover-Leute in die Gruppe eingeschleust. Er flog auf, und Borghese drohte ihm mit Rache. Eines Nachts wurde unser Mann so verprügelt, dass er nur knapp mit dem Leben davonkam. Die Täter haben wir nie erwischt, und Borghese stritt jegliche Beteiligung ab. Offiziell ist seine Weste blütenrein, bis heute hat er keine einzige Vorstrafe.«

»Und jetzt? Werde ich auf dem Heimweg erschlagen? Nur weil ihr diesen Borghese reingelassen habt?«, fragte Marco ungehalten, wobei er Roncalli wütend anstarrte.

»Calmati! Beruhige dich! Borghese weiß nicht, wer du bist, davon gehen wir erst einmal aus«, versuchte Leda ihn zu beruhigen. »Das heißt, er weiß nicht, wo du wohnst, was du machst. Wir stehen nicht im Telefonbuch. Wie soll er dich also finden? Trotzdem musst du von der Polizei geschützt werden. Er wird als Erstes versuchen, herauszufinden, wo du wohnst. Wahrscheinlich lungert er vor dem Präsidium herum und wartet, bis du herauskommst, um dir zu folgen. Das können wir unterbinden, indem Roncalli dich durch einen Nebenausgang hinausbringt und in einen unserer Wagen setzt, der dich nach Hause fährt. Nein, besser noch: Er bringt dich an eine andere neutrale Adresse. Wo wolltest du denn jetzt hin?«

»Ich bin mit Matteo verabredet, bei ihm zu Hause in Monteverde Vecchio. Wir wollten zu Andrea ins Krankenhaus fahren. Danach habe ich bis acht Uhr Hockeytraining und komme anschließend heim.«

Die Polizisten besprachen kurz, wie man Marcos Sicherheit gewährleisten könne. Falls Borghese irgendwo vor dem Präsidium wartete, sollte sich Ugo an seine Fersen hängen und feststellen, ob er Marco folgte, während Roncalli ihn wie geplant fortbringen würde. Falls Borghese ihnen nicht folgte, konnten sie davon ausgehen, dass er nichts von der Aktion gemerkt hatte und Marco vorerst in Sicherheit war.

Leda gab ihrem Sohn ein Telefonino, das so programmiert war, dass der Druck auf jede beliebige Taste eine Verbindung zu ihr herstellte. Sobald ihm irgendetwas merkwürdig vorkam, sollte Marco sie anrufen.

»Trag es bitte immer am Körper. Und geh sofort dran, wenn ich anrufe. Vor Andreas Krankenhauszimmer postieren wir jemanden, der dich zum Training begleitet. Vom Training nach Hause wird es ein anderer sein. Ich beschreibe dir die Kollegen vorher, und du solltest so tun, als wären es Freunde, die du zufällig getroffen hast. Wir beobachten genau, ob du verfolgt wirst«, erklärte Leda entschlossen und ruhig.

»Macht ihr das nur, weil ich dein Sohn bin?«

Raffaella machte ein zweideutiges Gesicht. »In diesem Fall werden wir jedenfalls besonders gründlich arbeiten. Denn wenn da was schiefgeht... Dio, den Krach mit der Chefin möchte ich nicht erleben«, meinte Raffaella mit einem Seitenblick auf Leda.

Während die Polizisten verschwanden, um nach Borghese Ausschau zu halten, wurde Marco fotografiert, damit die jeweiligen Kollegen für den Schutzeinsatz ein aktuelles Bild von ihm hatten.

Ugo entdeckte Borghese tatsächlich gegenüber dem Haupteingang, lässig an ein Motorrad gelehnt, mit einer Zeitung in der Hand, die er zu lesen vorgab. Dass Ugo ihn beobachtete, merkte er nicht. Denn ein Mann in normalem Straßenanzug, der telefonierend vor dem Haupteingang des Präsidiums stand, war nichts Besonderes.

»Er ist hier vor dem Haupteingang«, informierte Ugo seine Kollegen. »Ich halte weiter ein Auge auf ihn. Marco kann weggebracht werden.«

Leda gab ihrem Sohn zum Abschied einen Kuss und musste sich eingestehen, dass sie sehr nervös war. Doch er sollte es nicht merken.

»Jetzt wirst du wie ein Prominenter bewacht. Also, mach keine peinlichen Dummheiten, ich erfahre alles über dich«, meinte sie lachend.

»Vielleicht empfindest du Sachen als peinlich, die ich gar nicht so sehe«, gab Marco grinsend zurück.

Sobald er mit Roncalli das Büro verlassen hatte, rief Leda bei Ugo an.

»Sie sind gerade los. Ist Borghese noch da?«

»Ja, seelenruhig steht der Schönling bei seinem Vehikel, genießt die Blicke der Damen und lächelt hin und wieder eine huldvoll an. Wie ein klassischer Bösewicht sieht der wirklich nicht aus. Eher wie ein Casanova.«

»Das sind die Schlimmsten. Organisiere dir schon mal ein Motorrad, falls er sich doch noch in Bewegung setzen sollte.«

»Hier fahren genug von uns rum. Im Zweifel springe ich auf eines drauf. Keine Sorge, der entwischt uns nicht.«

Da klingelte Ledas Telefonino.

»Mamma, wir sind jetzt im Auto unterwegs, was ist mit Borghese?«

»Moment, ich habe Ugo gerade am anderen Telefon. Ugo, hörst du mich? Sie fahren jetzt. Bewegt er sich?«

»Nein, steht da und guckt auf die Uhr. Wird ihm wohl langweilig.«

»Hörst du, Marco? Borghese steht immer noch vor dem Haupteingang. Also ist alles in Ordnung.«

Per Telefon erfuhr Leda wenig später, dass Marco gut bei Matteo angekommen und ihnen niemand gefolgt war. Borghese hatte noch weitere zehn Minuten herumgestanden und war dann mit seinem Motorrad davongefahren. Sie hatten ihn erfolgreich abgehängt.

Als Marco nach dem Training unversehrt, aber mit der traurigen Nachricht nach Hause kam, dass es Andrea immer noch nicht besser gehe, war Leda unsäglich froh, ihn zu sehen. Sie hatte Angst um ihn und war entschlossen, dafür zu sorgen, dass er rund um die Uhr beschützt wurde. Und falls sie damit die Regeln für den allgemeinen Zeugenschutz überstrapazieren sollte – diesen Berufsvorteil wollte sie für ihr Kind nutzen.

IV

Michele Borghese wusste nicht genau, auf wen er wütender war: auf Antonello Faiola, der sich so dumm angestellt hatte, dass er jetzt im Knast saß, oder auf diesen Marco Giallo, der Antonello identifiziert hatte und Michele nun zwang, etwas zu unternehmen. Noch war er der Chef des Foro 11 punto 2, des »Forum 11 Punkt 2«. Die Zahlen standen für den elften und den zweiten Buchstaben des Alphabets, also ein M und ein B: Mussolini Benito, ihr Vorbild, ihr Führer. Es war damals Micheles Idee gewesen, sich so zu nennen, und sie waren stolz auf ihren Namen. Den Duce galt es vor dem falschen Licht der Geschichte zu verteidigen, genauso wie die Mitglieder der Gruppe.

Michele durfte seine Kameraden nicht im Stich lassen. Beklagten sie nicht immer den Mangel an Solidarität und Verantwortungsbewusstsein? Hatte nicht gerade das Fehlen gemeinsamer Ziele ihr Land und die Gesellschaft auf unkontrollierbare Abwege gebracht? Wenn er schon nicht die Verantwortung für sein Land trug, wie es der Duce in vorbildlicher Weise getan hatte, so musste er doch wenigstens für seine Leute eintreten. Wenn er sein Ausstiegsvorhaben demnächst tatsächlich umsetzte, dann sollten sie auf ihn stolz sein und wissen, dass er immer für sie da gewesen war. Das schuldete er den Kameraden und sich selbst. Deshalb musste er verhindern, dass dieses Polizistensöhnchen gegen Antonello aussagte. Einmal war Marco ihm entwischt. Ein zweites Mal sollte ihm das nicht gelingen.

Mitten in der Nacht schrillte in Ledas Wohnung das Telefon. Die Kommissarin hörte es als Einzige, denn wie üblich schliefen Paolo und Marco tief und fest.

Wer zum Teufel ist denn das?, dachte sie und tappte schlaftrunken dem Klingelton nach. Er kam von der Arbeitsplatte in der Küche, wo einer von ihnen das Telefon hatte liegen lassen.

»Pronto«, meldete sie sich.

»Commissaria Giallo, denken Sie wirklich, Sie können Ihren Sohn vor uns schützen? Wir werden ihn finden, verlassen Sie sich darauf. Entweder er schweigt, oder er wird böse Überraschungen erleben, das verspreche ich Ihnen. Wir sind cleverer als Sie und die gesamte lasche Polizei zusammen. Marco soll seine Aussage zurückziehen, er soll behaupten, er habe sich geirrt, was Faiola anbelangt. Dann passiert ihm nichts. Haben Sie das verstanden? Ich meine es ernst. Gute Nacht und schlafen Sie wohl.«

Mit einem Schlag war Leda hellwach, ihr Herz raste bis zum Hals. Die Tatsache, dass der Anrufer Marcos Identität trotz der Schutzmaßnahmen herausbekommen hatte, beunruhigte sie zutiefst. Doch dann packte sie die Wut. Glaubte der Anrufer wirklich, sie würde sich einschüchtern lassen? Bestimmt nicht! Er wollte sie herausfordern, sie als eine Vertreterin der Polizei, von der er offensichtlich nicht viel hielt. Er wollte ein Machtspiel. Und das sollte er bekommen.

Umgehend rief Leda im Präsidium an. Die diensthabenden Kollegen sollten sofort herausfinden, von wo aus das Telefonat gekommen war.

»Muss das jetzt sein?«, meinte ihr Kollege Ernesto Franchini. »Hat das nicht Zeit bis morgen? Hier ist die Hölle los, weil die Kollegen ein Drogennest ausgehoben haben.«

»Tut mir leid, das hat keine Zeit. Ich will es sofort wissen!«, schrie Leda.

»Ist ja gut. Ich kümmere mich darum.«

Im nächsten Augenblick schämte Leda sich für ihr Verhalten. Aber verdammt, sie hatte Angst um Marco und wurde von einem Faschisten zum Narren gehalten. Das war zu viel. Sie fühlte sich persönlich angegriffen.

Zitternd ging sie auf den Balkon, um nachzudenken. Erschreckt fuhr sie zusammen, als sie eine Hand auf ihrem Nacken spürte.

»Leda, um Gottes willen, was ist denn mit dir los?«, fragte Paolo, der erstaunlicherweise doch aufgewacht war.

Sie erzählte, was passiert war. Da klingelte das Telefon schon wieder.

»Lass, ich gehe dran«, meinte Paolo und nahm ihr den Apparat aus der Hand.

»Pronto.«

Es folgte ein langes Schweigen. Leda schaute ihn angespannt an.

»Oh Gott, Signor Grimaldi, das ist ja furchtbar. Es tut mir so leid, so unendlich leid. Können wir Ihnen helfen? Sollen wir kommen?«

»Nein, nein, das darf nicht sein!«, rief Leda in die Nacht hinaus. Sie hatte verstanden: Andrea war gestorben.

Die nächsten Tage wurden zu einer einzigen Qual. Marco war so sehr vom Tod seines Freundes getroffen, dass er völlig apathisch in seinem Zimmer saß und weder sprechen noch essen wollte. Flavia, seine Schwester, verlegte ihre Studien nach Hause, um abwechselnd mit Leda und Paolo über sein Wohlergehen zu wachen.

Nach einem langen Gespräch mit Polizeipräsident Alberto Libero sah Leda ein, dass es besser war, wenn sie nicht an der Untersuchung des Falles Faiola teilnahm. Sie war zu sehr persönlich berührt, als dass sie die nötige Objektivität hätte garantieren können.

In der Nacht nach Andreas Tod, über den die Medien wahre und erfundene Fakten verbreiteten, rief der Mann wieder an.

»Commissaria, das mit dem Tod von Andrea bedaure ich. Es handelt sich um ein Versehen. Wenn aber Marco bei seiner Aussage bleibt, wird es ihm genauso ergehen, und dann mit voller Absicht. Ich hoffe, Sie verstehen mich richtig. Gute Nacht und schlafen Sie wohl.«

Wie schon beim ersten Mal hatte der nächtliche Anrufer das Gespräch von einem öffentlichen Anschluss aus geführt. Als die Streifenwagen bei der Telefonmuschel eintrafen, war er über alle Berge.

Tags darauf wurde bei Leda ein System zur Telefonüberwachung installiert, um den Anrufer so schnell wie möglich orten und fassen zu können. Leda war sicher, dass er sich melden würde. Er war ein Mann, der das Risiko liebte und bewusst provozierte, das spürte sie genau.

Gemeinsam mit Polizeipräsident Libero beschloss sie, den Anrufer zu täuschen. Öffentlich sollte verbreitet werden, Marco habe Zweifel an der Täterschaft Faiolas bekommen. Gleichzeitig hätten sich aber zwei weitere Zeugen gemeldet, die den Angriff auf Andrea genau beobachtet und Faiola ebenfalls als Täter erkannt hätten. Aus Sicherheitsgründen würden deren Namen nicht genannt. Der Beschuldigte Faiola bleibe deshalb in Untersuchungshaft.

Mit der Staatsanwaltschaft vereinbarten sie hinter verschlossenen Türen, dass Marco als Hauptbelastungszeuge für ein Verfahren zur Verfügung stehe.

»Können Sie mir das garantieren?«, fragte der Staatsanwalt mit strengem Blick. »Sie sollten Ihren Sohn zumindest gefragt haben. Ich brauche seine Zustimmung, sonst wird nichts aus dem Geschäft.«

Zu Hause diskutierte Leda die Situation mit Marco. Was sich sehr schwierig gestaltete, weil ihm diese taktischen Spiele angesichts seiner Trauer um Andrea zweitrangig erschienen. Geduldig redete Leda so lange auf ihn ein, bis er das Vorgehen abnickte.

»Va bene, ich sage vor Gericht aus. Selbst wenn sie mich erschlagen.«

»Nein, Marco, diese Chance werden sie nicht bekommen. Ich bin ganz egoistisch: Ich will mein Kind nicht verlieren. Ich habe dich so lieb.«

»Ach Mamma, ich dich auch!« Und er fiel ihr schluchzend in die Arme.

Umgehend benachrichtigte Leda den Staatsanwalt. Libero setzte sofort eine Pressekonferenz für den späten Vormittag an. Ab zwei Uhr nachmittags berichteten Radio und Fernsehen über Marcos angebliches »Umfallen«, begleitet von wütenden Kommentaren der Journalisten. Sie beklagten die mangelnde Zivilcourage von Ledas Sohn, vermuteten gar, die »erfolgsgeile Kommissarin« hätte ihn zuvor zu einer Falschaussage angestiftet, um wieder einmal im Rampenlicht zu stehen. Die Situation war unangenehm, doch Leda ertrug sie mit Fassung. Das musste sie aushalten, um Marco zu retten.

Am frühen Abend meldete sich der Mann wieder. Leda versuchte ihn in ein Gespräch zu verwickeln, um den Kollegen Zeit zu geben, seinen Aufenthaltsort festzustellen.

»Signora Commissaria«, begann er.

Doch diesmal unterbrach Leda ihn. »Hören Sie, wer immer Sie sein mögen. Marco wird …«

Da fuhr er dazwischen.

»Machen Sie keine Faxen. Ich lasse mich nicht verarschen. Die Sache mit den anderen Zeugen ist eine Finte. Natürlich will Marco aussagen, sonst würde Faiola auf freien Fuß gesetzt. Aber ich warne Sie noch mal: Das wird ihm nicht gut bekommen. Gute Nacht, Signora, und schlafen Sie wohl.«

Schon hatte er wieder aufgelegt. Leda fluchte. Die Zeit hatte für die Ortung nicht gereicht. Immerhin hatte der Techniker die Stimme aufnehmen können. Ein Vergleich mit

Borgheses Stimme würde wenigstens klären, ob er der Anrufer war.

Leda fühlte sich wie erschlagen und beschloss, die nächsten Tage freizunehmen, um ganz für Marco da sein zu können.

V

Am nächsten Morgen war Leda kaum angezogen, um frische Cornetti für die ganze Familie zu holen, als sie einen Anruf aus dem Präsidium erhielt: Im Park der Villa Doria Pamphili, und zwar über dem kleinen Wasserfall am künstlichen Kanal zum See, hänge eine Leiche mit dem Kopf nach unten.

Zwanzig Minuten später war sie am Eingangstor zum größten Park Roms. Sie kannte ihn gut und wusste die Entfernungen richtig einzuschätzen. Deshalb bat sie die Schutzpolizisten vor Ort, die dem Morgenpublikum – Joggern, Fahrradfahrern und Kindergartengruppen – zum allgemeinen Unverständnis den Eintritt verwehrten, ihr das Eisentor zu öffnen, damit sie mit dem Auto zum Fundort fahren konnte. Bereitwillig wurde sie hineingelassen.

Vorsichtig steuerte sie den Wagen unter haushohen Schirmpinien hindurch. Wie wunderschön dieser Park doch gerade am frühen Morgen war, dachte sie. Bevor sich der Weg durch die Bäume zum See hinunterschlängelte, hielt sie an, um das letzte Stück zu Fuß zu laufen. Sie hatte Bewegung nötig, und außerdem wollte sie ja nicht zum See hinunter, sondern zum oberen Teil des künstlichen Gewässers, wo der Tote hängen sollte.

Schon von Weitem erblickte sie mehrere Polizeiautos und einen Krankenwagen. Piero Bassani, der Leiter der Spurensicherung, war mit seinem Team bereits am Fundort.

»Buon giorno, Signori. Wo ist die Leiche? Mann oder Frau?«

»Ein Mann beziehungsweise das, was von ihm übrig geblieben ist. Er hängt dort am Geländer«, erklärte ein junger

Kollege. »Scheußlicher Anblick. Hoffentlich haben Sie starke Nerven.«

Leda hatte im Laufe ihres Berufslebens schon so viele Leichen gesehen, dass sie ein falsch herum aufgehängter Mann nicht erschüttern würde. In diesem Moment kam Piero auf sie zu.

»Buon giorno, Leda. Pass auf, wo du hintrittst. Mach mir bloß meine Spuren nicht kaputt. Wir haben selten genug so schöne!«

»Und? Was ist passiert?«

»Soweit ich es bis jetzt beurteilen kann, wurde das Opfer am Brunnenrand überwältigt, ins Gebüsch dort drüben gezerrt, dort erschlagen und an den Beinen gefesselt, dann schwer blutend zum Geländer getragen und kopfüber in die Tiefe gehängt.«

Von Bassani geleitet, ging sie zum Geländer und blickte hinunter. Myriaden von Fliegen umsurrten den Toten, von dem Leda zunächst nur die mit einem blau-weißen Seil gefesselten Füße wahrnahm. Die Insekten umschwirrten nun auch sie selbst. Leda schlug mit den Händen um sich. Die Vorstellung, dass sie sich zuerst an der Leiche und nun an ihr versorgen wollten, war ihr zuwider. Sie beugte sich über das Geländer des Eisengitters, doch außer den in rot-weißen Turnschuhen steckenden Füßen und stark behaarten, muskulösen Beinen ließ sich von hier oben nichts erkennen.

»Wenn du den kleinen Weg durchs Gebüsch nimmst und hier hinunterkletterst, siehst du mehr, Commissaria«, ertönte von unten die ihr wohlbekannte Stimme von Leo Amato, dem Gerichtsmediziner. »Ein ungewöhnlicher Anblick. Das hatten wir noch nie: einen Toten, der kopfüber aufgeknüpft über einem Wasserfall baumelt. Und ich hatte schon Angst, der Job würde uns nichts Neues mehr bieten können, weil wir eigentlich schon alles erlebt haben. Aber siehe da, es gibt noch einfallsreiche Mörder!«

Leo winkte Leda eifrig zu, sie solle kommen. Leichen konnten ihn begeistern so wie andere Leute ein schönes Bild. Vor allem dann, wenn die Opfer einen ungewöhnlichen Tod erlitten hatten. Ein glatter Herzschuss langweilte ihn, wenn sonst nichts Besonderes am Toten zu entdecken war. Und er obduzierte jeden aufs Gründlichste. Derzeit befand Leo sich augenscheinlich in bester Stimmung und schien sich schon darauf zu freuen, den Toten endlich auf seinen Tisch im gerichtsmedizinischen Institut zu bekommen.

Doch bevor Leda hinabsteigen konnte, hielt Piero sie fest. Er wollte ihr noch etwas zeigen: Westlich des Brunnens war in den Erdboden ein A eingeritzt, vermutlich mit dem Stock, der daneben lag. Der Buchstabe war etwa dreißig Zentimeter hoch und gut erkennbar, obwohl mehrere Menschen darübergelaufen waren. Piero hatte inzwischen ein rotes Markierungsband um den Buchstaben gespannt, um weitere Beschädigungen des Zeichens zu verhindern.

»Anscheinend hat das der Täter gezeichnet. Jedenfalls lassen die Fußspuren diesen Rückschluss zu«, erklärte er. »Es scheint eine Art Signatur zu sein, so als wollte der Mörder sein Werk personalisieren.«

Während Leda wie schon so oft in ihrem Berufsleben über das verworrene Seelenleben von Mördern nachdachte, kletterte sie vorsichtig den Abhang zum Kanal hinunter und zerkratzte sich dabei die Arme an den Büschen, die sie zur Seite schob.

»Schau dir das genau an, cara amica«, begrüßte Leo sie strahlend. »Ein Toter wie in einem Horrorfilm. Da hängt er mit eingeschlagenem Kopf vor sprudelndem Wasser. Wie sein Blut in die Gischt tropft, können wir leider nicht mehr sehen, weil er längst aufgehört hat zu bluten. Aber stell dir vor, wie sich sein Lebenssaft langsam in den Kanal ergießt. Ein guter Kameramann hätte Tropfen für Tropfen festgehalten.«

»Leo, du bist ekelhaft. Hör auf damit!«, fuhr Leda ihn an und drehte sich um. Nun sah sie die Leiche ein paar Meter über ihrem Kopf in der Sonne schweben. Der Anblick jagte ihr Schauer über den Rücken: Es handelte sich um einen Mann im Laufdress. Von seinem Kopf war nicht viel mehr als ein schwarzroter Blutklumpen übrig geblieben. Das Gesicht ließ sich bestenfalls erahnen.

»Das ist ja scheußlich. Seit wann hängt er da?«

»Mindestens seit der vergangenen Nacht. Das schließe ich zumindest aus dem Gerinnungsstadium des Blutes. Aber aus der Entfernung kann man gar nichts sagen.«

»Und wenn er noch lebt?«

»Dafür war der Blutverlust zu hoch. Oben im Gebüsch sieht es aus wie nach einem Schlachtfest. Und schau dir die Steine hier unten an, wo das Wasser das ausgelaufene Blut nicht weggespült hat. Sie sind schwarz. Das müssen mehr als zwei Liter gewesen sein. Wenn man mit den Beinen nach oben hängt, läuft es noch besser ab. Wie bei geschlachteten Tieren, die werden ja auch zum Ausbluten mit dem Kopf nach unten aufgehängt. Um dir aber die letzte Sorge zu nehmen: Wir haben ihn vorhin kurz hochgezogen und seine Vitalfunktionen überprüft. Da war gar nichts mehr, er ist garantiert tot«, erklärte Leo.

»Und dann habt ihr ihn wieder hinuntergelassen?«

»Ja, wegen der Spurensicherung. Piero wollte das so, damit du und deine Leute den richtigen Eindruck vom Tatort bekommen. Jetzt hängt er wieder genauso, wie er ursprünglich gefunden wurde.«

»Habt ihr seine Identität überprüft?«

»Nein, wir wollten zunächst nur sein Leben retten, falls das noch möglich gewesen wäre.«

»Wer hat ihn gefunden und wann?«

»Ich glaube, ein Gärtner. Aber da musst du die oben fragen.«

Leda kroch, von Fliegen umschwirrt, den Weg wieder zurück und fluchte dabei laut. Naturnahe Romantik in Ehren, dachte sie, aber ich kann darauf verzichten, mit zerkratzten Armen durchs Gebüsch zu kriechen, während diese Fliegen einen Generalangriff auf mich starten.

Der Zeuge hieß Franco Minelli, war einundsechzig Jahre alt und arbeitete als Gärtner im Park. Das alles erfuhr Leda vom Notarzt, denn Minelli hockte auf der Rampe des Notarztwagens, schwieg und starrte unbeweglich vor sich hin.

»Er hat einen Schock. Ich glaube nicht, dass Sie etwas aus ihm herausbekommen«, meinte der Arzt.

Leda setzte sich neben Minelli, nahm seine kräftige, raue Hand und streichelte sie eine Zeit lang wortlos. Dann begann sie leise zu sprechen.

»Signor Minelli, ich bin Leda Giallo, Kriminalhauptkommissarin bei der römischen Polizei, und leite die Untersuchung. Ich kann gut verstehen, dass Ihnen im Moment nicht nach Reden zumute ist. Der Anblick der Leiche ist wirklich furchtbar. Aber bitte versuchen Sie, ein paar Fragen zu beantworten. Wir wollen den Mörder möglichst bald fassen. Und je mehr Sie uns sagen können, umso besser können wir arbeiten. Verstehen Sie mich?«

Der Mann wandte ihr langsam den Kopf zu und schaute sie aus seinen tiefbraunen Augen an. Die Augenfarbe kontrastierte mit dem vollen, weißen Haarschopf, der sein braun gebranntes Gesicht umrahmte.

»Wissen Sie, mein Bruder hat sich vor vielen Jahren aufgehängt. In der Werkstatt meines Vaters. Ich habe ihn damals gefunden. Und jetzt das. Wie kann Gott das zulassen? Was habe ich ihm getan? Ich bin ein guter Christ und ein guter Mensch, glaube ich. Fragen Sie meine Frau und meine Kinder, sechs an der Zahl. Allen geht es gut, und alle haben einen anständigen Beruf. Meine Frau sagt, ich bin der beste Mann und Vater auf der Welt. Was habe ich nur verbrochen, dass ich solche Dinge sehen muss? Können Sie es mir sagen?«

Leda schüttelte den Kopf. »Ich verstehe es auch nicht. Seit ein paar Tagen frage ich mich, wie Gott es zulassen konnte, dass der beste Freund meines Sohnes auf offener Straße erschlagen wurde. Ein guter Junge, die größte Freude seiner Eltern. Können Sie mir sagen, warum Andrea sterben musste? Im Moment hadere ich sehr mit Gott, weil ich seine Entscheidung so furchtbar ungerecht finde. Ich kann Sie nur zu gut verstehen, Signor Minelli. Aber ich sage mir auch, dass ich die Möglichkeit habe, den Mörder dieses armen aufgehängten Menschen zu finden, um ihn der irdischen Strafe zuzuführen. Finden Sie nicht, dass er bestraft werden sollte?«

Minelli nickte langsam und drückte ihre Hand.

»Können Sie mir beschreiben, wie Sie ihn gefunden haben?«

Mit gebrochener Stimme begann Minelli langsam zu sprechen. Dabei liefen ihm Tränen über die Wange, die er mit dem Ärmel seines karierten Hemdes abwischte.

Seit über vierzig Jahren komme er täglich in diesen Park, um hier zu arbeiten. Eigentlich dürfe er schon in Rente gehen, aber der Park sei sein Leben. Er kenne jeden Baum, jeden Strauch, die Tiere, die Skulpturen, die Brunnen, den See. Er hatte erlebt, wie die Gärten für das Publikum zugänglich gemacht wurden und wie glücklich die Römer und die Besucher der Stadt darüber waren. Viele von ihnen kamen regelmäßig.

»Sie wissen gar nicht, wie gut ich sie kenne. Ich weiß, wie sie gehen und wo sie eine Pause machen. Ich beobachte sie meist aus der Ferne. Aber manche sprechen mich auch an und fragen dies oder das. Dann antworte ich gerne.«

Jeden frühen Morgen, den der Herrgott ihm schenke, mache er einen Rundgang, um zu sehen, ob alles in Ordnung sei. Manchmal entdecke er Spuren von Vandalen, die nachts über den Zaun geklettert seien und Blumen abgerissen hätten. »Meistens Rosen. Sie haben auch schon einmal das Bruthaus der Enten auf der Insel im See angezündet. Aber dass jemand hier umgebracht und aufgeknüpft wird, nein, das habe ich noch nicht erlebt.«

»Schildern Sie bitte ganz genau, wie Sie ihn entdeckt haben«, bat Leda und lächelte ihn aufmunternd an.

»Ich kam unten vom See und bin den Kanal entlanggegangen. Das tue ich jeden Tag, um zu schauen, ob vielleicht ein Tier verendet ist oder ob die Bepflanzung am Rand zurückgeschnitten werden muss.«

»Gibt es am Kanal eigentlich immer noch so viele Frösche, die abends ganz laut quaken?«, wollte Leda plötzlich wissen, weil sie sich daran erinnerte, wie sie mit Flavia und Marco manchmal dorthin gefahren waren.

»Ja, und sie sind dicker denn je. Herrliche Frösche, ich glaube, die dicksten der Welt«, strahlte Minelli sie einen kurzen Moment lang an. Doch dann kehrte die Erinnerung an den schrecklichen Fund des heutigen Morgens zurück, und seine Gesichtszüge verdunkelten sich wieder.

»Ich kam von unten vom See. Schon von Weitem sah ich, dass etwas über dem Wasserfall hing. Am Kanal entlang ging ich den kleinen Weg hoch, konnte aber erst nicht erkennen, was da hing. Wissen Sie, meine Augen sind nicht mehr die besten. Erst als ich ziemlich nah vor dem Wasserfall stand, sah ich, dass da ein Mensch hing. Ich habe den Mann an seinen Kleidern erkannt: Er läuft jeden Abend durch den Park, kreuz und quer. Wie ein Verrückter trainiert er, egal, ob es brütend heiß oder eiskalt ist. Er gehört immer zu den Letzten, die den Park abends verlassen. Er ist bestimmt Sportler, so schnell, wie er rennt. Und das seit vier Jahren. Außer im August, dann kommt er nicht, fährt wohl ans Meer.«

»Kennen Sie seinen Namen? Wissen Sie, wo er wohnt?«

Minelli schüttelte den Kopf.

»Kam er manchmal in Begleitung?«

»Nein, immer allein. Bei seinem Tempo hätte auch niemand mithalten können. Ich glaube, er war der schnellste Läufer im Park.«

»Hatte er eine feste Route?«

»Er kam immer vom Haupteingang, vom Arco dei Quattro Venti. Aber im Inneren des Parks wechselte er die Route ständig. Hier am Brunnen machte er jedes Mal halt, wusch sich kurz den Kopf und lief dann weiter.«

»Haben Sie mal mit ihm gesprochen oder jemanden gesehen, der sich mit ihm unterhielt?«

»Nein, nie. Er lief immer nur wie vom Teufel gejagt. Von den Schönheiten des Parks hat er bestimmt nichts gesehen. Nur Frauen hat er manchmal nachgeschaut.«

»Wie sah er aus?«

»Mittelgroß, dunkle, sehr kurze Haare. Vor zwei Jahren hatte er zeitweilig sogar einen komplett kahl geschorenen Kopf. Einmal, das muss im Juli gewesen sein, hatte es ein heftiges Gewitter gegeben, während er lief. Es goss unheimlich, und er stellte sich kurz im Ninfeo del Fauno unter. Direkt neben mich. Aber ich glaube, er hat mich gar nicht bemerkt. Mir ist aufgefallen, dass er nach einer grässlichen Mischung aus einem penetranten Rasierwasser und Schweiß stank. Widerlich. Seitdem war er mir unsympathisch. Aber das sollte ich eigentlich gar nicht sagen, weil man über Tote nicht schlecht reden darf.«

»Aber wenn es doch die Wahrheit ist?«

»Was ist schon die Wahrheit? Da hat wohl jeder seine eigene«, seufzte Signor Minelli und schaute Leda plötzlich durchdringend an. »Wer kann ein Interesse daran haben, einen Sportler umzubringen?«

»Wenn ich das wüsste. Das frage ich mich bei jedem Mord.

Signor Minelli, nachdem Sie den Toten gesehen haben, was taten Sie anschließend?«

»Ich nahm mein Telefonino und rief bei der Polizei an. Ich konnte vor Aufregung kaum sprechen, und es dauerte eine Weile, bis Ihr Kollege verstand, worum es ging.«

»War außer Ihnen jemand da?«

»Nein, ich war ganz allein. Morgens um diese Uhrzeit sind noch keine Leute im Park. Die Tore werden erst nach Sonnenaufgang geöffnet.«

»Um wie viel Uhr war das genau?«

»Fünf nach sieben. Ich habe extra auf die Uhr geschaut, weil ich dachte, dass das wichtig sein könnte.«

»Wieso dachten Sie das?«

»Weil das in den Krimis im Fernsehen auch immer gefragt wird«, lautete seine Antwort, und Leda musste innerlich lachen. »Dann habe ich im Büro der Parkverwaltung angerufen und erzählt, was passiert ist, damit sie die Tore zulassen. Es ist nicht gut, wenn die Besucher etwas so Furchtbares sehen. Und dann kamen der Parkdirektor, Signor Bonino, und mein Kollege Carmine Spalla, um sich die Situation anzuschauen. Signor Bonino musste sich übergeben, als er die Leiche sah, und ist sofort ins Verwaltungshaus zurückgegangen. Carmine blieb bei mir, um auf die Polizei zu warten.«

»Wie lang hat es bis zu ihrer Ankunft gedauert?«

»Zwanzig Minuten.«

»Wie lang?«, fragte Leda ungläubig. »Sind Sie sicher?«

»Ganz sicher. Erst kamen nur zwei Mann auf Motorrädern. Die haben dann den Krankenwagen und die anderen gerufen. Bis die Zivilleute erschienen, hat es noch mal eine halbe Stunde gedauert. Na ja, war wohl Berufsverkehr.«

Im Inneren Ledas tobte es. Wahrscheinlich war die Aussage eines vor Schreck stammelnden Mannes nicht ernst genommen worden. Und wenn dann noch drei Ampeln irgendwo in der Umgebung ausgefallen waren, wurde die Verkehrsregelung der Fundortsicherung vorgezogen. Ganz nach dem Motto: Die Leiche bleibt noch länger tot. Doch Leda machte gute Miene zum bösen Spiel und fuhr äußerlich gelassen mit der Vernehmung fort.

»Und während dieser ganzen Zeit haben Sie kein fremdes Gesicht im Park gesehen?«

»Nein, nur ein paar Kollegen. Und natürlich Carmine.«

In diesem Moment kam ein Auto langsam den Hauptweg entlang und hielt beim Brunnen. Raffaella und Ugo stiegen aus und eilten auf sie zu.

»Entschuldigung, Signora. Wir sind nicht durchgekommen. In der Stadt herrscht das totale Chaos. Die Busse und Taxis streiken. Deshalb sind alle mit privaten Verkehrsmitteln unterwegs. Sie können sich nicht vorstellen, was da los ist.«

Leda stellte Minelli ihre Mitarbeiter vor und bat sie, im Verwaltungsgebäude nachzufragen, ob jemand gestern Abend nach Schließung der Tore oder heute früh vor deren Öffnung einen oder mehrere Fremde im Park gesehen habe.

»Alle Mitarbeiter müssen befragt werden. Ausnahmslos. Sie können ruhig erfahren, was passiert ist. Außerdem sollen sie die Tore weiter geschlossen halten, bis wir hier fertig sind.«

»Und was ist genau passiert?«, wollte Ugo wissen.

»Da vorn sind Bassani und Amato. Die bringen euch auf den neuesten Stand. Noch etwas: Kein Wort an die Presse! Macht denen von der Parkverwaltung das bitte klar. Alles andere wäre Behinderung der Polizeiarbeit.« Dann wandte sie sich wieder an Minelli.

»Was geschieht, wenn sich jemand abends verspätet und nicht mehr aus dem Park kommt?«

»Oh, das passiert öfter. Vor allem Liebespaaren im Sommer. Dann suchen sie den Nachtwächter, und der lässt sie raus. Das kann natürlich etwas dauern, weil der Park so groß ist. Aber hinten im Chalet Svizzero wohnt der Kustos. Er oder jemand von seiner Familie ist so gut wie immer da und hilft den verirrten Lämmern. Die sportlicheren Besucher klettern auch mal über den Zaun oder die Mauer.«

»Die ist doch ziemlich hoch.«

»Schon, aber das schafft ein junger Mensch leicht. Manchmal klettern sie sogar nachts herein und machen Lagerfeuer. Und wie viele Menschen jede Nacht hier schlafen, können wir nur raten. Das sind einige, und manche erwischen wir auch. Meistens Obdachlose, die hier in der Natur ihre Ruhe haben.«

»Das heißt, der oder die Mörder könnten die Tat nach Einbruch der Dunkelheit begangen haben und anschließend über den Zaun geflüchtet sein, ohne dass jemand sie bemerkt hat?«

»Das kann sein, wenn sie nur ein bisschen sportlich sind«, meinte Minelli und schaute Leda fragend an: »Werden Sie den Täter finden?«

»Wir finden sie meistens. Aber versprechen kann ich nichts. Möchten Sie nach Hause gebracht werden?«

»Nein, danke. Zu Hause wäre ich sowieso allein, weil meine Frau arbeitet. Ich werde durch den Park gehen und versuchen, das grausame Bild aus meinem Kopf zu verbannen. Ich werde wahrscheinlich lange brauchen, bis ich nicht mehr von dem hängenden Mann träume.«

VI

Das wird mir genauso gehen, dachte Leda und atmete die frische Morgenluft tief ein, während sie zum Brunnen ging, wo der Tote inzwischen lag. Die bereits eingetretene Leichenstarre hielt die Extremitäten in ihrer grotesken Position. Der Anblick aus der Nähe war noch furchtbarer als der aus der Ferne. Vom ehemaligen Kopf war so gut wie nichts mehr zu erkennen. Leo hockte mit einem Mundschutz über der Leiche.

»Wenn wir keinen finden, der ihn identifizieren kann, werde ich wohl eine Computerrekonstruktion seines Schädels machen müssen. Und das wird schwierig, denn sein Kopf ist gründlich zertrümmert.«

»Daraus schließe ich, dass er keine Ausweispapiere bei sich trug«, meinte Leda.

»Er ist seit etwa acht bis zwölf Stunden tot. Genauer kann ich das erst nach gründlicher Untersuchung in meinem Keller festlegen. Todesursache ist vermutlich eine Impressionsfraktur. Knochensplitter dürften in sein Gehirn gedrungen sein. Dann Hirnödem und Hirnhautblutung. Jemand muss wie ein Berserker mit einem harten Gegenstand auf den Kopf des Opfers eingeprügelt haben. Mehrere Schläge. Brutal, richtig brutal! Zusätzlich ist das Opfer von der Wucht der Hiebe auf einen Stein gefallen und hat sich das Gesicht verletzt. Die Kopfwunden sind jedenfalls so stark, dass sie bereits die Todesursache gewesen sein können. Mit Sicherheit dürfte er nicht mehr mitbekommen haben, wie er zum Geländer geschleift und aufgehängt wurde.«

Die Fliegen entwickelten sich zur Plage. Immer und immer wieder schlug Leda nach den grässlichen Insekten und versuchte, sie zu verscheuchen.

»Leda, gib es auf. Nicht einmal, wenn du die achtarmige Göttin Durga wärst, könntest du alle Fliegendämonen bekämpfen«, meinte Leo. »Die sind derzeit in der Überzahl. Hauptsache, du lässt den Mund zu, damit dir keine hineinfliegt. Und damit du nichts fragen musst, sage ich dir, was du wissen willst: männlich, Mitte bis Ende Zwanzig, augenscheinlich in bester körperlicher Verfassung, durchtrainiert wie ein Spitzensportler, jetzt lädiert wie ein Kriegswrack. Könntest du bitte den Jungs von der Ambulanza sagen, dass sie ihn holen sollen?«

Die Kommissarin war froh, dem Toten und den Insekten zu entkommen. Piero Bassani lief neben ihr her und erzählte ununterbrochen, was er und seine Mannschaft gefunden hatten. Oben am Brunnen hatte es offenbar einen Kampf gegeben, und die Tatwaffe, mit der das Opfer anschließend im Gebüsch erschlagen wurde, fehlte. Leda fragte sich, wie der Täter einen so durchtrainierten Mann hatte überwältigen können.

Piero hatte bereits eine Staffel mit Hunden angefordert, um das gesamte Gelände mitsamt der Gebäude nach der Mordwaffe und dem Täter zu durchforsten. Quadratmeter für Quadratmeter. Er konnte sich immer noch in der Nähe versteckt halten, wenn er es vor Einbruch der Dunkelheit nicht geschafft hatte, den Park zu verlassen, meinte Piero. Das hielt Leda zwar für mehr als unwahrscheinlich, ging aber nicht darauf ein. Denn sie dachte im Moment über etwas ganz anderes nach.

»Findest du nicht, dass das Ganze wie eine Hinrichtung aussieht?«, unterbrach sie ihren Kollegen. »Der Täter hätte sie am liebsten auf einem öffentlichen Platz vollzogen. Weil das nicht ging, hat er sie hier ausgeführt und die Leiche anschließend öffentlich zur Schau gestellt.«

Piero nickte. »Genau wie damals Mussolini. Nur wurde er erschossen, bevor man ihn kopfüber aufhängte.«

»Das war auch mein erster Gedanke, als ich ihn hängen sah«, meinte die Kommissarin. »Und was bedeutet das A?«

Piero zuckte mit den Schultern. »Dazu fällt mir im Moment gar nichts ein.«

»Leo soll so schnell wie möglich sein Gesicht rekonstruieren, damit wir ihn identifizieren können. Vielleicht findet der Suchtrupp im Park noch seine Dokumente. Mich braucht ihr hier im Moment wohl nicht, oder?«

Leda empfand ein dringendes Bedürfnis nach einem starken Kaffee, den sie am Morgen wegen des Anrufs verpasst hatte. Sie ging zur Vaccheria hinüber, dem ehemaligen Kuhstall des Landsitzes der Familie Pamphili, wo sich heute ein Altenzentrum und ein Café befanden. Als sie es nach etwa zehn Minuten Fußmarsch erreichte, war es geschlossen. Sie schaute durch die Glastür und entdeckte zwei junge Frauen, die in ein heftiges Gespräch verwickelt hinter der Theke arbeiteten. Leda klopfte laut an. Die beiden gaben ihr zu verstehen, dass geschlossen sei, doch als Leda ihren Ausweis gegen die Scheibe drückte, kam eine der Frauen und schloss auf.

»Sind Sie von der Polizei?«

»Ja, ich bin die ermittelnde Hauptkommissarin, Leda Giallo. Buon giorno, kann ich reinkommen?«

»Natürlich. Bitte schön.«

»Könnte ich vielleicht auch einen Cappuccino bekommen?«

Die beiden Frauen lachten. »Klar, so viel Sie möchten. Gebäck und Tramezzini haben wir auch im Überfluss. Wir können sie im Moment nicht verkaufen, weil niemand in den Park gelassen wird. Möchten Sie etwas?«

»Gern ein Cornetto mit Cremefüllung.«

Leda nahm Platz. Schon bald wurde ihr ein Cappuccino mit Cornetto serviert.

»Was ist eigentlich passiert?«, erkundigte sich die junge

Frau neugierig. »Wir haben die Polizisten am Tor gefragt, doch sie wollten nichts sagen. Unser Chef ist zur Parkverwaltung gegangen. Jetzt warten wir ab, bis der Park wieder geöffnet wird.«

»Oh, der bleibt vorläufig geschlossen. Heute Morgen wurde ein Toter gefunden. Ermordet. Wir suchen brauchbare Spuren, die uns bei der Suche nach der Identität des Opfers und des Täters weiterhelfen.«

»Hier im Park, jemand ermordet?«

Die junge Frau wurde wachsbleich und ließ sich neben Leda auf einen Stuhl plumpsen. »Einfach so? Wie ist er denn gestorben?«

»Er wurde erschlagen und kopfüber aufgehängt«, sagte Leda und kaute in Ruhe weiter.

Die Frau stieß einen leisen Schrei aus. »Wie furchtbar, aufgehängt! Wieso denn das?«

Leda zuckte mit den Schultern. »Das wüssten wir auch gern.«

»Und wer ist der Tote?«

»Wir wissen nur, dass er jeden Abend hier im Park trainierte.«

Jetzt kam auch die andere junge Frau hinter dem Tresen hervor und setzte sich zu ihnen.

»Also, ich hab meistens Spätschicht. Die regelmäßigen Läufer habe ich fast alle schon mal gesehen, weil sie hier vorbeilaufen. Wie sieht er denn aus?«

»Mittelgroß, Mitte Zwanzig, ganz kurze schwarze Haare. Er lief wohl sehr schnell.«

»Sehr schnell? Blaue Trainingskleidung und rot-weiße Schuhe?«

»Genau!«, sagte Leda erstaunt.

»Klar, das ist Michele Borghese, der Faschist. Ich kenne ihn von der Uni. Da tauchte er mit seinem Schlägertrupp auf, als kürzlich einer der neofaschistisch orientierten Minister einen Vortrag hielt. Sie hatten Borghese und seine Leute zur ›Saalsicherung‹ eingesetzt. Wir haben dagegen demonstriert und wollten in den Saal. Doch die haben uns nicht reingelassen. Dann gab es draußen vor der Uni eine Prügelei mit Borgheses Leuten. Und die Polizei hat einfach nur zugeguckt! Das war hart. Jedenfalls läuft Borghese hier jeden Abend. Ich habe ihn schon oft gesehen. Und er ist wirklich unheimlich schnell.«

Leda starrte sie einen Moment lang sprachlos an.

»Könnten Sie ihn anhand seiner Kleidung identifizieren, auch wenn Sie nur seinen Körper sehen?«

»Warum nur seinen Körper? Ich kenne sein Gesicht!«

Leda griff zum Telefonino. »Leo, ich bin's. Habt ihr den Toten schon abtransportiert?«

»Er wird gerade eingeladen. Warum?«

»Bleibt, wo ihr seid. Ich komme in spätestens zehn Minuten mit einer Zeugin, die behauptet, ihn zu kennen.«

Sie liefen, so schnell es Ledas Körperfülle und ihre durch und durch untrainierte Konstitution erlaubten, zum Brunnen. Auf dem Weg erfuhr Leda, dass die junge Frau Susanna Zinitti hieß, dreiundzwanzig Jahre alt war, an der Terza Università in Rom Politische Wissenschaften und Interkulturelle Kommunikation studierte, politisch sehr aktiv war und im Parkcafé das Geld fürs Studium verdiente.

Leo ersparte Susanna den Anblick des so übel zugerichteten Kopfes, den er mit einem Tuch bedeckt hielt, während sie den auf der Liege ausgestreckten, blutbesudelten Körper betrachtete. Mit Mühe bewahrte sie die Fassung und nickte.

»Ja, ich denke, das ist Borghese.«

Zu Leos und Susannas großer Überraschung senkte Leda ihre Nase plötzlich über den Hals des Toten und schnupperte an ihm.

»Was ist denn in dich gefahren? Meinst du, du kannst riechen, wer er ist?«, fragte Leo entsetzt.

»Zwei Zeugen haben ausgesagt, dass Borghese üblicherweise ein starkes Parfüm oder Rasierwasser benutzte. Und der hier riecht immer noch, ob du es glaubst oder nicht.«

Daraufhin tat Leo es Leda nach und roch am Toten.

»Giorgio Armani, Eau pour Homme«, meinte er dann.

»Du kennst dich aber gut aus«, sagte Leda anerkennend.

»Hatte ich auch mal, in meiner Sturm-und-Drang-Phase. Aber seitdem ich verheiratet bin, brauche ich das nicht mehr.«

»Meinst du vielleicht, mit dem Tag der Eheschließung entfällt die Notwendigkeit der Körperpflege?«

»Wenn es nach mir ginge, würde ich es weiter benutzen. Ich fand mich damit unwiderstehlich. Aber meine Frau meinte schon vor der Hochzeit, dass mein Rasierwasser das Einzige sei, was sie wirklich an mir hasse. Da hatte ich die Wahl zwischen der Frau und dem Duftwasser. Was hättest du gewählt?«

»Ich kenne deine Frau nicht, wie soll ich da entscheiden?«, sagte Leda lachend.

»Und willst du jetzt die Zeugen an ihm schnuppern lassen, um ihn zu identifizieren?«

»Nein, ich werde einfach am Kollegen Roncalli eine Geruchsprobe nehmen. Stimmt sein Duft mit dem des Toten überein, können wir uns die weitere Identifizierungsarbeit ersparen. Dann handelt es sich ziemlich sicher um Borghese.«

»So so. Das verstehe ich jetzt nur teilweise, aber du wirst es mir sicherlich noch erklären.«

Leda und Susanna setzten sich auf eine Bank am Brunnen. Die junge Frau war schockiert und wollte nun im Detail über die Tatumstände aufgeklärt werden. Leda beschrieb ihr, wie sie den Toten gefunden hatten.

»Aufgehängt, wie Mussolini«, schloss Susanna aus der Beschreibung. »Das passt ja.«

»Und was bedeutet das A?«, wollte Leda wissen.

»Weiß nicht. Die Gruppe von denen heißt Foro 11 punto 2. Das passt also nicht. Das sieht mir auch eher nach einem Vergeltungsschlag aus. Borghese leitete die Fußball- und Baseballschlägerfraktion, machte sich aber selbst die Finger nicht schmutzig. Stattdessen trommelte er seinen Leuten faschistisches Gedankengut in die Köpfe – Sprüche und Reizwörter, die sie in Rage versetzen – und versorgte sie mit Nazifahnen und Transparenten für die Fußballstadien. Vielleicht wird ihm irgendein Attentat zur Last gelegt, und sie haben ihn dafür büßen lassen. Kann schon sein. Die Radikalen sind brutal.«

»Linke oder Autonome?«

»Weiß nicht, da gibt's solche Fanatiker. Gucken Sie sich mal die Homepages an, Sie fallen im Sitzen um.«

»Also suchen wir nach einem Opfer mit der Initiale A?«

»Kann schon sein. Oder das A steht für dessen Gruppe oder den Ort, an dem ein Verbrechen stattgefunden hat. Kann alles sein.«

»Andrea Grimaldi«, flüsterte Leda vor sich hin. »Andrea Grimaldi.«

»Passt«, sagte Susanna. »Welche Gruppe?«

»Ich weiß gar nicht, ob er zu einer Gruppe gehörte. Aber er wurde von einem Mann des Foro 11 punto 2 erschlagen. Am Sonntag, vor dem Stadion.«

»Stimmt, stand in der Zeitung. Das passt wirklich. Vielleicht suchen Sie auf dieser Spur weiter«, empfahl Susanna.

Nun hatte Leda es unheimlich eilig. Als sich für sie das Eingangstor des Parks öffnete, wurde sie von einer Meute Presseleuten überfallen. Foto- und Kameraobjektive richteten sich auf ihr Fenster, mit Schreibstiften und Aufnahmegeräten bewaffnete Frauen und Männer klopften aufs Dach des Wagens und schrien ihr Fragen zu. Sie war diese Art von Angriffen gewohnt, ließ die Türschlösser einschnappen, hielt die Fenster geschlossen und fuhr vorsichtig durch die kleine Menschenansammlung.

Vom Auto aus rief sie Roncalli an.

»Welches Rasierwasser benutzen Sie?«

»Wie bitte?«

»Sie haben mich richtig verstanden. Welches Rasierwasser? Das ist für die Identifizierung eines Toten von Belang. Sie benutzen das Gleiche wie er.«

»Armani, Eau pour Homme.«

»Dann haben wir Michele Borghese ermordet aufgefunden«, teilte sie dem überraschten Kollegen mit und berichtete ihm vom Fund und von Susannas Vergeltungsthese.

»Solche Vergeltungsschläge gibt es hin und wieder«, meinte Roncalli. »Aber sie sind sehr selten. Wir müssen Faiola dazu verhören. Wollen Sie das tun? Er sitzt inzwischen in Untersuchungshaft in Rebbibia. Fahren Sie hin, oder soll ich ihn holen lassen?«

»Lassen Sie ihn bitte holen. Kann er in zwei Stunden da sein? Noch etwas: Haben Sie irgendwelche Erkenntnisse, dass Andrea Grimaldi zur extrem linken oder autonomen Szene gehörte?«

»Den Namen habe ich in dem Zusammenhang noch nicht gehört, aber ich bin ja auch für die Rechten zuständig. Ich frage bei den Kollegen nach. Bis Sie kommen, haben wir die Antwort.«

VII

Leda raste wie von einer Tarantel gestochen nach Hause. Dort saßen Marco und Flavia am Küchentisch und redeten. Vor ihnen standen die Reste eines üppigen Frühstücks.

»Marco hat endlich wieder gegessen«, strahlte Flavia die Mutter an.

»Ach, Mamma, du brauchst dir doch nicht solche Sorgen um mich zu machen, dass du am helllichten Arbeitstag extra kommst. Ich werde mit Andreas Tod schon irgendwie fertig, auch wenn's schwer ist«, meinte Marco und nahm sie tröstend in den Arm.

»Das ist eigentlich gar nicht der Grund meines Kommens, obwohl du mir natürlich große Sorgen gemacht hast.«

Schnell erzählte Leda, was in der Villa Doria Pamphili passiert war.

»Mortacci, die haben den Borghese umgebracht?«, staunte Marco.

»Weißt du, ob Andrea sich irgendwie politisch betätigt hat?«

»Wir waren doch kürzlich zusammen auf der Antikriegsdemo. Warum?«

»Von wem organisiert?«

»Von Kriegsgegnern natürlich.«

»Ich meine, welche Organisation hat zur Demonstration aufgerufen?«

»Keine Ahnung. Vielleicht Attac oder die Gewerkschaften oder die Kirche. Wir haben vorher die Ankündigung auf irgendwelchen Plakaten gesehen und sind hingegangen. Warum willst du das wissen?«

Leda erklärte ihm, dass das A am Fundort womöglich ein Hinweis auf einen Vergeltungsschlag sein könnte.

»So eine Art Kommando A? Wie bei den Terroristen?« Marco starrte sie entsetzt an. »Mamma, das glaube ich wirklich nicht. Andrea gehörte, soweit ich weiß, keiner politischen Gruppierung an. Ihn interessierten Fußball, Frauen, Freunde und die Biologie. Er bereitete sich doch gerade wie verrückt auf die Aufnahmeprüfung fürs Studium vor. Das A muss etwas anderes als ›Kommando Andrea‹ bedeuten.«

Leda hielt Susannas Argumentation nach wie vor für gar nicht abwegig. Vielleicht hatte Andrea ja auch eine Art »politisches Parallelleben« geführt, von dem Marco nichts gewusst hatte?

»Bene, danke, Marco! Ich fahre dann mal wieder los und lasse euch allein. Ist das in Ordnung? Kommt ihr zurecht?«

»Völlig in Ordnung. Fass den Mörder. Damit hilfst du mir am meisten«, sagte Marco.

Die Grimaldis wohnten am anderen Ende Roms, im Stadtteil Talenti, und Leda brauchte fast eine Stunde, bis sie vor ihrem Haus in der ruhigen, baumbestandenen Straße stand. Es war ein altmodisches Gebäude vom Anfang des neunzehnten Jahrhunderts, eine große Villa, in der sechs Parteien lebten, umgeben von einem schmalen, gepflasterten Hof mit Blumenkübeln und zwei Bänken. Leda drückte auf die Klingel. Es blieb still, und sie lauschte dem Trillern eines Vogels, von denen es nur so wenige in der Stadt gab. Als auch nach dem zweiten Klingeln niemand reagierte, überlegte sie, ob sie Andreas Eltern eine Nachricht mit der Bitte um Rückruf hinterlassen sollte. Gerade als sie in der Tiefe ihrer Handtasche nach einem Stift suchte, öffnete sich über ihr ein Fenster, und Signora Grimaldi schaute heraus.

»Hallo, wer ist da?«

»Buon giorno, Signora. Ich bin es, Leda Giallo, die Mutter von Marco. Darf ich reinkommen?«

»Einen Moment, ich mache auf.«

Es dauerte eine Weile, bis Leda endlich Schritte auf der Treppe im Inneren des Hauses hörte und schließlich die Tür aufging. Signora Grimaldi sah furchtbar aus. Sie hatte schwarze Ringe unter den Augen, ihre Lider flatterten nervös, und ihre aschgraue Haut schien keiner Lebenden zu gehören. Furchen hatten sich in ihr Gesicht gegraben, und die dürren, grauen Haare hingen in Strähnen herunter. Die Trostlosigkeit menschlichen Daseins wurde vom Schwarz ihres viel zu weiten Kleides unterstrichen.

»Kommen Sie«, sagte Signora Grimaldi leise.

Langsam, Schritt für Schritt, von der Trauer um ihr Kind geschwächt, zog sie sich schweigend am Treppengeländer in den ersten Stock hinauf. Es kostete sie alle noch verbliebene Kraft. Leda folgte ihr in die Wohnung. Außer dem Knarren der alten Holzdielen und dem lauten Ticktack einer riesigen Standuhr im Flur herrschte Totenstille. Signora Grimaldi führte Leda ins Wohnzimmer und bat sie, auf dem Sofa Platz zu nehmen. Leda tat wie geheißen und schaute sich um. Auf einer Anrichte, die ebenfalls vom Beginn des neunzehnten Jahrhunderts stammen musste, stand ein großes Foto von Andrea. Ein Trauerflor war um den Silberrahmen gelegt, rechts und links brannten Kerzen, und schneeweiße Lilien verbreiteten einen betäubenden Duft. Es herrschte eine Stimmung wie in einer Friedhofskapelle.

»Seit Andreas Tod sind Sie der erste fremde Mensch, der unsere Wohnung betritt«, sagte Signora Grimaldi leise. »Die Leute von der Presse hatten unser Haus umlagert. Jetzt sind sie weg. Sie haben wohl begriffen, dass wir ihnen nichts sagen werden. Wie geht es Marco? Die Jungen fehlen mir so sehr.«

»Es geht ihm schlecht, er trauert furchtbar und verlässt das Haus nicht. Heute hat er zum ersten Mal wieder etwas gegessen.«

»Ich gehe auch nicht mehr hinaus, weil ich das Leben dort nicht mehr vertragen kann. Morgen ist Andreas Beerdigung. Wird Marco kommen?«

»Ich werde ihn fragen. Wo wird sie sein?«

»Auf dem Friedhof Campo Verano. Dort gibt es ein Familiengrab. Mein Mann Guido ist gerade unterwegs, um die restlichen Formalitäten zu erledigen. Er muss zur Zeit alles machen, weil ich vollkommen handlungsunfähig bin. Ich bin tot – wie Andrea. Ich sehe nur so aus, als würde ich leben. Ich habe alles verloren, was meinem Leben einen Sinn gab. Andrea half mir, gegen meine Krankheit zu kämpfen. Jetzt, wo er gegangen ist, kann ich ihm endlich folgen. Wenn er im Grab liegt, kann ich mich in aller Ruhe neben ihn legen. Das ist eine gute Perspektive. Deshalb freue ich mich auf morgen.«

»Sind Sie krank?«

»Nierenkrank, seit acht Jahren hänge ich an der Dialyse. Eine Transplantation kam nie in Betracht, weil mein Herz die Operation nicht überstehen würde. Gestern habe ich die letzte Nierenwäsche hinter mich gebracht. Bald werde ich sterben, weil ich keine Kraft mehr habe, zu kämpfen. Deshalb sagte ich auch, dass ich eigentlich schon tot bin.«

»Aber Signora Grimaldi ...«, sagte Leda erschüttert, doch sie wurde unterbrochen.

»Machen Sie sich keine Sorgen. Alles ist gut, wie es ist. Ich freue mich aufs Sterben. Dann bin ich bei Andrea und habe meinen Frieden. Es ist wirklich gut so.«

Leda wusste nicht, was sie sagen sollte. Gegen Signora Grimaldis Todessehnsucht anreden, versuchen, sie umzustimmen? Nach dem, was sie gerade gehört hatte, war der Wunsch nach dem baldigen Ende verständlich. Leben um des Lebens willen, abhängig von einer Maschine, ohne Aussicht auf Besserung? Sie selbst hätte unter diesen Bedingungen wahrscheinlich auch der Lebensmut verlassen.

»Und Ihren Mann lassen Sie allein?«, fragte Leda erschüttert.

»Nein, er wird dann mit seiner Freundin zusammenleben. Er ist nur wegen Andrea und wegen meiner Krankheit bei uns geblieben. Sein Verantwortungsbewusstsein hat ihn gehalten. Zehn Jahre lang. Ich bin ihm dafür sehr dankbar. Es war gut so für Andrea. Trotz meiner häufigen Schwächen und Unpässlichkeiten hatte er dank seines Vaters eine relativ normale Jugend.«

»Es tut mir alles so leid für Sie«, war das Einzige, was Leda herausbrachte.

»Ich habe Glück im Unglück, sehen Sie es einmal so. Meinem Mann wird es trotz der anderen Beziehung schlechter gehen als mir, weil er Andrea mindestens so sehr liebte wie ich. Aber ich kann gehen, er muss bleiben. Für ihn hoffe ich nur, dass er seine unglaubliche Wut auf Andreas Mörder eines Tages wird ablegen können. Ich erkenne ihn nicht wieder. Guido ist wie verwandelt. Er ist nur noch von einer Idee getrieben: diesen Faiola umzubringen. Der Mann hat Glück, dass er im Gefängnis geschützt ist. Jede Nacht kniet Guido vor Andreas Bild und schwört weinend Rache.«

»Das kann eine momentane Überreaktion sein«, meinte Leda, während ihr plötzlich ein fataler Gedanke kam. Sie versuchte ihn sofort wieder zu vertreiben. Nein, Michele Borghese hatte er nicht getötet, das konnte nicht sein. Signor Grimaldi war ein vorbildlicher Beamter, leitete seit Jahren das Einwohnermeldeamt des Bezirks Monte Sacro/Talenti und war in seiner Freizeit begeisterter Hobby-Botaniker. Marco hatte ihr einmal erzählt, dass Signor Grimaldi eine Sammlung sämtlicher in den Parks der Stadt vorkommenden Pflanzen besaß. Alle sorgfältig fotografiert, gepresst, aufgeklebt, mit ihren wissenschaftlichen Namen, dem Datum und dem Ort des Fundes versehen und in besonders klimatisierten Schränken archiviert.

Marco fand das zwar ziemlich spleenig, hatte sich aber vor einiger Zeit von Papà Grimaldi sogar dazu überreden lassen, mit ihm und Andrea morgens um fünf im Park der Villa Ada das Aufblühen irgendeiner Blume zu beobachten, die nur an einem Tag im Jahr bei Sonnenaufgang für etwa eine halbe Stunde ihre Blütenblätter öffnete, dann wieder schloss und sofort abfiel. Mit Digitalkameras waren sie losgezogen und fasziniert zurückgekehrt. Leda erinnerte sich genau, weil sie ein großartiges, ganz besonderes Wunder der Natur erwartet hatte. Stattdessen hatte ihr Marco ein unscheinbares, blassblaues Blütchen auf dem Bildschirm präsentiert, dessen Besonderheit sich der botanisch unbeleckten Leda nicht erschloss. Doch Signor Grimaldi war es gelungen, den beiden jungen Männern, die ansonsten eher dem Fußball, der Musik und anderen profanen Gelüsten zugeneigt waren, den Blick für ein winziges, stilles Detail der Natur zu schärfen. Sie hatte ihn dafür bewundert.

»Ihr Mann geht doch häufig in Parks, um Pflanzen zu sammeln. Marco hat zu Hause begeistert davon erzählt.«

»Ja, und Andrea war oft mit ihm unterwegs. Wahrscheinlich hat diese Begeisterung meines Mannes für Pflanzen in Andrea den Wunsch gefördert, Biologie zu studieren.«

»Dann kennt er auch die Villa Doria Pamphili?«

»Ja, natürlich. Jeden Baum, jeden Strauch, jedes Kraut, jedes Blatt.«

»Wissen Sie, ob er gestern Abend dort war?«

»Nein, das weiß ich nicht. Er kam nach Hause, als ich schon im Bett lag. Er sagt mir nie, wo er hingeht. Ich vermute aber, dass er bei seiner Freundin war.«

»Übernachtet er denn nicht dort?«

»Im Moment nicht, weil ich sonst allein wäre. Andrea ist ja nicht mehr da. Mein Mann ist wirklich sehr verantwortungsbewusst.«

»Ist Ihnen an Ihrem Mann nach seiner Heimkehr irgendetwas aufgefallen? War er anders als sonst? Hatte er etwas Besonderes an?«

»Was für seltsame Fragen Sie stellen. Er kam in mein Zimmer und fragte, ob ich etwas brauche. Dann sprachen wir noch über Andreas Beerdigung, und ich sagte, dass ich mich schämte, so schwach zu sein und ihm nicht helfen zu können in dieser schweren Zeit. Und da nahm er mich zum ersten Mal wieder in den Arm und sagte, dass ich Andrea eine so gute Mutter gewesen und er mir dafür dankbar sei und immer für mich da sein wolle. Dann haben wir zusammen geweint. Das war alles.«

»Hat er in der vergangenen Nacht auch wieder vor Andreas Bild gekniet?«

»Ja, das hat er. Aber warum fragen Sie das alles? Das klingt fast wie ein Verhör.«

»Entschuldigen Sie bitte, Signora Grimaldi. Aber als Sie von den Rachegefühlen Ihres Mannes sprachen, brach bei mir die berufliche Seele einer Polizistin hervor. Wir haben nämlich heute früh in der Villa Doria Pamphili einen Ermordeten gefunden. Ein Bekannter von Faiola. Ich bin gekommen, um Sie zu fragen, ob sich Andrea politisch mit irgendeiner Gruppe oder Ideologie identifiziert und für sie gearbeitet hat. Jetzt interessiert mich natürlich auch, wie es sich in dieser Hinsicht mit Ihrem Mann verhält?«

Signora Grimaldi starrte sie entsetzt an und zeigte keinerlei Reaktion. Im Flur schlug die Standuhr. Zwölf Gongschläge hallten durch die stille Wohnung, als kündigten sie den Untergang der Welt an.

Dann begann Signora Grimaldi zu zittern. Erst nur an den Händen, dann erfasste der Tremens ihre Arme, die Beine und schließlich den ganzen Körper.

Leda ging zu ihr und umarmte sie, um sie zu beruhigen. O Gott, was hatte sie bei der armen Frau ausgelöst!

»Signora, beruhigen Sie sich!«

Während Leda erfolglos auf sie einredete, wurde die Wohnungstür geöffnet.

»Was ist denn hier los?«, fragte Signor Grimaldi, als er die beiden Frauen auf dem Sofa hocken sah.

»Ihre Frau ...«, stotterte Leda. »Sie beruhigt sich nicht mehr.«

»Das passiert manchmal, wenn sie sich zu sehr aufregt. Moment, wir haben dagegen Tropfen.«

Er verschwand und kam mit einer kleinen braunen Phiole und einem Glas Wasser zurück, zählte einige Tropfen der Medizin ins Wasser und flößte das Ganze seiner zitternden Frau ein. Dann nahm er das Bündel Mensch in den Arm, sprach mit ihr wie mit einem kleinen Kind, und kurz darauf wurde sie ruhiger.

»Hast du Faiolas Freund umgebracht?«, waren die ersten Worte, die sie mit einer Wucht hinausstieß, als wollte sie ihn ohrfeigen.

»Wie bitte? Welchen Freund?«

»Hast du es getan?«, insistierte Signora Grimaldi.

»Nein, wie kommst du nur darauf? Ich weiß gar nicht, wer sein Freund ist.«

»Sag mir, wenn du es getan hast, du musst es mir sagen«, fing die Frau nun mit heiserer Stimme an zu schreien.

»Nein, Liebes, beruhige dich.«

»Sag es, sag es!«

Nun hatte Leda das dringende Bedürfnis einzuschreiten, um eine weitere Eskalation zu verhindern. Schließlich war sie selbst die Verursacherin des sich hier abspielenden Dramas.

»Signor Grimaldi, wo waren Sie gestern Abend zwischen achtzehn und einundzwanzig Uhr?«, fragte sie ohne Umschweife.

»Signora Giallo, ich glaube, das geht Sie nichts an.«

Prompt begann die Signora wieder zu krächzen: »Sag es ihr, sag es ihr. Sie weiß alles, du kannst es ihr sagen.«

»Ich glaube, ihr seid beide verrückt geworden«, meinte Signor Grimaldi kopfschüttelnd. »Aber bitte, Liebes, wenn es dir hilft und sie es hören soll: Ich war bei meiner Geliebten und habe ihr gesagt, dass ich nicht mehr zu ihr kommen werde, weil meine Frau mich jetzt ganz und gar braucht.«

»Gibt es dafür Zeugen?«

»Außer Elsa? Als ich kam, war ihre Freundin da. Wir haben noch einige Zeit zu dritt über den furchtbaren Tod unseres Sohnes gesprochen. Als ich ging, hat mich, glaube ich, niemand gesehen. Ich kann mich jedenfalls an niemanden erinnern. Warum ist das alles so wichtig? Was habe ich mit der Ermordung dieses Menschen zu tun?«

Leda sah jetzt keine andere Möglichkeit mehr, als ihm auf den Kopf zuzusagen, welche Überlegungen sie angestellt hatte. Er hörte ihr ruhig zu.

»Ja, es stimmt. Wenn ich diesen Faiola erwische, werde ich ihn umbringen«, sagte er und schaute Leda dabei offen in die Augen. »Mein Leben ist ohne Andrea nichts mehr wert. Meine Frau und ich haben von der Zukunft nichts mehr zu erwarten. Warum soll der Mensch, der uns das angetan hat, weiterleben und möglicherweise anderen Eltern das Gleiche antun? Ob ich im Gefängnis sitze oder hier in meiner Wohnung, macht keinen Unterschied. Können Sie das verstehen?«

Die Kommissarin zog es vor zu schweigen. Einerseits hatten auch Mörder ein Recht auf Leben. Deshalb war die Todesstrafe aufgehoben worden. Andererseits war sie Mutter und bezweifelte, dass nach dem Tod ihrer Kinder irgendetwas anderes in ihrem Leben noch von Bedeutung sein würde. Oder doch, Paolo wahrscheinlich schon, doch sie war sich nicht sicher.

»Sie bestreiten also, etwas mit dem Mord in der Villa Doria Pamphili zu tun zu haben?«

»Ja, ganz eindeutig.«

»Können Sie mir dann sagen, ob Sie oder Andrea sich politisch betätigt haben?«

»Sie meinen, in einer Partei oder so etwas? Nein, noch nie. Außer, dass wir wählen gehen und uns wie jeder Italiener täglich über die Politik aufregen, haben wir nichts damit zu tun. Ich wüsste auch nicht, dass Andrea sich jemals für Politik interessiert hätte.«

»Dürfte ich sein Zimmer anschauen, ob es dort irgendwelche Hinweise gibt?«

»Ja, natürlich. Wir haben dort nichts angerührt. Es ist, als wäre er nur mal eben fortgegangen.«

Da die Eltern das Zimmer nicht betreten wollten, ging Leda allein hinein. Sie fühlte sich sehr unwohl und wäre am liebsten einfach davongegangen, zumal über Andreas Bett ein großes Foto von Marco und ihm beim Fußballspielen hing. Beinahe wären ihr die Tränen gekommen.

Sie fand keinen einzigen Hinweis auf eine mögliche Teilhabe Andreas am politischen Leben. Auch nicht in seinem Computer, wo sie rasch die zuletzt aufgerufenen Seiten im Internet überprüfte und sich sein E-Mail-Fach ansah.

»Wann wird morgen die Beerdigung sein?«, erkundigte sie sich, bevor sie diesen traurigen Ort verließ.

»Um vierzehn Uhr. Es wäre schön, wenn Marco käme. Aber wir verstehen es auch, wenn er es nicht schafft. Grüßen Sie Ihren Jungen von uns. Wir denken mit Freude an ihn«, sagte Signor Grimaldi mit Tränen in den Augen, als er Leda verabschiedete.

»Sind Sie mir böse wegen vorhin?«

»Nein, Sie tun nur Ihre Arbeit. Und das gehört dazu, wenn sich ein Verdacht auftut. Viel Glück«, meinte er und drückte ihr warmherzig die Hand.

In der Questura angekommen, eilte Leda als Erstes zu Fabrizio Roncalli.

»Sind Sie nur zum Schnuppern gekommen, oder wollen Sie noch mehr wissen?«

»Beides. Sie bestimmen die Reihenfolge«, gab sie lachend zurück.

»Also, hier sind meine Wangen. Hoffentlich riecht man noch was. Ich habe sie heute Morgen um sieben mit dem teuren Duftstoff verwöhnt. Man tut ja was für die Attraktivität«, meinte Roncalli und streckte ihr einladend sein Gesicht entgegen.

Leda enthielt sich eines Kommentars, denn Roncalli wirkte auf sie weder mit noch ohne Parfüm attraktiv. Ganz im Gegenteil – das Rasierwasser stand für ihre Begriffe in einem gewissen Gegensatz zu dem, was er ansonsten zu bieten hatte: vom schmuddeligen Anzug über den Mundgeruch bis zu den Trauerrändern unter den Fingernägeln. Da er ansonsten ein netter und fleißiger Mensch war, beschloss sie, diese kleinen Mängel zu übersehen. Auch er hatte ein Recht darauf, sich gut zu fühlen. Vorsichtig atmete Leda den Geruch ein.

»Ja, das ist es.«

»Mögen Sie den Duft?«

»Schon, er ist sehr eindrucksvoll«, redete sie sich raus und hoffte, das Thema sei damit beendet. Doch weit gefehlt:

»Meine Freundin ist ganz scharf drauf. Ich muss mich abends immer ein zweites Mal rasieren, damit sie mich noch besser riechen kann«, erklärte Roncalli ihr mit einem breiten Lächeln.

Wenn du dir stattdessen die Zähne putzen würdest, wäre das vielleicht besser, dachte sie.

»Borghese hat heute unentschuldigt am Arbeitsplatz gefehlt«, berichtete Roncalli. »Das hat er noch nie getan, und man macht sich Sorgen um ihn.«

»Sie haben aber nicht gesagt, was passiert ist, oder?«

»Signora, wofür halten Sie mich? Natürlich nicht«, erwiderte er empört. »Vergangene Nacht war er auch nicht zu Hause bei seinen Eltern. Seine Eltern habe ich zur Identifizierung der Leiche in die Gerichtsmedizin einbestellt. Borghese liegt bei Amato auf dem Tisch. Sie sollen rüberkommen.«

»Und was ist mit Andrea Grimaldi?«

»Die Kollegen haben alle Unterlagen überprüft, doch er ist ein unbeschriebenes Blatt. Wir haben auch die These mit dem Vergeltungsschlag diskutiert und halten sie für durchaus möglich. Aber wir konnten weder eine mit A beginnende Gruppe noch eine Person finden, die nach unserem Kenntnisstand im Zwist mit den Faschisten liegt. Unsere Leute aus der rechten, linken und autonomen Szene sind auf diese Frage angesetzt. Auf eine Antwort werden wir vermutlich ein paar Tage warten müssen.«

»Was meinen Sie: Sollen wir eine Pressekonferenz abhalten und Namen nennen oder besser die Undercover-Leute in Ruhe arbeiten lassen?«

»Darüber haben wir auch schon gesprochen. Ergebnis: Wir machen eine Pressekonferenz und nennen dabei alle Namen und Zusammenhänge. Dann redet man in der Szene darüber, und unsere Leute können viel mehr erfahren.«

»Danke, Roncalli, Ihre Arbeit gefällt mir noch besser als Ihr Aftershave. Wenn's etwas Neues gibt, rufen Sie mich sofort an?«

»Aber natürlich, Signora. Halten Sie mich auch auf dem Laufenden?«

»Wie könnte ich einen Mann wie Sie vergessen?«, sagte sie lachend und trabte zum Büro ihres direkten Vorgesetzten, des Vicequestore Fernando Raimondi, den sie dringend über die aktuellen Ereignisse informieren musste.

Leda hielt Raimondi für eine schreiende Fehlbesetzung in der Questura, die nur durch die wertvollen Qualitäten des Präsidenten, Alberto Libero, ausgeglichen wurde. Raimondi war ein eitler Hahn, der sich selbst am liebsten in den Vordergrund spielte, immer wieder seine guten Kontakte zur Politik betonte und sich gegenüber seinen Mitarbeitern laufend im Ton vergriff. Libero hingegen hatte Eleganz – in seinem Umgang mit Menschen ebenso wie im Umgang mit Sachverhalten und Worten. Er kannte jeden, der wirklich wichtig war, und erhielt Zugang zum Staatspräsidenten, wenn er ihn brauchte. Aber darüber sprach er nie, sondern handelte einfach, wenn nötig. Jedem einzelnen Kollegen vermittelte er das Gefühl, ein wichtiger Mitarbeiter zu sein. Während zwischen Leda und Raimondi keine Unterhaltung ohne Streit möglich war, verliefen die Gespräche mit Libero stets in sachlicher, freundlicher und streng zielgerichteter Arbeitsatmosphäre.

Sie spürte auf dem Weg zu Raimondis Büro einen Kloß im Hals, angesichts der Vorwürfe, die auf sie herunterhageln würden. Ihren direkten Vorgesetzten einfach per Sprung nach oben zu ignorieren, wäre bei Libero schlecht angekommen, da er Loyalität für unabdingbar hielt. Und die galt es vor allem gegenüber direkten Vorgesetzten zu wahren. Niemals hätte er selbst einen Mitarbeiter übergangen.

Raimondi hatte in seinem Vorzimmer eine in Ledas Augen perfekt zu ihm passende Sekretärin: Lena. Sie war klein, dürr und zickig, schwärzte jeden bei ihrem geliebten Chef an und machte Kontrollgänge durchs Präsidium, um zu sehen, ob alle auch wirklich fleißig arbeiteten. Wer es in ihren Augen nicht tat, wurde kurz darauf zum Rapport bei Raimondi einbestellt. Lena war bei den meisten Mitarbeitern ziemlich verhasst.

»Signora Giallo, Sie wünschen?«, tönte es ihr entgegen, als sie das Büro betrat.

»Ich wünsche mit Vicequestore Raimondi zu sprechen.«

»Haben Sie einen Termin?«

»Nein, aber es ist sehr wichtig.«

»So, alles ist immer wichtig. Aber der Vicequestore befindet sich zur Zeit in einem noch viel wichtigeren Termin, der auch noch lange dauern wird. Möchten Sie mir eine Nachricht hinterlassen?«

»Signora Lena, nein, ich möchte umgehend mit Raimondi sprechen. Es handelt sich um einen neuen Mordfall.«

»Hat er denn schon einen Bericht von Ihnen erhalten? Ich erinnere mich nicht daran, einen von Ihnen gesehen zu haben. Sie wissen, dass der Vicequestore gern erst einmal schriftlich informiert wird.«

»Und wenn es ausnahmsweise einmal schnell gehen muss?«

»Dann halten wir uns trotzdem an diese Regel. Vor allem dann, wenn der Vicequestore keine Zeit hat. Sobald er frei ist, kann ich mich ja bei Ihnen melden. Einverstanden?«

»Aber gern doch, Signora Lena. Aber gern doch.«

Da war nichts zu machen. Leda verließ erfreut den Raum, um sich sofort auf den Weg zu Libero zu machen. Die Pressekonferenz musste möglichst rasch einberufen werden, damit die Medien ihre Informationsmaschinerie anwerfen konnten.

Silvia, die kürzlich von Libero aus dem Stand der Sekretärin in den der Präsidialassistenz erhoben worden war – zu Recht, wie Leda fand, denn Silvia war als Informationsbeschafferin aus dem Präsidium nicht mehr wegzudenken –, begrüßte sie freundlich. Leda bewunderte wieder einmal ihre perfekte Aufmachung in Form eines hellen Kostüms mit einer weißen Bluse und Pumps, die so weiß waren, als hätten sie noch nie einen schmutzigen Straßenboden betreten.

»Ciao, wie geht es Ihnen?«

»Ein paar Tote zu viel, sonst ganz gut. Ist der Chef da?«

»Leider nein, er ist im Haus unterwegs. Ist es dringend?«

»Ja, sehr sogar.«

»Va bene, ich suche ihn. Er meldet sich dann bei Ihnen.«

Kaum hatte sich Leda auf ihrem Bürostuhl niedergelassen, stand Libero auch schon vor ihr.

»Buon giorno, werte Kollegin. Silvia sagte, es sei dringend. Was gibt's?«

Er hörte sich die Geschichte an, ohne Leda auch nur einmal zu unterbrechen.

»Stimmt, wir müssen die Presse auf jeden Fall bald unterrichten. Unser Pressesprecher Bruno Lerner sagte mir bereits, dass die Medien wie toll bei ihm anrufen. Haben Sie schon mit Raimondi gesprochen?«

»Er sitzt in einem Termin fest, deshalb bin ich auf Sie zugekommen.«

Libero grinste. »Sie haben mein Okay. Sobald die Leiche zweifelsfrei identifiziert wurde, können Sie loslegen. Besser, wir geben denen von uns aus Futter, als dass sie Quatsch verbreiten, wie sie es häufig tun. Abgesehen von Paolo Sinibaldi natürlich, dem besten und gründlichsten Polizeireporter der Stadt«, meinte er augenzwinkernd. »Mich brauchen Sie dazu wohl nicht.«

Borgheses Eltern identifizierten den Toten als ihren Sohn. Im Gegensatz zu den Eltern Grimaldi blieb das Ehepaar Borghese angesichts des Grauens, das sie sahen, seltsam unberührt. Signora Borghese drohte nur einmal kurz die Contenance zu verlieren, wurde aber durch ein strenges Wort ihres Mannes sofort zur Vernunft gerufen, dem sie sich, ohne mit der Wimper zu zucken, unterwarf. Die Leute waren Leda unheimlich. Wie konnte man angesichts seines toten Kindes so gefasst bleiben? Signor Borghese beantwortete jede Frage mit militärischer Strenge und Genauigkeit. Kein Wort zu viel kam über seine Lippen. Seine Frau schwieg.

Micheles Freizeitaktivitäten waren ihnen angeblich weitgehend unbekannt. Sie hätten ihn zwar im Fernsehen inmitten der Faschisten gesehen, aber es wäre schließlich das

Recht eines jeden Bürgers in einer Demokratie, eine eigene Meinung zu haben und sie öffentlich zu vertreten. Zu Hause sei darüber nie gesprochen worden. Er sei ein guter Sohn, friedfertig und fleißig. Michele habe gutes Geld in einem guten Beruf verdient. Es sei eigentlich an der Zeit gewesen, eine Familie zu gründen und Kinder zu bekommen, sonst stürben die echten Italiener noch aus. Gute alte Werte wie Familie und Kinder seien den meisten jungen Leuten fremd geworden. Sie dagegen hätten ihre Kinder im Geiste italienischer Tradition erzogen. Der Verdacht, ihr Sohn sei der Anführer einer radikal-gewalttätigen Schlägertruppe, sei aus der Luft gegriffen, eine bösartige Unterstellung. Sie jedenfalls könnten sich nicht vorstellen, dass irgendjemand ihren guten Jungen gehasst haben könnte. Michele sei Opfer eines ordinären Gewaltverbrechers geworden, von denen es in der Stadt inzwischen so viele gebe, weil die linke Regierungsmehrheit die harte, ordnende Hand vermissen lasse.

Leda seufzte. Immerhin war jetzt klar, woher Michele Borghese sein Gedankengut hatte.

»Signor Borghese, bitte sagen Sie mir, ob Michele vielleicht eine Freundin hatte«, unterbrach Leda den Redefluss.

Signor Borghese schaute sie beinahe erstaunt an. Michele habe nie über seine Frauen gesprochen. Das sei allein seine Angelegenheit gewesen. Sie hätten das auch gar nicht wissen wollen.

Leda fragte sich, was sie überhaupt von ihrem Sohn wussten, anscheinend sehr wenig. Sie erklärte, dass Kollegen in ihrer Wohnung nach Hinweisen auf einen möglichen Feind von Michele suchen müssten, was Signor Borghese vehement ablehnte. In seiner Wohnung habe die Polizei nichts zu suchen. Sie seien redliche Bürger und müssten sich nicht durchleuchten lassen. Wie Verbrecher behandele man sie, als hätten sie selbst ihren Sohn umgebracht.

Da verlor Leda die Geduld und belehrte ihn, dass er für den Fall einer Weigerung mit einem Durchsuchungsbefehl und einer Anzeige wegen Behinderung der Polizeiarbeit zu rechnen habe. Damit ließ sie den empörten Signor in der Leichenhalle stehen und lief ins Polizeipräsidium zurück. Dort beauftragte sie Roncalli, sich die Wohnung Borghese gründlich vorzunehmen, und bereitete sich selbst auf die Pressekonferenz vor.

VIII

Ledas privates Telefon stand in der kommenden Nacht still. Damit stand für sie fest, dass Borghese der Anrufer gewesen war. Sicherlich sandte er ihr und Marco aus dem Jenseits Warnungen zu, doch glücklicherweise fehlten ihr dafür die entsprechenden Antennen, und sie schlief fest.

Da Marco sie gebeten hatte, ihn mittags zu Andreas Beerdigung zu begleiten, rollte sie sich morgens für ihre Verhältnisse sehr früh aus dem Bett. Den Rest der Familie ließ sie schlafen und fuhr zum Frühstück zu Marios Bar.

Seit vielen Jahren war er – bis auf Ausnahmen – ihre morgendliche Anlaufstelle für den ersten Cappuccino und ein Cornetto mit Cremefüllung. Angesichts der Ereignisse hatte sie diesem Vergnügen in den letzten Tagen entsagen müssen und freute sich jetzt umso mehr darauf. Dank der frühen Stunde fand sie direkt vor der Bar einen Parkplatz. Als sie die Tür öffnete, erwartete sie eine Überraschung. Sie fand den Gastraum mit hübschen, neuen Möbeln ausgestattet vor. Die wackeligen, weißen Plastiktische minderer Qualität waren gegen solide, mittelbraune Holztische ausgetauscht worden, die von Stühlen mit dunkelgrünen Sitzpolstern umgeben waren.

»Mario, das sieht richtig edel aus. Ist bei dir der Reichtum ausgebrochen?«

»Für seine Gäste tut man, was man kann. Gefällt es Ihnen?«

»Sehr gut sogar. Sind die Preise jetzt gestiegen?«

»Nein, Signora, Sie haben das alles schon bezahlt! Erinnern Sie sich? Ich habe doch im vergangenen Jahr die Preise erhöht, weil ich diese Umgestaltung seit langem geplant hatte.

Wenn die Politiker dieses einfache Prinzip auch anwenden würden, steckte unser Staat jetzt nicht so in der Klemme. Aber die kapieren wohl nie, wie das geht.«

Mario seufzte so tief, dass das dicke Goldkreuz inmitten der inzwischen überwiegend grauen Brusthaare wie ein Schiff auf hoher See wogte. Winters wie sommers trug Mario hellblaue Oberhemden, die drei obersten Knöpfe geöffnet und die Manschetten zweimal umgeschlagen. Er fror nie, schwitzte selbst bei größter römischer Hitze selten und führte seine Bar mit Leidenschaft. Fremde Besucher bediente er distanziert höflich, vertraute Stammgäste wie Leda mussten mit emotionalen und verbalen Ausbrüchen rechnen. Als passionierter Zeitungsleser hatte Mario eine Meinung zu allen Themen des Lebens, der Politik und der Kirche. Leda ahnte schon, was heute auf sie zukommen würde.

»Ist das heute nicht ein bisschen früh für Sie?«, erkundigte er sich, um das Gespräch sanft einzuleiten.

»Schon, aber ich habe viel zu tun.«

»Der Mord am falsch herum Aufgehängten! Non è? Das muss schrecklich ausgesehen haben. Wer hat ihn denn gefunden?«

»Ein Gärtner.«

»Und der Tote war Faschistenchef? Und einer seiner Männer hat am Sonntag den armen Jungen vor dem Fußballstadion erschlagen? War der denn wirklich ein Linksradikaler, wie die sagen?«

»Wer sagt das?«

Mario griff zur Zeitung, schlug sie auf und tippte aufgeregt mit dem Finger auf einen Artikel. »Hier, lesen Sie. Sie müssen es den Journalisten doch selbst gesagt haben!«

Tatsächlich, da stand es: »Giallo geht von einem Zusammenhang zwischen dem Angriff auf Andrea Grimaldi, einen linksextremen Aktivisten aus der autonomen Szene, und dem

Mord an Michele Borghese, seinem Gegenspieler auf der neofaschistischen Seite, aus.«

Leda tobte vor Wut. »Genau das habe ich nicht gesagt! Gibt's noch eine andere Zeitung?«

Mario reichte ihr das Blatt, für das Paolo schrieb. Hier musste alles richtig wiedergegeben sein, denn er hatte ihre Pressekonferenz besucht. Nervös blätterte sie die Zeitung durch und fand schnell seinen ausführlichen Artikel.

»Hauptkommissarin Leda Giallo führte aus, dass ein Zusammenhang zwischen dem Tod Andrea Grimaldis und dem des Ultraführers Michele Borghese zum jetzigen Zeitpunkt weder bejaht noch verneint werden könnte. Nach den bisherigen Erkenntnissen der Polizei habe sich Grimaldi in keiner Weise politisch betätigt. Wenn der Mord an Borghese tatsächlich ein Vergeltungsakt gewesen sein sollte, wofür aufgrund verschiedener Indizien einiges spreche, liege der Grund dafür im Dunkeln. Bisher habe sich niemand zum Mord an Borghese bekannt. Dies sei aber bei politisch motivierten Taten sonst regelmäßig der Fall, sagte Giallo.«

Zufrieden blickte Leda Mario an, der ihrer Lesung aufmerksam gefolgt war, während er gleichzeitig Cappuccino und Cornetto auf die Theke zauberte.

»Und so ist es richtig?«

»Ja, natürlich. Auf Paolo ist Verlass.«

Leda biss in das Hörnchen, dessen oberste, kross gebackene Teigschicht unter dem Druck ihrer Zähne leicht krachend auseinandersprang und dann die weiche, cremige Innenmasse freigab. Schon als Kind hatte Leda diesen ersten Bissen ins Cornetto geliebt. Sie kaute genüsslich vor sich hin und nahm dann einen Schluck Cappuccino. Ganz vorsichtig, weil sie unter dem relativ kühlen Milchschaum brühend heißen Kaffee vermutete. Rasch fuhr sie sich anschließend mit einer Papierserviette über die Oberlippe, denn sie wusste, dass ein hübscher Bart aus Milchschaum und Puderzucker sie schmückte.

»Wenn dieser Grimaldi nun doch ein Autonomer war?«

»Dann würden seine Genossen ihn wie einen Märtyrer feiern und die Gegner verteufeln. Das ist aber bisher nicht geschehen. Und die Neofaschisten haben ihrerseits noch keinerlei Beschuldigungen gegen Linke oder Autonome erhoben.«

»Dann warten wir das Fußballspiel am nächsten Sonntag ab. Wir werden ja sehen, welche Spruchbänder im Stadion auftauchen und wer in welcher Formation zu Prügeleien hinterher antritt«, meinte Mario mit gerunzelter Stirn. »Ich würde sogar als Fußballfan in der nächsten Zeit kein Stadion betreten. Das wäre mir zu gefährlich.«

Diesen Punkt hatte Leda bereits mit Libero erörtert. Die jüngsten Ereignisse stellten eine ernsthafte Gefahr für die öffentliche Sicherheit in den Fußballstadien dar, weil wutentbrannte Fanclubs und politische Eiferer sich Gefechte liefern könnten. Die einzige Möglichkeit, dem zu begegnen, sahen Leda und Libero darin, alle Spiele vorläufig abzusagen.

Leda schaute auf die Uhr. Sie musste los, denn für Punkt neun war eine Krisensitzung im Büro des Regierenden Bürgermeisters angesetzt. Dieser hatte kurzfristig alle Sicherheitskräfte Roms und die Präsidenten der Fußballclubs einberufen. Libero bestand darauf, dass Leda ihn begleitete.

Um Viertel vor neun stiegen sie aus Liberos schwarzer Dienstlimousine und gingen die von Michelangelo entworfene Cordonata, die Treppe zum Kapitolsplatz, hinauf. Zum Besprechungsraum hätten sie zwar auf einer kleinen, für den Publikumsverkehr gesperrten Nebenstraße fahren können, doch der Polizeipräsident hatte Leda, die am liebsten jede körperliche Anstrengung vermied, dazu überredet, mit ihm den anstrengenderen, aber dafür eindrucksvolleren Anstieg zu den Amtsräumen des Stadtoberhauptes zu gehen. Vorbei an steinernen Löwen erklommen sie den Kapitolshügel und verschnauften kurz auf der Piazza, die wie eine riesige Terrasse den Blick über die Stadt freigab. Noch tummelten sich nur wenige Touristen dort oben in der morgendlichen Herbstsonne. Der Ansturm auf die Museen zur Rechten und Linken des Platzes würde erst in einer Stunde beginnen.

Die Besprechung im Palazzo Senatorio dauerte und dauerte, denn die Präsidenten der Fußballclubs widersetzten sich vehement dem Vorschlag des Bürgermeisters und Liberos, die Spiele vorläufig ausfallen zu lassen. Sie schätzten die Lage als weit weniger gefährlich ein und behaupteten zudem, sie hätten die Fanclubs im Griff. Es gebe keinerlei Anzeichen für geplante Gewaltaktionen. Spielverbote führten ihrer Meinung nach nur dazu, dass die feindlichen Gruppierungen Zeit hätten, sich noch besser zu organisieren, um nach dem Ende des Spielverbotes heftigere Kämpfe anzuzetteln als je zuvor.

»Und bitte bedenken Sie, welch schlechten Ruf unsere Polizei dann genösse. Wenn sie nicht einmal in der Lage ist, einfache Fußballspiele zu sichern, was kann sie denn dann überhaupt in den Augen der Öffentlichkeit?«, gab der Präsident von AS Roma zu bedenken.

»Wir können uns auch finanziell gesehen keine Spielausfälle erlauben. Unsere Situation ist bereits äußerst angespannt, und gute Spieler sind nun einmal teuer«, führte der Präsident von SS Lazio aus. Der Präsident des Olympiastadions kündigte an, die Stadtregierung bei einem Spielverbot auf jeden Fall zur Kasse zu bitten. Auch er sei bereit, für erweiterte und verstärkte Sicherheitsmaßnahmen zu sorgen, eine totale Absage von Spielen komme nicht in Betracht.

Wie die Wilden redeten sie auf den Regierenden Bürgermeister ein: dass sich eine ganze Stadt nicht von ein paar

Fanatikern erpressen und ihr liebstes Sonntagsvergnügen nehmen lassen dürfe. Wie wichtig es gerade jetzt sei, die Flagge der wehrhaften Demokratie zu hissen.

Drei Stunden später war entschieden, dass die Spiele stattfinden würden und dass die staatliche Polizei sowie die Carabinieri, die Militärpolizei, für die Unversehrtheit der Besucher und Spieler rund ums Stadion zu sorgen hätten. Libero seufzte zwar, lächelte aber bereits wieder, als er den auf der Piazza wartenden Journalisten geschliffene Sätze über »ein höchst konstruktives Gespräch, bei dem alle Beteiligten ein Stück Verantwortung für die Besucher der Spiele übernommen haben«, in die Federn, Kameras und Mikrofone diktierte.

Da bis zum nächsten Spiel nur noch drei Tage Zeit für die Organisation blieben, fuhr Libero sofort im Wagen seines Kollegen von der Militärpolizei mit zu dessen Amtssitz, um einen entsprechenden Sicherheitsplan zu entwickeln.

Leda nahm ein Taxi zurück zur Questura. Sie hoffte, dass Ugo und Raffaella bei ihren gestrigen Nachforschungen in der Villa Doria Pamphili etwas Brauchbares gefunden hatten.

»Und, wird das Spiel am Sonntag ausgesetzt?«, war Ugos erste Frage. In seinem Blick stand die unverhohlene Furcht vor einem fußballfreien Wochenende.

»Sattelst du dann auf Golfen um?«, lautete Ledas Gegenfrage. »Oder meldest du dich womöglich freiwillig für den Sonntagsdienst?«

»Dann würde ich mit meiner Frau zum Wandern in die Berge gehen«, sagte er.

Seine Gattin Elena hatte er seinerzeit beim Wandern kennengelernt. Seinen Schilderungen zufolge beschwerte sie sich häufig, dass Ugo am Wochenende entweder Dienst hatte oder ins Stadion ging. Es entsprach nicht ihrer Vorstellung von einer Ehe, das Wochenende oft allein verbringen zu müssen.

»Elena wird wohl allein wandern müssen. Das Derby findet statt. Was ist denn gestern rausgekommen?«, erkundigte sich Leda.

Raffaella berichtete, dass das Suchkommando im See einen Baseballschläger gefunden hatte, laut Piero Bassani höchstwahrscheinlich die Tatwaffe. Außerdem waren dort eine Hose und ein Hemd entdeckt worden, beide blutverschmiert. Bassani glich gerade die Blutspuren am Schläger und an der Kleidung mit dem Blut des Opfers ab, während Leo Amato prüfte, ob der Schläger zur Kopfwunde passte.

Außerdem waren sämtliche Angestellte des Parks befragt worden. Ein Parkwächter hatte um halb zehn abends einen Mann beobachtet, der gerade die Mauer zur Via della Nocetta überkletterte, und zwar dort, wo sie eingestürzt war und gerade repariert wurde.

»Wir haben es uns angeschaut. Der Wächter konnte den Mann nicht näher beschreiben, weil er weit weg stand und es schon ziemlich dunkel war. Er glaubt, dass er dann Richtung Via Vitellia gerannt ist«, erklärte Raffaella.

»Wo wurde der Baseballschläger gekauft?«

»Bassani sagt, es sei ein amerikanisches Originalstück aus Eichenholz. Hersteller: Hillerich & Bradsby Co, No. 14, Louisville, KY. Lou Gehrig Safe Hit Model«, las Raffaella von einem Zettel ab. »Ich fahre nachher zum Baseballclub A.S. Roma. Die können uns hoffentlich weiterhelfen, weil sie wissen, wo man solche Schläger kaufen kann.«

»Ich habe im Internet nachgeschaut. Bei Ebay sind Hunderte dieser Teile im Angebot«, warf Ugo ein. »Der oder die Täter können die Waffe aus der ganzen Welt per Post oder Kurier bezogen haben.«

»Bekommt man die nicht auch in den einschlägigen Shops der Ultra-Rechten?«, fragte Leda.

»Genau, und dazu noch auf den Flohmärkten. Völlig problemlos«, meinte Ugo.

»Wir suchen also eine Stecknadel im Heuhaufen?«

»So ungefähr«, meinte Raffaella.

»So beginnt fast jeder Fall. Lasst euch nicht entmutigen. Viel Erfolg, bis später.«

Damit verschwand Leda in ihr eigenes Büro nebenan. Seit einem halben Jahr arbeitete sie von Ugo räumlich getrennt. Dies hatte für sie zunächst eine große Umstellung bedeutet, die notwendig geworden war, seit Raffaella zum Team gestoßen war.

Leda begann, den überfälligen Bericht für Vicequestore Raimondi in den Computer zu tippen. Sie hasste diese Tätigkeit und wünschte sich jedes Mal wieder, die Gedanken würden sich automatisch in eine Datei verwandeln, die man nur noch weiterleiten müsste.

Sie hatte noch nicht lange an ihrem Schreibtisch gesessen, als Marco mit seinem Freund Matteo erschien. Beide waren sehr blass, schwarz gekleidet und trugen Rosen für Andreas Grab in der Hand.

»Wir müssen los«, sagte Marco leise.

Am Haupteingang des Friedhofs erkundigten sie sich, wo die Beerdigung stattfand. Zu ihrer Verwunderung hieß es, dass heute niemand mit dem Namen Andrea Grimaldi beerdigt würde. Wahrscheinlich wollten Andreas Eltern die Bestattung ihres Sohnes geheim halten, um Schaulustige abzuhalten. Immerhin war sein Name durch alle Medien gelaufen. Leda zückte ihren Polizeiausweis und erhielt die gewünschte Information.

In einer der Kapellen im mittleren Teil des größten römischen Friedhofs hatte sich bereits eine kleine Trauergemeinde aus Familienmitgliedern und den engsten Freunden versammelt. Andreas Eltern saßen regungslos in der ersten Reihe vor dem Sarg.

Signora Grimaldi lächelte, als Marco ihr die Hand reichte.

»Mein guter Junge«, flüsterte sie. »Wie schön, dass du dich von Andrea verabschiedest. Er hatte dich sehr gern. Dich auch, Matteo. Ihr wart ihm gute Freunde, und ich danke euch dafür.«

Marco brachte kein Wort heraus, sondern nickte nur beklommen. Er schaffte es nicht, wie die anderen Trauergäste vor den Sarg zu treten. Leda verstand ihn nur zu gut und ergriff seine kalte, feuchte Hand, die er bereitwillig in der seiner Mutter ruhen ließ.

Signora Grimaldi, grau im Gesicht und sichtlich schwach, lächelte traurig vor sich hin. Das Lächeln einer Toten, deren Herz noch schlägt, in Erwartung des Wiedersehens mit ihrem Kind im Jenseits. Signor Grimaldi tat Leda unendlich leid. Er weinte die ganze Zeit lautlos vor sich hin. Die Worte des Priesters, die das schreckliche Verbrechen geißelten und Gott die Seele des Jungen anvertrauten, prallten an den Eltern ab. Ihre Zukunft war längst Vergangenheit, doch das wusste der Mann im Talar wohl nicht, sonst hätte er einfach geschwiegen, dachte Leda.

Marco und Matteo liefen die Tränen über das Gesicht, als der Sarg in die Erde gelassen wurde. Dann wollten sie nur noch weg vom Friedhof, so schnell wie möglich zurück ins Leben, das bei aller Trauer um den Freund doch weitergehen musste.

»Was für ein grausamer Gott, der Andrea hat sterben und seine Mutter verrückt werden lassen! Hast du gesehen, Mamma? Sie hat die ganze Zeit gelächelt«, sagte Marco während des langen Fußwegs zurück zum Ausgang. Leda merkte, wie wütend er war. »Und ich soll daran glauben, dass Gott gut ist? Welchen Sinn soll denn Andreas Tod haben? Diese Priester machen sich doch lächerlich.«

Marco redete sich alles von der Seele, was er in den letzten Tagen schweigend in sich hineingefressen hatte. Am

Hauptportal drehte er sich plötzlich um und schaute in den Himmel.

»Ciao, Andrea. Mach's gut. Du warst ein klasse Typ. Und was würdest du nach einer solchen Veranstaltung sagen: ›Komm Alter, los, ich hab irren Hunger.‹ Ich sag dir was: ich auch. Wahnsinnigen. Deinetwegen hab ich seit Tagen nichts Richtiges in den Bauch gekriegt. Jetzt bist du unterwegs in die Sphären des Himmels, und ich gehe in die nächste Pizzeria und esse deine Lieblingspizza. Ist doch gut, oder?«

Leda lächelte ihn an. Er hatte sich wieder gefangen.

»Das ist ein wunderbarer Vorschlag. Mein Magen knurrt auch wie verrückt. Wir drei halten einen Leichenschmaus zu Ehren Andreas, das hätte ihm sicher auch gefallen.«

Leda und die beiden Jungen waren schon durchs Portal hinaus auf die Straße gegangen, als Marco plötzlich zurückrannte und schrie: »Ich hab was vergessen, Andrea: Ich werde im Prozess gegen diesen Faiola aussagen. Ob es denen passt oder nicht. Ich werde es tun. Er wird seine Strafe bekommen. Du kannst dich auf mich verlassen.«

Als Leda abends erschöpft das Licht in ihrem Büro ausknipste, wohin sie nach dem Essen zurückgekehrt war, hatte sie den Bericht abgeschlossen. Darin stand, dass Leo Amato den Baseballschläger den Schädelverletzungen Borgheses hatte zuordnen können und dass der Tod zwischen acht und neun Uhr abends eingetreten war. Ob bereits die Schläge oder erst das anschließende Aufhängen für den Todeseintritt gesorgt hatten, war bisher nicht eindeutig zu klären gewesen. Eine Frage, die Leda und ihrer Truppe auch von sekundärer Bedeutung zu sein schien. Was sie wussten, reichte für die weitere Ermittlung aus. Leo hatte auch festgestellt, dass die Blutflecken auf den im See gefundenen Kleidungsstücken von Borghese sein mussten. An der Kleidung klebten Haare, die vermutlich vom Täter stammten.

Als Leda aus dem Seiteneingang der Questura auf den Parkplatz trat, spürte sie, wie sich ein zarter, weicher Nieselregen über sie legte. Das tat nach der vielen Büroluft gut, und sie reckte ihr Gesicht gen Himmel. Sie wusste, dass sich ihre karottenroten Locken, die sie eben noch sorgfältig in Form gekämmt hatte, nach kürzester Zeit in eine wilde Löwenmähne verwandeln würden. Schnell stieg sie in ihr Auto. Da sie vermutete, in der Nähe des Campo dei Fiori keinen Parkplatz zu bekommen, stellte sie den Wagen an der Piazza Vidoni ab und lief zu Fuß durch das Gewirr der Gassen. Sie suchte den Vicolo delle Grotte, wo Paolo im Restaurant auf sie wartete.

Das Wasser des Himmels ergoss sich inzwischen in Strömen auf die Erde und hatte Ledas Locken in tropfende Strähnen verwandelt. Zwei Männer und eine Frau, die sie nach dem Weg fragte, gaben ihr widersprüchliche Auskünfte. Entweder, weil sie keine Ahnung hatten, wo sich die Gasse befand, oder weil sie wenig Lust verspürten, im strömenden Regen darüber nachzudenken. Leda irrte orientierungslos umher.

Plötzlich beschlich sie ein ungutes Gefühl. Wo hielt sich eigentlich Marco auf? Seit dem Essen hatte sie nichts von ihm gehört. Anrufe zu Hause und auf dem Telefonino verbanden sie nur mit Anrufbeantwortern, die ihr keine Auskunft über sein Seelenleben und seinen Verbleib gaben. Leda machte sich Sorgen.

Da spielte plötzlich der Türkische Marsch Mozarts in ihrer Tasche auf. Endlich, Marco!

»Mamma«, lallte er. »Ich hab das Telefon nicht gehört. Was ist denn?«

»Wie geht es dir? Und wo steckst du?«, fragte sie heftig atmend. Sie hatte sich an eine schwere Haustür aus Holz gelehnt, deren Gesims ihr einen gewissen Schutz vor dem herabstürzenden Wasser bot.

»Ich bin ziemlich besoffen. Matteo auch. Wir sitzen mit den anderen Freunden in unserer Stammkneipe und geben uns die Kante wegen Andrea. Das muss heute sein. Ich komme wahrscheinlich sehr spät nach Hause. Mach dir keine Sorgen.«

»Das tue ich aber. Soll ich dich abholen?«

»Nein, Mamma, wir sind doch keine kleinen Kinder mehr. Bis später.«

Klick, weg war er. Leda kämpfte sich weiter durch die Wassermengen, fand endlich das kleine Restaurant und wurde von einer freundlichen Kellnerin mit einem Handtuch und einem Sambuca versorgt, denn sie schlotterte vor Kälte.

Paolo saß mit einem Glas Rotwein am Tisch und las Zeitung. Als er die nasse Leda sah und sie von ihren Irrwegen durchs Stadtviertel berichtet hatte, bedauerte er sie, um sich dann aber dem eigentlichen Anliegen des Restaurantbesuchs zu nähern und ihr die Speisekarte zu reichen. Leda ließ sich eine Stracciatella alla Romana, eine heiße Fleischsuppe mit verquirlten Eiern, Parmesankäse, Grieß und Petersilie bringen, die ihre Körpertemperatur wieder auf normale Grade anhob.

Paolo zeigte Verständnis für Marcos Sauftour. »Wenn mein bester Freund stürbe, würde ich seinen Aufstieg zu den Seelen im Universum genauso feiern und gleichzeitig beweinen«, versuchte er Ledas mütterliche Sorgen um den Sohn zu vertreiben. »Und ein Rausch in diesem Alter hat bestimmt keine negativen Auswirkungen. Sonst trinkt Marco ja nicht. Ist eigentlich inzwischen ein Bekennerschreiben bekannt geworden?«

»Nein. Gar nichts.«

»Dann hat der Mord keinen politischen Hintergrund, sonst hätten die sich gemeldet«, meinte Paolo lakonisch.

»Und was bedeutet das verflixte A?«, fragte Leda gereizt und trank ihr Glas Rotwein in einem Zug aus.

»Keine Ahnung. Vielleicht gar nichts, weil es nicht vom Mörder stammt oder weil er euch nur in die Irre leiten wollte. Ich würde das Leben dieses Borghese mal genau durchleuchten. Vielleicht hieß er in Wirklichkeit anders oder hat seit Jugendtagen einen Erzfeind«, spekulierte Paolo drauflos, so wie es seine Kollegen zu tun pflegten, wenn sie sich als Hobbykriminalisten betätigten.

Leda schaute ihn erstaunt an, denn das war wirklich nicht seine Art. Bei Pollo con funghi e patate, einem Huhn mit Pilzen und Kartoffeln, berichtete ihr Paolo von der aufgeheizten Stimmung in den Redaktionen seiner Zeitung.

Die Meinungen zum Thema Spielverbot gingen bei den Kollegen weit auseinander. Manche hätten sich so in dieses Thema hineingesteigert, dass Schimpfworte wie Faschist oder Kommunist durch die Flure geflogen seien. Er sei mehrmals darauf angesprochen worden, dass seine »Signora Commissaria« den Mörder Borgheses schnell finden solle, sonst gebe es am kommenden Sonntag eine rechte Randale, wie man sie im ganzen Nachkriegsitalien nicht erlebt hatte.

»Sie haben mich angeschaut, als wäre ich für die Mordermittlungen zuständig«, sagte Paolo ziemlich schlecht gelaunt.

Mitten in der Nacht vernahm Leda ein lautes Rumpeln. Erschrocken fuhr sie hoch. Im Flur lag Marco auf dem Boden und lachte. Er war sturzbetrunken und offensichtlich über seine eigenen Beine gefallen.

Leda half ihm auf, schleppte ihn in sein Zimmer und zog ihm die Schuhe aus, als er noch angezogen auf dem Bett lag.

»Ach, Mamma, Andrea ist im Himmel. Da geht es ihm gut«, sagte er lallend und schlief dann mitten im Satz ein.

Er tat Leda furchtbar leid. Sie blieb noch eine Weile auf dem Bettrand sitzen, streichelte seinen Kopf und flüsterte ihm zu: »Ja, mein Schatz, es geht ihm gut. Er fliegt da oben herum und passt auf dich auf. Er ist dein Freund und wird es immer bleiben.«

IX Elvira Muti hatte schon zwei Stunden lang Franco Bardis Wohnung geputzt, als sie Letzteren tot im Bett seines Hauses in der Via Ombrone im Stadtteil Coppedè fand. Sofort rief sie den Notarzt. Dieser erschien erst eine weitere Stunde später, nachdem er sich bei Elvira aufs Gründlichste versichert hatte, dass der Mann tatsächlich tot war. Es gab genügend dringende Fälle, die noch zu retten waren. Da konnte eine Leiche warten.

Das musste auch Elvira notgedrungen tun. Sie setzte sich in die Küche und trank mehrere Gläser Whiskey pur. Üblicherweise beschränkte sie sich auf ein Glas pro Vormittag, damit Bardi keinen Verdacht schöpfte. Da er das jetzt sowieso nicht mehr tun konnte und außerdem ein besonderer Anlass vorlag, genehmigte sie sich mehr. Dabei überlegte sie, dass sie nun wahrscheinlich auch ihren Job in Bardis Büro los war. Denn wie sollte das ohne den Chef weiterlaufen?

Als der Notarzt endlich eintraf, fand er Elvira betrunken, aber gefasst vor. Der Umstand, dass Franco Bardi, der sich nach Auskunft der Putzfrau zumindest gestern noch bester Gesundheit erfreut hatte, nun plötzlich tot im Bett lag und dass mit Lippenstift ein P auf den Spiegel gemalt war, ließ ihn schlussfolgern, dass es sich um keinen natürlichen Tod handelte. Er rief die Polizei und kochte einen starken Kaffee für Elvira und sich selbst.

Dieser bewirkte, dass sie trotz ihres Zustands einigermaßen genau auf Ledas Fragen antworten konnte.

»Wann sind Sie heute Morgen gekommen?«

»Halb neun. Ich komme immer um halb neun.«

»Was heißt immer?«

»Jeden Tag, Montag bis Freitag von halb neun bis zwei.«

»War die Wohnungstür offen oder beschädigt, als Sie kamen?«

»Weder noch.«

»Sah es denn nach einem Einbruch oder Überfall aus?«

»Nein, überhaupt nicht. Das habe ich dem Signor mit der Brille schon gesagt«, womit Elvira den Spurensicherer Bassani meinte.

»Warum haben Sie erst so spät den Notarzt gerufen?«

»Stimmt nicht, ich habe ihn sofort gerufen!«, protestierte Elvira.

»Die Notarztzentrale sagte uns, Sie hätten um zehn Uhr siebenundzwanzig angerufen, also ziemlich exakt zwei Stunden nach Ihrem Eintreffen in der Wohnung. Das finde ich spät.«

»Aber ich habe vorher noch die Küche und das Esszimmer in Ordnung gebracht. Da sah es aus, als hätte eine Horde Moldawier Hochzeit gefeiert.«

Leda seufzte und betrachtete die Frau. Sie war etwa fünfzig Jahre alt, klapperdürr, trug eine hellblaue Kittelschürze und die blondierten, langen Haare mit einem Gummi zu einem Pferdeschwanz zusammengebunden. Ihre Augäpfel schimmerten gelblich, was Leda auf einen alkoholbedingten Leberschaden schließen ließ. Trotzdem schien sie ihre Arbeit ordentlich zu verrichten, denn die Küche war blitzsauber. Vom Täter würde Piero Bassani hier wohl keine brauchbaren Spuren mehr finden.

»Haben Sie den Notdienst vor oder nach dem Putzen der Küche gerufen?«

»Nachher natürlich. Erst als ich Signor Bardi gefunden habe«, antwortete sie etwas aufgebracht. »Ich fange immer mit der Küche an, weil es da meistens schlimm aussieht. Männer sind eben Ferkel. Signor Bardi hat nie auch nur einen Teller gespült«, seufzte sie. »Ehrlich, wenn der mich nicht hätte, sähe es hier immer aus wie auf einem Schlachtfeld.«

»Waren gestern Gäste hier?«

»Mindestens vier. Jedenfalls standen die schmutzigen Gedecke von fünf Leuten auf dem Tisch und im Wohnzimmer ein Haufen Flaschen und Gläser.«

»Wissen Sie, wer eingeladen war?«

»Keine Ahnung. Wenn er morgens fortgeht, lässt er mir einen Zettel und Geld auf dem Tisch. Da steht drauf, für wie viele Leute ich kochen soll. Dann gehe ich einkaufen und koche eben. Ist mir doch egal, für wen.«

»Lebte Signor Bardi allein?«

»Im Prinzip ja.«

»Was heißt das?«

»Wenn nicht gerade eine Frau hier war.«

»Welche Frau? Wie heißt sie?«

»Die eine heißt Perla. Die kommt schon lange und ist nett. Die ist die Einzige, die auch allein hierbleiben darf, wenn Signor Bardi schon früh weg muss. Dann mache ich ihr gegen zehn einen Kaffee. Alle anderen müssen mit ihm die Wohnung verlassen. Da kann's auch manchmal zehn werden, bis der Signor und die jeweilige Dame Kaffee getrunken haben und gehen. Von den anderen kenne ich keine Namen. Ich sage nur: Guten Morgen, Signorina – manchmal auch Signora, aber meistens Signorina, weil die nicht wie Signore aussehen.«

»Und ist Perla eine Signora oder eine Signorina?«

»Eine Signora. Eine echte.«

»Wie lange kommt sie schon?«

»Seit ich hier arbeite. Nicht sehr oft, aber immer wieder. Letzte Woche war sie hier, ich glaube, Mittwoch. Oder Dienstag?«

»Wie lange arbeiten Sie denn schon hier?«

»Nächsten Monat sind es sechs Jahre.«

»Hatte er Angehörige?«

»Nicht, dass ich wüsste.«

Mühsam kitzelte Leda aus ihr heraus, dass an diesem Morgen weder Perla noch irgendeine andere Dame da gewesen waren. Über das Leben Bardis und seinen Umgang wusste Elvira so gut wie nichts. Den Nachnamen von Signora Perla kannte sie so wenig wie deren Anschrift oder Telefonnummer. Und ihr Lippenstift, den sie das letzte Mal, also am vergangenen Dienstag oder Mittwoch, im Bad hatte liegen lassen, sei nun auch verschwunden. Gestern hätte sie ihn noch auf der Konsole liegen sehen.

»Signora Muti, interessierte sich Signor Bardi für Fußball und Politik?«

Elvira hatte offensichtlich ihre Konzentrationsgrenze erreicht. Abwesend starrte sie aus dem Fenster, als zähle sie die Blätter des Baumes auf der anderen Straßenseite.

»Weiß nicht. Meinen Sie, ich verlier auch den Job im Büro?«, war das Einzige, was ihr über die Lippen kam. Eine Frage, die Leda ihr wirklich nicht beantworten konnte.

»Eine letzte Frage: Mochten Sie Signor Bardi? War er ein guter Chef?«

»Was heißt schon mögen. Wir waren uns egal, er mir, ich ihm. Ich hab meine Arbeit gemacht, er hat gezahlt. Mehr gab es zwischen uns nicht.«

»Sind Sie traurig über seinen Tod?«

»Klar, ich verliere meine Jobs. Und in meinem Alter bekomme ich so leicht nichts mehr. Warum ist er eigentlich tot?«, fragte sie dann plötzlich hellwach.

»Sie meinen, wie er gestorben ist?«

»Wie und warum? Sie denken doch, dass er umgebracht wurde, sonst würden Sie nicht so viel fragen.«

»Wir wissen es nicht, aber einiges spricht für einen Mord. Könnten Sie sich vorstellen, warum ihn jemand hätte ermorden wollen?«

Elvira schüttelte heftig den Kopf. »Nein. Er war eigentlich immer recht freundlich, nicht so einer, der meckert, ausrastet oder nicht zahlt, weil ein Hemd angeblich falsch gebügelt wurde.«

Leda ließ Elvira Muti wegen ihres alkoholbedingten Schwankens anschließend von einem Streifenwagen nach Hause fahren. Sie selbst ging zu Leo Amato, der in Bardis Schlafzimmer gerade seine vorläufigen Untersuchungen am Opfer abschloss.

»Sehr lange kann er noch nicht tot sein. Höchstens acht Stunden. Er stinkt noch immer dermaßen nach Alkohol, dass ich vom puren Einatmen betrunken werde. Merkwürdige Sache, das Ganze. Das muss ich mir im Labor genauer ansehen. Im Moment kann ich jedenfalls noch gar nichts sagen. Nicht mal, ob es Mord war. Ich lasse ihn jetzt wegbringen, in Ordnung?«

In diesem Moment erschienen Raffaella und Ugo. Leda erklärte ihnen den Sachstand und streifte sich ein Paar Gummihandschuhe über. Gemeinsam begannen sie, Zimmer für Zimmer ins Visier zu nehmen. Vielleicht versteckte sich irgendwo ein Hinweis, der sie auf die Spur des Täters oder wenigstens eines Mordmotivs setzen könnte?

Die Wohnung bestand aus vier großen Zimmern, zwei Bädern, einer Küche und einem langen Flur, und alles war mit zartgrünem Marmor ausgelegt. Die Einrichtung zeugte von erheblichem Wohlstand. Ausgesuchte Antiquitäten, zwei kleine Skulpturen, die für Leda wie echte Werke Giacomettis aussahen, sowie alte und moderne Gemälde harmonierten im Salon mit einer bildschönen dunkelgrünen Sitzgarnitur, die die Kommissarin sich niemals hätte leisten können, obwohl sie selbst aufgrund ihres Erbes bestimmt nicht arm war. An der einen Wand hing ein Flachbildschirm von der Größe eines Esstisches, und darunter stand eine Musikanlage, die Ugo einen Pfiff der Anerkennung abforderte.

Das Arbeitszimmer war mit einem riesigen alten Schreibtisch ausgestattet, der von maßgefertigten Schränken und Bücherregalen eingerahmt wurde. Ugo wollte einen der Schränke öffnen, doch er war abgeschlossen. Die Schlüssel fanden sich in Bardis Hosentasche.

Leda sah unter professionellen Gesichtspunkten ein, dass sie oft tief und ungefragt in die Privatsphäre anderer Menschen eindringen musste. Dennoch verspürte sie jedes Mal, wenn sie es tat, eine Art Beklommenheit. So auch jetzt, wo sie vor den offenen Schranktüren stand, den ersten Aktenordner herausnahm und Ugo einen zweiten reichte. Raffaella machte sich über den Inhalt der Schreibtischschubladen her.

Nach etwa einer halben Stunde intensiven Studiums verschiedenster Unterlagen wussten sie, dass der vierundsechzigjährige Franco Bardi als einziges Kind von Maria und Giuseppe Bardi in Rom zur Welt gekommen und in diesem Haus aufgewachsen war. Schon bei seiner Geburt hatten seine Eltern eine Menge Wohnungen in verschiedenen römischen Stadtteilen besessen, die Bardi zunächst gemeinsam mit seinem Vater und nach dessen Tod allein verwaltet hatte. Als geschicktem Geschäftsmann war es ihm gelungen, ihre Anzahl zu vermehren wie einst Jesus das Brot in der Wüste. Verwaltet wurden sie von einer Bardi gehörenden Immobiliengesellschaft.

Er selbst hatte im Alter von dreiundzwanzig Jahren die um ein Jahr jüngere Laura Letta geehelicht. Nach zwölf Jahren kinderloser Ehe hatten die beiden sich getrennt und mit Einführung der Scheidung in Italien Anfang der achtziger Jahre selbige sofort eingereicht. Da Bardi wegen fortgesetzten Ehebruchs die Schuld für das Scheitern des Lebensbundes trug, so las Leda im Scheidungsurteil, erklärte er sich damit einverstanden, seiner Frau neben dem hohen Zugewinn auch noch eine erhebliche zusätzliche Abfindung zu zahlen. Hinweise auf weitere Ehen oder Verbindungen konnten sie nicht entdecken. Eine Frau namens Perla tauchte an keiner Stelle auf. Doch wenn sie, wie Elvira behauptete, als einziger Mensch allein in Bardis Wohnung bleiben durfte, musste sie sein Vertrauen genießen. Wer war sie? Wo konnten sie sie finden? Hatte das P auf dem Spiegel etwas mit ihr zu tun? Und bestand ein Zusammenhang zwischen den beiden Morden?

Während Leda ihren Überlegungen nachging, klingelte es an der Wohnungstür. Raffaella öffnete, und hinein stürmte eine etwa vierzigjährige Frau mit dunklen kurzen Haaren, die sich als Maria Cristina Toccafondi vorstellte.

»Was ist geschehen? Wo ist Franco?« Ihre schwarzen, kurzsichtigen Augen blickten Leda durch dicke, knallrot gefasste Brillengläser aufgeregt an. »Wer sind Sie? Warum ist die Polizei hier?«

»Signor Bardi ist tot, deshalb sind wir hier. Möglicherweise wurde er ermordet.«

Maria Cristina Toccafondi wohnte mit ihrem Ehemann Claudio und zwei Kindern seit zehn Jahren zur Miete in der Parterrewohnung unter Bardi. Sie war völlig schockiert und begann zu weinen.

»Ermordet? Warum denn? Von wem? Wir haben gestern Abend noch mit ihm zusammen hier oben gegessen und anschließend Karten gespielt. Liliana und Saverio Festa von oben waren auch da. Das machen wir seit Jahren einmal im Monat.«

Zu fünft hatten sie bis etwa Mitternacht zusammengesessen. Dann waren die Frauen gegangen, während sich die Männer mindestens eine weitere Stunde lang bei Bardi mit Wein und Whiskey vergnügt hatten. Die Signora wusste nicht genau zu sagen, wann ihr Mann gekommen war, weil sie bereits schlief. Der Abend sei vergnügt wie immer gewesen und der von Elvira zubereitete Osso buco köstlich.

Nein, ihr sei nichts Besonderes aufgefallen, Bardi sei wie immer vergnügt und großzügig gewesen, ein ausgelassener Abend unter Freunden. Er habe selten Gäste gehabt, außer manchmal einzelne Frauen, die er den anderen Hausbewohnern aber nie vorgestellt habe. Sein Lebenswandel, nun ja, über den wisse sie eigentlich gar nichts. Er sei halt ein Nachtmensch gewesen und abends oft weggegangen. Immer sei er auf der Jagd nach der »Richtigen« gewesen und habe immer wieder gehofft, dass die Nächste die Letzte sein würde. Einmal, vor acht Jahren, habe eine für zwei Jahre hier bei ihm gewohnt. Emilia, eine sympathische Person. Doch dann sei auch sie wieder verschwunden.

Feinde? Nein, Feinde könne ein so netter Mensch wie Bardi gar nicht haben. Und ganz bestimmt habe er auch keinen Grund gehabt, sich selbst das Leben zu nehmen. Fremde hätte sie gestern weder während des Tages noch abends oder gar nachts im Haus gesehen oder gehört.

In diesem Moment kam Piero in die Küche.

»Leda, kommst du bitte mal?«

Die Commissaria bat Signora Toccafondi zu warten und ging mit dem Spurensicherer ins Schlafzimmer. Bardi wurde gerade in einen Zinksarg gehoben. Piero Bassani öffnete die Glastür zur Terrasse.

»Hier, siehst du? Am Jasminbusch, der von unten hochwächst, sind Zweige abgeknickt. Wir haben unten schon nachgeschaut: Die Bruchstellen sind frisch. Da muss jemand hochgeklettert und durch die Terrassentür hereingekommen sein. Da sie nicht aufgebrochen wurde, vermute ich, dass sie offen gestanden hat. Und im großen Kleiderschrank haben wir Blätter von diesem Busch gefunden. Das heißt, dass der Täter sich möglicherweise im Schrank versteckt hat, bis Bardi schlief.«

»Der oder die Täter?«, fragte Leda.

»Es war nur einer, zumindest haben wir nur von einem

Fußspuren gefunden. Übrigens die gleiche Schuhgröße wie im Pamphili-Park, aber ein anderes Profil. Offenbar nagelneue Schuhe, noch kein bisschen abgelaufen. Ansonsten hat der saubere Arbeit geleistet und keine bisher erkennbaren Spuren hinterlassen.«

Mit dieser Information kehrte Leda zurück zu Signora Toccafondi.

»Ist eines Ihrer Kinder schon mal auf die Terrasse geklettert?«, erkundigte sich Leda bei der erstaunten Frau.

»Ja, Leonardo. Wenn Franco seine Tür zugezogen hatte und der Schlüssel drinnen lag, dann ist er schon öfter hinaufgeklettert und hat von innen geöffnet.«

»Und die Terrassentür stand immer offen?«

»Ja, sie ist meistens auf, wenn Franco zu Hause ist. War, muss ich ja jetzt wohl sagen«, meinte Signora Toccafondi, und wieder flossen die Tränen.

»Jemand ist gestern auf die Terrasse geklettert. Kann es sein, dass Signor Bardi wieder einmal die Tür zugezogen hatte und Ihr Sohn den Türöffner gespielt hat?«

»Das hätte er sicherlich erzählt.«

»Und gehört haben Sie nachts auch nichts? Keinen Schrei? Kein Rumpeln? Keine Kampfgeräusche? Liegt Ihr Schlafzimmer nicht genau unter dem von Signor Bardi?«

»Nein, darunter befindet sich unser Wohn- und Esszimmer. Das Haus ist außerdem sehr solide gebaut, da hört man gar nichts. Wie ist Franco denn gestorben? Wurde er erschossen?«

»Wie kommen Sie darauf?«

»Weil die meisten Leute doch wohl mit Pistolen ermordet werden.«

»Aber Sie sagen doch, dass Sie keinen Schuss gehört haben«, meinte Leda und verschwieg ihr die Möglichkeit, einen Schalldämpfer einzusetzen.

»Das stimmt«, meinte Signora Toccafondi. »Ich werde

meinen Mann anrufen, damit er kommt. Ich möchte jetzt nicht allein sein, und Sie wollen ihn sicher auch befragen, nicht wahr?«

»Ja, das möchte ich. Die Leute von oben auch. Können Sie die ebenfalls herbestellen?«

Nach und nach trudelten bis auf die Kinder, die in der Schule waren, alle Hausbewohner ein. Saverio Festa, dessen Schlafzimmer direkt über dem von Bardi lag, sagte als Einziger aus, dass er nicht habe schlafen können und gegen drei Uhr morgens durchs offene Fenster Geräusche aus der unteren Wohnung gehört habe. Er habe gedacht, dass es Bardi wie ihm gegangen und dieser noch durch die Wohnung gegeistert sei. Bardi sei ein Nachtmensch gewesen, der häufig sogar mitten in der Nacht Musik gehört habe.

Mögliche Feinde? Nein, das konnte sich niemand vorstellen. Alle beschrieben ihn als freundlichen Hauswirt, der für seine Mieter immer nur das Beste getan habe. Wie es denn jetzt mit dem Haus weitergehe, wo Bardi doch keine Nachkommen habe, wollten sie wissen. Darauf wusste Leda keine Antwort.

Dann erkundigte sie sich bei den Anwesenden nach Perla.

»So heißt eine Freundin von Franco«, meinte Saverio Festa. Sie sei von beeindruckender Persönlichkeit und Schönheit, und Franco habe sie schon lange gekannt. Die beiden hätten aber nie erzählt, woher ihre Freundschaft rührte. Irgendwie stecke ein Geheimnis dahinter, das beide nicht lüften wollten. Wo Perla zu finden sei und wie sie mit Nachnamen heiße, wusste allerdings niemand. Eine wirklich tolle Frau sei sie aber auf jeden Fall, und Karten könne sie spielen, besser als jeder Mann. Wenn sie mit Franco zusammenspielte, hätten die beiden fast immer gewonnen, so gut seien sie eingespielt gewesen. Es schien fast so, als hätten sie die Gedanken des jeweils anderen lesen können.

Perla musste etwa so alt wie Bardi sein, groß und schlank,

dunkle Haare, elegant und witzig. Sie trüge einen Ehering und außerdem viel wertvollen Schmuck, berichteten die Frauen. Nach allem, was die Hausbewohner mitbekommen hatten, kam sie selten, und wenn, dann mit leichtem Gepäck und per Taxi. Wie eine Geschäftsfrau sehe sie aus, die für eine Nacht bei ihrem Freund übernachte, obwohl sie sich spielend ein Hotel erlauben könne.

Claudio Toccafondi fiel dann doch noch ein, dass sie ihm einmal erzählt hatte, sie stamme aus Rom, lebe heute in Modena und verwalte Immobilien.

»Eigene wie Franco oder fremde wie die meisten anderen Immobilienverwalter?«, wollte Leda wissen.

Daraufhin schauten alle vier sie erstaunt an, und Saverio fragte: »Besaß Franco denn außer diesem Haus weitere Immobilien?«

»Nach den Unterlagen, die wir gefunden haben, müssen es Hunderte sein.«

»Franco? Dann müsste er ja steinreich sein. Das kann ich mir gar nicht vorstellen. So etwas merkt man doch«, meinte Maria Christina Toccafondi.

Da Leda bei den Hausbewohnern auf so offensichtliche Zweifel stieß, beharrte sie nicht weiter auf diesem Thema.

X Auf dem Weg ins Präsidium überfiel Leda ein unglaublicher Hunger. Ihr Magen brummte und knurrte, als hätte er seit Tagen keinen Nachschub erhalten. Da ohnehin Mittagszeit war, kehrten sie und ihre Kollegen in einer kleinen Trattoria in der Via Rasella ein.

»Wer ist nur diese Perla?«, meinte Leda.

»Eine wertvolle Person, wenn's nach dem Namen geht. Den finde ich übrigens sehr merkwürdig, habe ich noch nie gehört«, meinte Raffaella und schob sich eine Gabel sorgfältig aufgewickelter Spaghetti alla papalina in den Mund.

»Ob sich das P wohl auf sie bezieht?«

»Vielleicht. Aber zwei Buchstabenmorde in einer Woche, das spricht bei oberflächlicher Betrachtung für einen Zusammenhang zwischen beiden Taten. Andererseits sind die Opfer auf sehr unterschiedliche Weise gestorben. Vielleicht ist das Detail mit dem Buchstaben eher die Aktion eines Trittbrettfahrers, der sich von den Presseberichten hat inspirieren lassen«, meinte Ugo.

»Wir sollten aber trotzdem nach Verbindungen zwischen beiden Opfern suchen«, meinte Leda. »Kannten sie vielleicht alle den Täter? Und wofür stehen die Buchstaben? Gibt es die Abkürzungen PA oder AP? Oder stehen die Buchstaben für zwei Namen, beispielsweise Andrea und Perla? Und das Schlimmste, was ich mir gar nicht auszumalen wage: Vielleicht ist die Buchstabenreihe aus Sicht des Täters noch gar nicht beendet. Also stellt sich uns die Frage: Welcher oder welche Buchstaben fehlen noch?«, überlegte Leda laut.

Ihre beiden Mitarbeiter starrten sie entsetzt an, und Raffaellas Gabel fiel mit lautem Klappern auf den Teller.

»Aber, Signora, dann wäre das ein Serienmord, und so etwas gibt es bei uns in Rom nicht, sondern nur in amerikanischen Fernsehkrimis.«

»Vielleicht ist die Globalisierung jetzt auch bei uns angekommen, und wir haben es mit einem Täter zu tun, der auf amerikanische Fernsehkrimis steht. Oder es handelt sich um einen Ausländer, der lauter Italiener umbringt, die ihm nicht passen. Davon gibt es wahrscheinlich ziemlich viele«, meinte Ugo trocken.

»Nein, Ugo, ich meine das völlig ernst«, fuhr Leda mit strengem Ton dazwischen. »So selten sind Serienmörder auch wieder nicht. Denkt nur an den Eisenbahnmörder in Ligurien vor ein paar Jahren. Er hat, soweit ich mich erinnere, acht Frauen ermordet.«

»Im Norden. Aber niemals in Rom«, beharrte Raffaella auf ihrer Meinung. »Das passt einfach nicht zu den Menschen hier. Dann müssten sie einen Plan haben, schon daran würde es hapern. Und außerdem so viel Hass im Bauch, dazu sind wir Römer gar nicht fähig. Wir schimpfen lieber laut und vernehmlich, aber dann ist die Wut auch schon wieder verraucht. Non è vero?«

Leda beauftragte Raffaella damit, bei Bardis privatem Festnetzanschluss und bei seinem Telefonino die ein- und ausgegangenen Anrufe zu überprüfen. Ugo sollte gemeinsam mit dem Kollegen Roncalli das Umfeld des ersten Toten abklopfen. Vielleicht gab es Menschen, die mit beiden Opfern in Kontakt standen und sie auf den Tod hassten.

Leda setzte ihre Mitarbeiter an der Ecke Via Nazionale ab und fuhr selbst zu Bardis Büro in der Viale Mazzini im Stadtteil Prati. Es lag in einer im neobarocken Stil errichteten Anlage. Durch die Stäbe eines riesigen Tores blickte man in einen von hohen Palmen beschatteten, geradezu traumhaft schönen blühenden Innenhof, der von schmalen, weißen Kieswegen durchzogen war. Kaum hatte Leda das Gelände betreten, stürmte ihr aus einer mit »Portiere« überschriebenen Tür ein Mann entgegen.

»Zu wem möchten Sie?«, fragte er mit dem wichtigen Gebaren eines typisch römischen Hausmeisters, der keinen Zweifel an der Unzugänglichkeit des Areals für Fremde aufkommen ließ.

»Ich möchte zum Büro von Signor Bardi«, sagte Leda.

»Sind Sie angemeldet? Wie ist Ihr Name?«

»Ich bin nicht angemeldet, komme aber von der Polizei«, erwiderte Leda und zog ihren Ausweis aus der Tasche. Der Portiere studierte ihn genau, verschwand dann sichtlich nervös, und sie hörte, wie er telefonierte.

»Si, cara, la polizia. Warum? Weiß ich nicht ... Ja, ich weiß, dass Signor Bardi noch nicht da ist ... Ja, gut, ich schicke sie hoch.«

Dann kam er zu Leda zurück.

»Signor Bardi ist nicht da. Möchten Sie trotzdem hochgehen?«

Leda nickte und folgte dem Mann, der seinen Schritt gesenkten Hauptes ins Innere des Hofes lenkte. Plötzlich bremste er und drehte sich zu ihr um.

»Ist etwas Ernstes geschehen? Kommen Sie wegen Signor Bardi? Hatte er einen Unfall?«

»Eine Art Unfall. Kennen Sie ihn schon lange?«

»Seit achtzehn Jahren. Er hat mich damals als Hausmeister eingestellt, und ich glaube, dass er zufrieden mit meiner Frau und mir ist. Bei einem so großen Komplex gibt es immer viel zu tun. Ich muss wirklich alles organisieren, von der Post über die Handwerker bis zum Gärtner. Viel Arbeit, aber Signor Bardi ist ein guter Vermieter und Chef. Und dazu so bescheiden.«

»Gehört ihm das alles?«

»Ja. Das und noch viel mehr, sagen die aus dem Büro. Aber das weiß ich natürlich nicht genau.«

»Wie viele Wohnungen gibt es denn hier?«

»In jedem Haus zehn, und es sind fünf Haupteingänge, also fünfzig. Aber viele davon sind heute Büros von Rechtsanwälten, Steuerberatern, Niederlassungen von internationalen Firmen und da hinten: ein Auktionshaus. Die versteigern Kunst, alte Bücher und Bilder. Mein Name ist übrigens Marcello Pelossi.«

Sie kamen am Eingang D an, wo er sie aufforderte, mit dem Aufzug ins erste Stockwerk zu fahren. Dort solle sie an der rechten Tür klingeln, bei »Roma Immobiliare«.

Die Geschäftsräume waren mit soliden, gepflegten Büromöbeln ausgestattet, die vermutlich schon seit Jahrzehnten an ihrem Platz standen. Leda wurde von einer älteren Dame mit kurzen weißen Haaren namens Gilda Curzi in Empfang genommen, die sich als Bardis Sekretärin vorstellte.

»Signor Bardi ist leider nicht da. Kann ich Ihnen weiterhelfen?«, fragte sie neugierig distanziert.

»Es tut mir leid, Ihnen mitteilen zu müssen, dass Franco Bardi vergangene Nacht verstorben ist. Wir halten einen Mord für durchaus möglich. Deshalb möchte ich von Ihnen und sämtlichen Mitarbeitern des Büros einige Auskünfte einholen und Unterlagen einsehen. Wie viele Menschen arbeiten hier?«

Wie Leda es erwartet hatte, verschlug es Signora Gilda die Sprache. Es dauerte eine Weile, bis diese Nachricht ihr Herz erreicht hatte. Leda kannte diese Reaktion zur Genüge und wartete schweigend ab, was nun geschehen würde. Gilda erblasste zunehmend, begann schließlich nach Luft zu schnappen, bekreuzigte sich mehrfach und griff sich ans Herz. Leda dachte, dass sie ohnmächtig würde, was aber ausblieb.

Stattdessen flüsterte sie vor sich hin: »Ich hab es ihm gesagt, er soll sich vor dem Pack vorsehen, ich hab es ihm doch gesagt. Aber er wollte ja nicht hören. Und jetzt ist er tot!«

Die letzten Worte schrie sie so laut, dass drei Frauen und zwei Männer aus verschiedenen Räumen in den Flur gelaufen kamen.

»Dio, Gilda, was ist denn los?«

Leda klärte Bardis Mitarbeiter auf und löste damit höchste Betroffenheit aus. Gilda brabbelte ihren Spruch gebetsmühlenartig weiter, bis einer der Männer, Enrico Ballante, sie plötzlich irritiert anfuhr: »Basta, Gilda! So wird er auch nicht wieder lebendig.«

Darüber entwickelte sich ein kleiner Streit zwischen den Anwesenden, die der Meinung waren, dass Ballante kein Herz habe und Gildas Leid nicht nachempfinden könne.

»Entschuldigen Sie bitte, Signora. In Wahrheit sind wir alle furchtbar betroffen. Jeder geht nur anders damit um«, meinte der andere Mann, Silvio de Palma, gegenüber Leda.

»Das verstehe ich. Aber sagen Sie mir, wen Signora Gilda in Verdacht hat, wenn sie von dem Pack spricht?«

»Sie meint die Extracommunitari, also die Ausländer in unseren Wohnungen. Dort gibt es in der letzten Zeit viel Ärger. Wir mussten mehreren Familien kündigen.«

»Hat Signor Bardi deshalb Drohungen erhalten?«

»Ja. Uns allen wurde und wird laufend gedroht. Aber wir dachten, dass Hunde, die bellen, nicht beißen. Wurde Signor Bardi tatsächlich ermordet?«

»Es könnte auch Selbstmord gewesen sein.«

»Signor Bardi und Selbstmord? Ausgeschlossen.«

»Vielleicht wegen seiner religiösen Überzeugung?«

De Palma schaute sie entgeistert an. »Welche religiöse Überzeugung? Ich wusste gar nicht, dass er religiös ist. Aber wir sprechen auch nie über private Dinge.«

»Wie lange arbeiten Sie denn schon für Signor Bardi?«

»Seit sieben Jahren.«

»Und die anderen?«

»Sehr unterschiedlich. Zwischen zwei und über vierzig

Jahren. Gilda war schon hier, als Signor Bardi senior noch im Geschäft arbeitete. Sie kennt Bardi am besten. Anna Maria kam als Letzte.«

»Bitte geben Sie mir die Namen derer, die Drohungen ausgesprochen haben, sowie deren derzeitige Anschriften.«

Für die besagten Streitfälle war Kollege Fernando Perfetti zuständig. Er gab Leda Name und Hausnummer einer der Familien, die trotz Kündigung noch dort wohnte. Von den anderen hatte er nur die Namen. Sie waren nach heftigen Auseinandersetzungen innerhalb Roms unbekannt verzogen. Dennoch erreichten ihn nach wie vor telefonische Schmähanrufe und Drohungen, berichtete Perfetti.

»Aber warum denn?«, fragte Leda.

»Weil wir ihnen eine sprudelnde Einkommensquelle ausgetrocknet haben. Die offiziellen Mieter wohnen schon lange nicht mehr in den Wohnungen, die nicht gerade in bestem Zustand sind. Den Umzug verschweigen sie uns aber und vermieten die Zimmer zu horrenden Preisen an Illegale weiter. Wenn wir nach der Anmeldung zum Überprüfen hingehen, empfängt uns die offiziell eingemietete Familie, so als wohnte sie noch immer da. Sobald wir weg sind, verschwindet sie wieder, und stattdessen ziehen bis zu zwanzig Illegale ein. Jeder von denen zahlt so viel an unsere eigentlichen Mieter, dass die sowohl die andere Miete als auch ihren gesamten Lebensunterhalt finanzieren können. So läuft das Spiel, und wir können nichts machen.«

Leda überflog die Liste. Die Namen klangen alle ausländisch.

»Osteuropäer?«, fragte sie.

»Ja, vorwiegend aus Moldawien und Albanien. Unsere offiziellen Mieter besitzen alle eine Aufenthaltsgenehmigung. Wir überprüfen das sehr genau«, beeilte er sich zu sagen.

»Es interessiert mich nicht, ob sie legal hier sind. Das betrifft die Ausländerpolizei. Ich bin von der Mordkommission«, versuchte Leda ihm seine Sorge zu nehmen. »Ich sehe keinen Namen, der mit einem P beginnt. Gab es einen Zwischenfall mit jemandem, dessen Vor- oder Nachname mit P anfängt?«

Perfetti überflog seine Listen erneut, fand aber nichts.

»Nein, ich erinnere mich auch an keinen solchen Namen. Warum?«

»Weil auf Signor Bardis Badezimmerspiegel ein P geschrieben wurde. Es könnte sich um eine Art Bekennerzeichen handeln.«

»Keine Ahnung.«

»Und wer ist Perla? Sie muss nach unseren Recherchen eine Kollegin von Franco Bardi sein und wohnt wahrscheinlich in Modena.«

Auch die kannte Perfetti nicht und schlug vor, mit Gilda zu sprechen. Diese hockte zusammengesunken auf einem Stuhl im Raum nebenan im Kreis der anderen Frauen und weinte hemmungslos. Es dauerte eine Weile, bis sie aus der Befangenheit ihrer Trauer aufgetaucht war, um auf Ledas Fragen zu antworten.

»Wer Perla ist? Eine wunderbare Frau. Die Einzige, der Bardi je vertraut hat, außer mir. Er rief sie nur bei diesem Spitznamen, den er ihr gegeben hat. Er sagte immer, sie sei für ihn so wertvoll wie die schönste Perle der Welt. Richtig heißt sie Laura Letta. Sie waren verheiratet, und sie hat damals mit uns zusammengearbeitet. Dieses hier war ihr Büro.«

»Signora Letta wurden mit der Scheidung Wohnungen überschrieben, ist das richtig?«

»Ja, sie wurde Eigentümerin der Wohnungen in der Via Tirso. Die Verwaltung hat sie uns übertragen.«

»Kommt sie oft?«

»Nein, leider wohnt sie in Modena. Sie kommt nur alle paar Jahre.«

»Hat sie wieder geheiratet?«

»Ja, einen Engländer, den ich aber nicht kenne.«

»War sie letzte Woche hier?«

»Nein. Ich habe sie das letzte Mal vor zwei Jahren gesehen. Wir telefonieren auch nur dann, wenn es Probleme gibt. Sie will nichts mehr mit Rom zu tun haben.«

»Das kann nicht ganz stimmen. Denn Bardis Nachbarn haben uns erzählt, dass Perla hin und wieder kommt und sogar mit ihnen Karten spielt.«

Gilda starrte Leda aus verweinten Augen an, sprachlos vor Erstaunen.

»Laura hier?«, fragte sie schließlich ungläubig. »Dann hätte sie sich doch bei mir gemeldet.«

»Vielleicht hatte sie ihre Gründe, es nicht zu tun. Ist Laura etwa so alt wie Franco Bardi, groß, schlank und dunkelhaarig? Dazu ausgesprochen elegant gekleidet und liebt schönen Schmuck?«

»O ja, Franco hat ihr immer den wunderbarsten Schmuck geschenkt, das ist sie. Aber wieso ...?«

»Bitte geben Sie mir ihre Telefonnummer und Anschrift.«

Gildas Verzweiflung schlug in stille Verständnislosigkeit um. Leda las in ihrem Gesicht die Frage, ob es da etwas gab, was Franco ihr verschwiegen hatte. Während sie die gewünschten Daten aufschrieb, verhärtete sich ihre Miene zusehends.

»Waren Sie sehr vertraut mit Signor Bardi?«, wollte Leda wissen.

»Ich hatte es immer angenommen. Aber das stimmt wohl nicht«, antwortete sie. »In Wahrheit weiß ich über sein Privatleben seit der Trennung von Laura nur wenig. Sie hatte ihr soziales Leben organisiert, und ich denke, er ist seit der Trennung ziemlich vereinsamt. Er lädt mich hin und wieder zum Essen ein, in sehr gute Restaurants. Bei ihm zu Hause bin ich nie wieder gewesen, seit Laura fortging.«

»Erzählt Elvira denn nichts?«

»Elvira, seine Putzfrau?«

»Ja, genau die.«

»Nein. Sie ist eine strohdumme Trinkerin, die sowieso kaum redet. Sie putzt mal gut, mal schlecht, je nachdem, wie sie gerade drauf ist. Da sie erst abends hierher zum Putzen kommt, wenn wir alle schon weg sind, gibt es kaum eine Gelegenheit für ein Gespräch.«

»Hat Signor Bardi Angehörige?«

»Drei Cousins, die er sehr liebt. Alle wesentlich älter als er selbst. Nein, stimmt nicht. Es sind nur noch zwei, denn einer ist vor zwei Jahren gestorben. Sonst kenne ich niemanden. In der restlichen Familie herrscht Neid und Zwietracht. Wohl schon immer. Weil Franco so reich ist und sie viel ärmer.«

»Wie ist er denn so reich geworden?«

»Durch seine Immobilien. Er ist ein unheimlich geschickter Investor. Sein Vater war es auch schon.«

»Wie viele Wohnungen gehören ihm?«

»Etwa dreihundert. Alle in guten Lagen, alle gut vermietet, bis auf die paar genannten Problemfälle.«

»Hatte er Feinde?«

»Reiche Leute haben immer mehr Feinde als Freunde«, gab Gilda kurz und bestimmt zur Antwort.

Der Commissaria schwirrte während des Gesprächs immer wieder dieselbe Frage durch den Kopf: Standen die Morde in irgendeinem Zusammenhang?

»Sagt Ihnen der Name Michele Borghese etwas?«

»Meinen Sie den von IT-Services?«

Leda nickte. Endlich eine Verbindung!

»Ja, natürlich. Der hat uns die gesamte neue Computeranlage installiert und programmiert. Der wurde doch auch ermordet, ich habe es im Fernsehen gesehen.«

»Genau der. Was hatte er mit Signor Bardi zu tun?«

»Franco kannte ihn meines Wissens nur flüchtig. Die Computersachen organisiert Silvio de Palma. Das hat Franco alles nicht interessiert«, meinte Gilda.

In diesem Moment betrat de Palma den Raum. Auf seinem Gesicht stand große Sorge geschrieben.

»Vorhin habe ich noch nicht geschaltet, weil ich von Signor Bardis Todesnachricht so schockiert war. Aber dann ist mir eingefallen, dass ich von Michele Borgheses Ermordung in der Zeitung gelesen habe. Und ich denke, Sie sollten wissen, dass er für uns gearbeitet hat. Vielleicht ist das ja wichtig.«

»Das ist sogar sehr wichtig. Hat Borghese auf eigene Rechnung gearbeitet oder auf die der Firma IT-Services?«

»Er kam immer im Auftrag der Firma, und die Rechnungen gingen auch an sie. Da lief gar nichts schwarz oder privat.«

»Hat er vielleicht gemeinsam mit Signor Bardi irgendwelche Nebengeschäfte betrieben?«

»Ganz sicher nicht, denn Signor Bardi verstand von Computern rein gar nichts und arbeitete nie damit. In seinem Büro steht auch keiner. Genauso wenig halte ich es für möglich, dass Signor Bardi mit Borghese Kontakt gehabt haben soll. Er konnte ihn nämlich wegen seiner politischen Ansichten nicht ausstehen und hat mal gesagt, wenn Borghese jemals anfinge, über Politik zu reden, solle ich ihn rauswerfen. Hat er aber nicht getan, nie. Man hätte ihn für den freundlichsten und harmlosesten Menschen auf der Welt halten können. Ich habe immer so getan, als wüsste ich nichts von seinen Fascho-Aktivitäten, und kam prima mit ihm klar. In Sachen Computer war er wirklich top.«

XI

Im Präsidium warteten Ugo und Raffaella mit Neuigkeiten auf: Der erste Versuch gestern Abend, die Wohnung der Familie Borghese auf sachdienliche Hinweise über Micheles Umfeld zu durchsuchen, war gescheitert. Niemand hatte ihnen geöffnet. Erst heute Morgen hatte Signora Borghese Ugo und Roncalli hineingelassen. In Micheles Zimmer standen die Bücherregale voller politischer Literatur über den Faschismus in Italien und den Nationalsozialismus in Deutschland. An den Wänden hingen entsprechende Wimpel, Fahnen und Standarten zwischen Fotos von Hitler und Mussolini. Micheles Computer hatten sie mitgebracht, genauso wie sein Telefonino und das Foto einer sehr hübschen blonden Frau, das auf seinem Schreibtisch gestanden hatte. Mit »Ti amo, Clara« war es signiert.

Anhand der E-Mails hatten die Kollegen herausgefunden, dass Michele Borgheses Freundin Claretta Taddei hieß. Die Zweiundzwanzigjährige lebte, so hatten die Nachforschungen beim Einwohnermeldeamt ergeben, mit ihrem jüngeren Bruder bei den Eltern. Laut Roncalli und seinen Experten für neofaschistische Umtriebe war sie in der Szene noch nie gesichtet worden. Auch Andrea Grimaldis Mörder, Antonello Faiola, den Roncalli hierzu im Untersuchungsgefängnis befragt hatte, schien von der Tatsache, dass es eine Frau an Michele Borgheses Seite gegeben haben sollte, mehr als erstaunt. Nie, aber auch nie hätte Michele darüber gesprochen oder gar eine »fidanzata« mitgebracht.

Die nächste Neuigkeit kam von Leo Amato, dem Gerichtsmediziner: Beide Opfer waren vor ihrem Tod betäubt und erst dann umgebracht worden.

»Da dieses Detail bisher in der Berichterstattung in Sachen Borghese noch nicht aufgetaucht ist, sollten wir davon ausgehen, dass der Mord an Bardi keine Nachahmungstat eines anderen Täters war«, erklärte Ugo seiner Chefin. Darüber hinaus gab es eine weitere Übereinstimmung: die Schuhgröße bei den Fußabdrücken an den Tatorten.

»Wir haben uns schon Gedanken gemacht, was die Abkürzung PA oder AP bedeuten könnte«, meinte Raffaella.

»Und?«

»›Per annum‹, pro Jahr. Das wird bei Mieten, Renditen, Zinsen und so weiter so angegeben. Oder ›Patto Atlantico‹, Atlantischer Pakt. AP könnte ›anno passato‹ bedeuten, also vergangenes Jahr, oder ›ante pastum‹, vor dem Essen. Das steht manchmal auf Rezepten für Medikamente. Aber ich glaube, das trifft es alles nicht wirklich.«

»Wo bekommt man dieses Betäubungsmittel? Wer hat es? Wer benutzt es?«, bohrte Leda weiter.

»Leo Amato sagt, dass es Reste eines narkotisierenden Wirkstoffs sind. Das Zeug, ein Gas, wird bis heute in Krankenhäusern des ehemaligen Ostblocks für Narkosen benutzt. Es existiert dort auch als K.o.-Spray in Dosen. In Italien ist der Verkauf offiziell verboten, aber auf dem Schwarzmarkt bekommt man es wohl leicht. In den vergangenen Jahren häufen sich Fälle, bei denen unbescholtene Bürger sich nachts zur wohlverdienten Ruhe legen, morgens nach einem besonders tiefen und erholsamen Schlaf aufwachen und dann feststellen, dass ihre Wohnungen komplett ausgeräumt sind, ohne dass die Betroffenen das Geringste bemerkt haben.«

»Ja, genau. Darüber haben wir einmal in einer Abteilungsleiterkonferenz gesprochen«, erinnerte Leda sich. »Leo hat damals gefordert, Blutproben von den Einbruchsopfern zu bekommen, um sie auf Betäubungsmittel zu untersuchen, weil er wissen wollte, um welchen Wirkstoff es sich handelte. Die Kollegen vom Einbruchsdezernat waren aber dagegen.«

»Daraufhin hat er sich selbst und die Mitarbeiter im Institut als Versuchskaninchen benutzt und eine Methode gefunden, wie das Zeug auch noch Stunden nach der Anwendung nachgewiesen werden kann.«

»Zum Glück, denn jetzt haben wir einen wichtigen Anhaltspunkt für unsere Tätersuche an der Hand«, erklärte Ugo.

»Mein Reden: Im Schlaf liegt die Lösung!«, sagte Leda und meinte das durchaus ernst, denn schon mehr als einmal hatte sich ihr im Traum die Lösung eines Falles offenbart, weil sich während des Schlafs die Teile des Fallpuzzles einfach anders zusammensetzten, als es ihr Verstand im Wachzustand zuließ.

»Kennen wir den Schwarzmarkt genau genug, um dort weiterzukommen?«

»Die Kollegen von der Zollfahndung kennen ihn besser als wir, weil das Spray illegal importiert wird. Sie haben versprochen, die einschlägigen Leute unter die Lupe zu nehmen. Aber das kann dauern, wie ich die kenne«, seufzte Ugo.

»Außerdem haben wir die Telefonlisten von Borgheses Telefonen bekommen. Die von Bardi dauern noch etwas. Wir werden möglichst schnell die Listen abgleichen«, meinte Raffaella.

»Hat niemand von euch Hunger?«, erkundigte sich Leda. »Es ist Mittagszeit.«

»Ich habe mein Tramezzino dabei«, meinte Ugo. Seine Mutter, die in der Nachbarwohnung lebte, ließ es sich nach wie vor nicht nehmen, das Mittagsbrot für ihren Sohn zu machen, obwohl er längst mit Elena zusammenwohnte. Ugo zog das Butterbrotpaket aus der Aktentasche, wickelte es auf und klappte die Brothälften auseinander, um zu sehen, womit er heute überrascht wurde.

»Eier, Tomaten und Salat«, lautete sein zufriedener Kommentar.

»Ich muss abnehmen. Und weil ich heute Abend mit meinem Freund zu einem Geburtstagsessen eingeladen bin, übe ich Verzicht«, erklärte die in Ledas Augen mit einer blendenden Figur ausgestattete Raffaella.

»Wieso musst du denn abnehmen?«, erkundigte sich Leda erstaunt.

»Ich habe einen zu dicken Po und einen Bauchansatz, weil ich keine Zeit mehr fürs Fitnessstudio habe. Ich komme langsam in das Alter, wo man aufpassen muss«, meinte Raffaella.

Leda, die zehn Zentimeter kürzer war als Raffaella, aber mindestens zwanzig Kilo mehr auf die Waage brachte, schämte sich ein bisschen. Sie kannte diese Gespräche nur zu gut von ihrer Tochter Flavia, die ebenfalls strengstens auf den geringsten Fettansatz achtete und ihn gegebenenfalls konsequent durch Hungern und Sport bekämpfte.

»Ach, Raffaella. Das müsste ich auch mal schaffen«, seufzte Leda, deren Magen sich just in diesem Moment mit allen Anzeichen von quälender Leere meldete.

»Signora, doch nicht Sie! Sie sind einfach, wie Sie sind, und das ist wunderbar so. Wenn ich dicker wäre und dafür Ihre Persönlichkeit hätte, wäre ich sehr zufrieden. Wissen Sie eigentlich, wie stolz ich bin, bei Ihnen arbeiten zu dürfen? Das war der Traum meines Lebens. Und jetzt, wo ich hier bin, finde ich es noch besser, als ich es mir je vorgestellt hätte. Ich hoffe nur, ich werde irgendwann mal genauso gut wie Sie.«

»Raffaella, ich bitte dich. Du übertreibst! Wobei ich mich natürlich sehr freue, dass es dir so gut bei uns gefällt. Du bist auch eine wunderbare Person, und ich denke, Ugo empfindet das genauso.«

»Absolut! Du wirkst wie eine Erfrischungskur, und es ist

jeden Tag ein Genuss, ins Büro zu kommen. Das meine ich ganz ernst. Aber jetzt meine ich ebenso ernst, dass wir uns bei Bardis wütenden Mietern umsehen sollten«, wandte er sich an Leda.

Da diese die Nahrungszufuhr keinesfalls weiter verschieben konnte, immerhin hatte sie an diesem Morgen auf ihr übliches Cornetto verzichten müssen, eilte sie in das Restaurant am Ende der Straße. Sie schlang einen Teller Nudeln mit Artischockenherzen hinunter, ließ sich als Nachtisch einen Obstsalat bringen und schüttete noch schnell einen Espresso hinterher. Knappe zwanzig Minuten später hupte Ugo vor dem Eingang, und sie fuhren los.

Die Anschrift lag im Stadtviertel Boccea, wo die meisten Wohnkästen aus den siebziger Jahren stammten, die Mieten für Rom vergleichsweise erschwinglich waren und in den Bussen und auf den Straßen kaum noch Italienisch gesprochen wurde. Sie parkten auf der löchrigen, mit Müll übersäten Straße, und Leda wäre beim Aussteigen beinahe in eine nach Fischabfällen stinkende Lache unter der Beifahrertür getreten. Mit einem großen Schritt rettete sie sich hinüber, wobei sie zwei winzige, magere Kätzchen in die Flucht schlug. Ängstlich verkrochen sie sich unter einem anderen Auto, dessen Vorderreifen platt waren, und miauten erbärmlich.

Die Klingelanlage hing halb aus dem Mauerwerk, was insofern nicht weiter störte, als die Haustür des Gebäudes sowieso offen stand. Der winzige Aufzug hob sie klappernd und ratternd in den fünften Stock, wo sie an der Tür der Wohnung Nummer zehn klingelten. Eine Frau rief von innen etwas, was sie nicht verstanden.

»Polizei, bitte öffnen Sie die Tür«, forderte Ugo mit autoritätsgeladener Stimme.

Daraufhin geschah gar nichts. Ugo klingelte erneut und klopfte gleichzeitig an die Tür. Da öffnete sie sich mit einem

Ruck, und ein junger Mann mit kurzen blonden Haaren und blauen Augen stand vor ihnen.

»Sie sind Grigor Lupu?«

»Ja, wieso? Wir haben alle eine Aufenthaltsgenehmigung. Wir sind legal. Was wollen Sie von uns? Geht man so mit seinen Gästen um?«, fauchte er sie mit einem starken Akzent an. Die Leute hier mussten schon einiges erlebt haben.

»Können wir bitte hineinkommen? Es geht um Mord.«

»Natürlich, Mörder können nur die Ausländer sein. Uns verdächtigen Sie immer zuerst.«

»Signor Lupu, bitte, wir möchten eintreten«, sagte Ugo so scharf, dass der junge Mann endlich bereit war, die Tür ganz zu öffnen.

Auf dem Weg durch den dunklen Flur kamen sie an mehreren verschlossenen Türen vorbei. Nur eine stand einen Spalt breit offen, und Leda sah eine verängstigte Frau und einen Mann auf einem Metallbett hocken.

»Wer sind diese Menschen?«, fragte Leda.

»Freunde, die uns besuchen. Das dürfen sie doch wohl?«

»Natürlich. Hoffentlich gefällt ihnen Italien«, meinte Ugo ironisch.

Am Küchentisch saß eine alte, stämmige Frau mit einem geblümten Kopftuch und schälte einen Berg Kartoffeln. Missmutig betrachtete sie die beiden Polizisten und schwieg.

»Das ist meine Mutter. Sie spricht kaum Italienisch.«

»Sie hatten Streit mit Signor Bardi. Stimmt das?«, begann Leda das Verhör.

»Er ist ein Schwein und will uns aus der Wohnung vertreiben. Aber wir haben keinen anderen Platz, wo wir hinziehen könnten. Also bleiben wir und zahlen die Miete pünktlich. Wir sind ihm noch nie etwas schuldig geblieben. Wurde er umgebracht?«

»Ja. Und Sie sollen ihm mehrfach gedroht haben.«

»Wer behauptet das?«

»Zeugen, die wir befragt haben.«

»Niemand hat ihn bedroht. Jedenfalls nicht wir.«

»Das letzte Mal haben Sie vorgestern in seinem Büro angerufen und sogar sehr heftig gedroht, sie würden ihn umbringen, wenn er Sie nicht in Ruhe ließe.«

»Wie wollen Sie das beweisen?«

»Ganz einfach: Wir überprüfen gerade Ihre Telefonate der letzten Wochen und können so sehr leicht feststellen, wen Sie und wer Sie angerufen hat.«

»Woher wollen Sie wissen, was wir gesprochen haben?«

»Warum sollten die Zeugen lügen?«

»Weil sie uns loswerden wollen.«

»Im Ernstfall wird das Gericht entscheiden, wem es glaubt. Außerdem wurden im Büro Aufzeichnungen von Ihren Anrufen gemacht«, log Leda, um endlich weiterzukommen.

»Sie lügen«, schmetterte er ihr prompt ins Gesicht. »Das ist ein Trick. Das ist illegal. Das dürfen Sie nicht.« Lupu begann die Nerven zu verlieren. Seine Mutter raunte ihm etwas zu, woraufhin er sie in fremder Sprache anschnauzte. Ein heftiger Wortwechsel entspann sich zwischen den beiden. Vermutlich hatte die Mutter viel mehr verstanden, als sie zugeben wollte, und versuchte nun, ihren Sohn zur Raison zu rufen. Ihren Bemühungen war Erfolg beschert, denn plötzlich seufzte Grigor Lupu und drehte sich zu Ugo um.

»Also, wann wurde er umgebracht?«

»Vergangene Nacht. Wo waren Sie da?«

»Hier. Ich habe geschlafen.«

»Welche Schuhgröße haben Sie?«

Verblüfft schaute er Leda an. Was für eine banale Frage, schien er zu denken. Was hatte sie mit dem Mordvorwurf zu tun?

»Vierzig, manchmal einundvierzig, kommt aufs Modell an.«

»Wir möchten die Schuhe sämtlicher Bewohner sehen. Bitte führen Sie uns in die Zimmer.«

»Haben Sie das Recht dazu?«

»Es gibt zwei Möglichkeiten: Entweder, Sie arbeiten mit uns zusammen, oder wir holen jetzt die Ausländerpolizei und lassen eine Razzia durchführen. Die sind in zehn Minuten mit zehn Leuten hier, und die Illegalen werden garantiert zurückgeschickt. Ohne eine Minute Aufschub. Unser Vorschlag: Wir sehen uns in Ruhe um, suchen, was wir suchen müssen, und Ihre Leute bleiben unangetastet. Also, was wollen Sie?«

Grigor begriff, dass er dem Deal zustimmen musste, um größeres Unglück für alle zu verhindern.

Das, was Leda und Ugo in den Zimmern erwartete, übertraf ihre schlimmsten Befürchtungen. Hier lebten Menschen zusammengepfercht wie in der Massentierhaltung, jenseits von Würde und Privatsphäre. In drei der vier winzigen Zimmer schliefen jeweils zwischen vier und sechs Personen. Vor den weit geöffneten Fenstern baumelte unter den halb heruntergelassenen Rollläden Wäsche zum Trocknen. Von Wand zu Wand hatten die Menschen Leinen gespannt und ihre Habseligkeiten darübergehängt. Nachlässig an die Wände genagelte Regale bogen sich unter der Last von Hausrat aller Art, sogar Fernseher und Musikanlagen fanden Platz, den es eigentlich nicht gab.

Auf einem Doppelbett hockte eine verschüchterte junge Frau, eigentlich mehr noch ein Mädchen, höchstens sechzehn Jahre alt, die ein Neugeborenes an der Brust hielt. Aus großen dunklen Augen sah sie Leda und Ugo ruhig an. Ihr Blick schien zu sagen, dass sie sie ruhig mitnehmen konnten, weil sie im Leben weder etwas zu verlieren noch zu gewinnen hatte.

»Sprechen Sie Italienisch?«, erkundigte sich Leda.

»Ja.«

»Ihr Baby ist sehr niedlich. Wann wurde es geboren?«

»Vor einer Woche. Er ist süß, das finde ich auch. Aber er schreit so viel. Jede Nacht, dann schimpfen die anderen mit mir. Ich kann ihn nicht ruhig halten und muss dann mit ihm in der Küche sitzen. Nur tagsüber, wenn alle weg sind, schläft er.«

»Das machen Babys oft so, bis sie sich an den normalen Rhythmus gewöhnen. Meine Kinder haben das am Anfang auch getan, und ich war monatelang immer nur müde«, sagte Leda.

»Wie lange geht das so?«, fragte das Mädchen.

»Sehr unterschiedlich. Man kann sie nicht zwingen, sie sind wie kleine, blinde Kätzchen, die irgendwann maunzend aufwachen, die Zitze der Mutter suchen und dann weiterschlafen. Haben Sie im Krankenhaus entbunden?«

Das Mädchen hieß Maria, wusste nicht, wer der Vater ihres Kindes war und hatte es in diesem Doppelbett mit der Hilfe von Mutter Lupu geboren. Sie sei gut zu ihr und habe dafür gesorgt, dass sie das große Bett einen Monat lang nur für sich und ihr Baby haben dürfe. Ion mit seiner Frau Ioana und dem Töchterchen Iwana, die sonst hier wohnten, seien so lange zu Freunden gezogen.

Sonst schlafe sie zusammen mit ihrer Schwester im Nebenzimmer im Bett, das aber zu schmal sei, um auch noch ein Neugeborenes darin unterzubringen.

Wovon sie denn lebe, wollte Leda wissen. Maria erzählte, sie helfe ihrer Schwester beim Putzen in den Häusern reicher Leute, und sie helfe auch Mutter Lupu. So habe sie immer zu essen, bekomme Kleidung, und später wolle sie dann eine Ausbildung als Krankenschwester machen.

Wann später?, dachte Leda und sagte laut, das sei eine gute Idee. Krankenschwestern bräuchte man immer und überall. Die junge Frau lächelte sie an, und Leda hätte schreien können vor Wut über die Ungerechtigkeit. Sie beschloss, Maria zu helfen, ohne eine Idee, wie das aussehen könnte.

»Wo sind die anderen?«, fragte Leda.

»Alle unterwegs zum Arbeiten. Sie kommen erst spät zurück.«

Ugo hatte bereits sämtliche Schuhe im Raum inspiziert und sich in den nächsten begeben. Dort entdeckte er einen verängstigten Mann, der sich vor der Staatsgewalt im Schrank versteckt hatte. Es kostete Ugo einige Mühe, ihn herauszuzerren, und er musste dabei einen unendlichen Wortschwall, begleitet von Gewimmer und Flüchen, über sich ergehen lassen. Er ertrug es stoisch, fand aber keine Schuhe in der passenden Größe.

Das dritte Zimmer war vollgestopft wie die anderen, aber wesentlich ordentlicher und irgendwie freundlicher gestaltet, ansonsten menschenleer. Die Balkontür stand jedoch einen Spalt offen und ließ vermuten, dass sich jemand dorthin geflüchtet hatte. Das sollte ihnen so lange egal sein, wie keine Schuhe in der richtigen Größe auftauchten.

»Hier habe ich welche: Schuhgröße dreiundvierzig. Turnschuhe sind auch dabei«, verkündete Ugo plötzlich.

»Die nehmen wir mit.«

Nun trat Leda auf den Balkon, über den man auch die Küche erreichen konnte. Doch kein Mensch war zu sehen.

»Wenn jemand hier war, ist er uns soeben entwischt«, meinte Ugo achselzuckend und suchte daraufhin nach Dokumenten, fand aber keine. Falls der Schuhbesitzer überhaupt welche besaß, hatte die Vermieterfamilie Lupu sie wahrscheinlich als Pfand für die Miete genommen und irgendwo gut versteckt. Der Mann heiße Alexej und sei für ein paar Tage zu Besuch gekommen. Derzeit schaue er sich die Sehenswürdigkeiten Roms an, behauptete Grigor. Seine Dokumente trage er bei sich, und wann er wiederkomme, wisse niemand.

Während Ugo mit Grigor stritt, ging Leda zu Maria zurück und fragte sie über Alexej aus. Er sei ein sehr freundlicher Mann, berichtete Maria, höflich und ruhig. Letzte Nacht, als sie wieder so müde in der Küche mit dem schreienden Baby gesessen und gefroren habe, da habe er ihr heiße Milch mit Honig zubereitet. Dann habe er das Baby genommen und so lange herumgetragen und leise mit ihm gesprochen, bis es eingeschlafen sei. Das sei so um zwei Uhr nachts gewesen.

Mit dieser Information ging Leda zu Ugo, der inzwischen eingesehen hatte, dass Grigor mindestens so stur war wie er selbst und ihm keine weitere Auskunft über Alexej erteilen würde. Er suchte gerade im letzten Zimmer der Wohnung verbissen weiter.

Dieser Raum war im Gegensatz zu den anderen sehr groß und hatte zwei Nischen, die durch Vorhänge abgetrennt waren. In jeder standen zwei Betten und ein geräumiger Schrank. Mitten im Zimmer befand sich ein Tisch mit vier Stühlen. Sogar ein Sofa mit einem Flachbildfernseher davor hatte Platz gefunden. Hier lebte die Familie Lupu selbst. Im Vergleich zu den anderen Quartieren herrschte purer Luxus. In einer der Nischen schlief der jüngere Sohn der Lupus tief und fest. Er bemerkte weder die Anwesenheit seines Bruders noch die der beiden Polizisten.

»Lass uns gehen«, sagte Leda.

»Und was ist mit dem flüchtigen Alexej?«, meinte Ugo. »Wir müssen aufpassen, dass er nicht auf Nimmerwiedersehen verschwindet.«

»Er war es nicht. Er hat vergangene Nacht das Baby von Maria herumgetragen, weil es so geschrien hat«, erklärte Leda ihm und fügte hinzu, dass sie der Aussage des Mädchens vertraue.

Zur offensichtlichen Erleichterung der Bewohner zogen die beiden wieder ab.

»Sollten wir nicht die Ausländerkollegen mal reinschicken? Das ist doch ein Skandal, wie die dort hausen«, meinte Ugo auf dem Weg nach unten.

»Was wäre gewonnen? Sie würden abgeschoben und kämen drei Wochen später zurück.«

Leda war plötzlich todmüde und schaute auf die Uhr, weil es draußen bereits dunkel wurde. Das Ziffernblatt bewies ihr wieder einmal, dass sie bei ihrer Arbeit die Zeit vergaß. Sie setzte Ugo an der Metro-Station ab und kämpfte sich durch den Abendverkehr nach Hause.

Dort empfing Marco sie mit der Nachricht, dass Paolo in einem Restaurant namens San Teodoro bei den Kaiserforen zu Abend essen wolle. Flavia war unterwegs, würde sie also nicht begleiten, und er selbst zog es vor, mit seinem Freund Matteo ins Kino zu gehen und sich anschließend mit weiteren Freunden in einer Diskothek zu treffen. Er kam langsam wieder im normalen Leben an. Die Trauer um Andrea würde er in einen kleinen Kasten seiner Seele verbannen. Hin und wieder würde er ihn öffnen und bei der Erinnerung an den Freund Schmerz und Freude verspüren. Mit achtzehn war die Zukunft stärker als die Vergangenheit. Zum Glück, dachte Leda und freute sich für ihren Sohn, der sich gerade eine Pasta aglio e olio zubereitete.

»Möchtest du auch?«, bot er ihr großzügig an. Dabei würde die Portion im Topf knapp für ihn selbst reichen.

Leda gab ihm einen Kuss. »Nein, danke. Das langt doch nicht einmal für dich. Ich fahre lieber zum San Teodoro.«

Die Zeit reichte für eine Dusche. Sorgsam wählte sie einen weiten, khakifarbenen Rock, dazu ein Top im gleichen Ton und eine knapp sitzende, taillierte Leinenjacke in einem dunklen Orange. Aus ihrem Reservoir an Ketten fischte sie eine aus verschiedenen braun- und orangefarbenen Glasperlen und Halbedelsteinen und hängte sie sich um. Ihre wilden, roten Locken, die kein Friseur, geschweige denn sie selbst bändigen konnten, fand sie heute ihrer inneren Stimmung durchaus angepasst. Und nachdem sie den Lippen ein glitzerndes Braun verpasst hatte, fand sie, dass sie besser aussah, als sie sich fühlte. Gerade als sie losgehen wollte, rief ihre Schwester Francesca mit dem Vorschlag an, gemeinsam essen zu gehen. Leda schlug ihr vor, sie im San Teodoro zu treffen.

Sie war überrascht, wie sehr sich das Restaurant, früher ein schmaler Schlauch mit kleinen Tischen und karierten Tischdecken, inzwischen in einen schicken Gourmettempel mit ausladendem Backsteingewölbe und moderner Kunst an den Wänden verwandelt hatte. Paolo saß auf der Terrasse und ließ sich gerade von Giorgio, dem neuen Inhaber, die komplizierte Vorgeschichte berichten. Wie schwierig die Eigentumsübertragung gewesen sei, wie unglaublich lange sich das Genehmigungsverfahren für den Umbau der Innenräume und den Anbau der Terrasse hingezogen habe und wie gut das römische Publikum sein kulinarisches Angebot bereits nach kurzer Zeit angenommen habe. Der typisch römischen Küche war er treu geblieben, hatte sie allerdings verfeinert und vor allem eine exzellente Fischkarte hinzugefügt.

Im Lauf des Abends gesellten sich nicht nur Francesca und ihr Mann Roberto zu ihnen, auch einige andere Freunde und Freundinnen riefen an oder stießen zufällig dazu. Immer mehr Tische wurden zusammengerückt, neue Teller, Gläser und Bestecke herbeigeschafft. Beim Bestellen entspann sich eine ausführliche Diskussion über die beste Zubereitungsart von Tonnarelli cacio e pepe, also dicken Eierspaghetti mit Ziegenkäse und Pfeffer. Die Frage lautete, ob die Soße mit ganz jungem Käse oder mit gelagertem besser schmecke, und vor allem, ob sie getrennt zubereitet werden solle oder ob man die Zutaten lieber über die abgegossenen heißen Nudeln geben und untermischen sollte. Zur Beruhigung der Gemüter schlug Giorgio vor, ihnen von jeder Zubereitungsart eine Probe zu bringen, wobei er sich jedoch hinsichtlich des Reifegrades des Käses kompromisslos zeigte. Alter Käse sei in diesem Zusammenhang völlig ungenießbar.

Es wurde ein Abend, wie Leda ihn dringend brauchte, entspannt und mit viel Gelächter. Als es kühl wurde, zündete Giorgio die Gasschirme an. Irgendwann kam jemand auf die Morde zu sprechen und wollte von der Commissaria Einzelheiten wissen. Doch sie blockte ab. Was hätte sie auch sagen sollen?

XII

Am nächsten Morgen überraschte Paolo die ganze Familie mit einer großen Tüte Cornetti, die er bei Mario gekauft hatte.

»Du siehst so müde aus. Der Fall macht dir schwer zu schaffen. Das sieht man«, meinte er, als sie am Küchentisch beim Kaffee saßen, während Flavia und Marco noch schliefen.

In diesem Moment wurde Leda bewusst, dass sie wie eine Frau nach dreißig Ehejahren aussehen musste, der mit der Zeit die Sorge um die eigene Attraktivität abhanden gekommen war: Wahrscheinlich hatte sie tiefe Ringe unter den Augen, das ungekämmte Haar war seit Wochen nicht nachgefärbt, den Gürtel des verwaschenen Morgenmantels hatte sie nachlässig um die runden Hüften gewickelt, und die Füße steckten in uralten, orientalisch bestickten Schlappen. Sie schämte sich und sah ihn unsicher an.

»Ist es so schlimm?«

»Du tust mir einfach leid. Was hältst du davon, wenn wir nach Abschluss des Falls für ein paar Tage wegfahren? Nur wir zwei, so wie früher?«

Die Vorstellung gefiel Leda, und sie begannen, Reisepläne zu schmieden. Leda hatte Lust, nach langer Zeit mal wieder nach Deutschland zu reisen, nach Berlin. Beide Kinder waren mehrfach dort gewesen und erzählten oft von dieser »coolen« Stadt. Paolo war einverstanden. Er kannte die wiedervereinte Hauptstadt Deutschlands noch gar nicht. Sobald Leda diesen verflixten Buchstabenmord aufgeklärt hatte, wollten sie losfahren.

Während er ausführlich von seinem ersten und letzten Berlinbesuch noch vor dem Fall der Mauer erzählte und davon, wie sehr ihn diese Grenze mitten in Europa erschreckt hatte, dachte Leda über ihr Zusammenleben nach. Sie kam zu dem Schluss, dass sie über Paolos Anwesenheit ausgesprochen zufrieden, ja sogar glücklich war.

»Was schaust du mich so an?«, fragte Paolo etwas verunsichert.

»Ich bin so froh, dass du hier bist«, antwortete Leda und merkte gar nicht, wie viel Zärtlichkeit in ihrer Stimme schwang.

Da stand Paolo auf, kam zu ihr und umarmte sie fest. »Ich auch. Es ist wunderbar mit euch.«

»Und wenn die Kinder beide aus dem Haus sind, erträgst du mich dann auch allein?«

»Mal sehen. Wir können uns dann ja als Ersatz eine Katze anschaffen«, schlug er lachend vor.

Gemütlich schlenderten sie anschließend über den Samstagsmarkt und kauften Sinnvolles und Sinnloses. Neben Salat, Obst, Käse und erlesenem Schinken wanderten eine Bluse für Flavia, eine Hose für Marco, von der Leda annahm, dass sie ihrem Sohn gefallen könnte (und die sich später als völliger Fehlgriff erwies), Unterhosen und Socken für Paolo sowie ein neuer Morgenrock für Leda für wenig Geld in die Tüten.

Als sie an einem Tisch mit Schmuck vorbeikamen, wusste Paolo, dass er nun viel Geduld aufbringen musste. Leda liebte Schmuck und begann die dargebotenen Stücke sorgfältig zu inspizieren. Gemeinsam mit dem Inhaber des Standes, einem gewissen Lucio, schwärmte sie über deren ausgefallene Schönheit. Paolo stimmte den beiden zu. Zum einen, weil er sich nicht als uninteressierter Macho darstellen wollte. Zum anderen gefiel ihm der Schmuck tatsächlich. Eine der Ketten aus türkisblauen und silbernen Perlen konnte er sich gut um Ledas Hals vorstellen und legte sie ihr um. Auf dem Untergrund ihres dunkelbraunen Pullis leuchteten die Perlen wie Sterne, und Lucio stieß einen begeisterten Schrei aus:

»Eccola, che bella! Wunderschön!«

Dabei blieb unklar, ob er damit Leda meinte oder seine Kette. Er reichte ihr einen Spiegel, in dem sich Leda konzentriert begutachtete.

»Die steht mir wirklich gut. Du hast dafür einen Blick«, sagte sie anerkennend zu Paolo.

»Schön, wenn sie dir gefällt. Du kannst ein bisschen Freude gebrauchen.«

Mit Lucio handelte er einen guten Preis aus, da er zusätzlich eine Kette für seine Mutter kaufte, die ähnlich wie Leda auffälligen Schmuck liebte und ihn trotz ihrer mehr als achtzig Jahre mit Vorliebe trug. Sogar für Flavia wollte er eine erstehen, wovon Leda ihn aber mit dem Argument abhielt, dass die junge Frau dünne Gold- und Silberketten respektive schmale Lederbänder mit zierlichen Anhängern bevorzugte.

Auf dem Heimweg wurde Leda unruhig. Die Morde ließen sie nicht los. Sie half Paolo, rasch die Einkäufe in der Küche zu verstauen, und rief dann Raffaella an, die trotz ihres freien Tages sofort bereit war, die Commissaria zu Claretta Taddei, der Freundin von Michele Borghese, zu begleiten.

Paolo seufzte. Schon war wieder ein Wochenende kaputt. Heute hatte sie zu tun, morgen er.

»Wie schön wäre es, wenn wir heute Nachmittag ins Haus an den Strand fahren könnten.«

»Vielleicht klappt es später noch. Mal sehen, wann ich zurückkomme«, meinte Leda tröstend. »Sonst eben nächste Woche.«

Das sagte sie, seitdem Paolo sie kannte, und er wusste ganz genau, dass ein Mordfall jede Planung gnadenlos über Bord werfen konnte.

»Wenn wir mal in Rente sind ...«, murmelte er, und Leda lachte.

»Dann gehen wir uns vielleicht so auf den Wecker, dass du freiwillig wochenlang allein im Strandhaus verschwindest.«

»Oder nach Afrika zur Elefantenjagd.«

»Da möchte ich aber mitkommen. Denn wie du weißt, verfüge ich über einen ausgeprägten Jagdinstinkt.«

Claretta Taddei wohnte im Stadtteil Flaminio, in einer der kleinen Seitenstraßen der Viale Pinturicchio, die zum Tiber führte. Raffaella wartete bereits vor dem achtstöckigen Haus, das glücklicherweise mit einem Aufzug ausgestattet war. Oben öffnete ein rotblonder Mann in Ledas Alter die Tür. Signor Taddei schien über ihren Besuch wenig erstaunt und bat sie herein.

Die Wohnung war im Inneren wesentlich hübscher, als das Gebäude von außen erwarten ließ: hell und geräumig, mit gelbem Travertinstein ausgelegt, die Wände in unterschiedlichen Pastelltönen gestrichen. Taddei führte sie ins Wohnzimmer, wo sie auf einem orangefarbenen Sofa Platz nahmen, während er an die Zimmertür seiner Tochter klopfte.

»Clara, da sind zwei Signore, die dich sprechen möchten«, sagte er mit ruhiger Stimme und stark sizilianischem Zungenschlag. Aha, dachte Leda, die normannischen Besetzer der Insel hatten ihr Erbgut in seiner Familie hinterlassen.

Claretta war blond, blauäugig und sehr blass. Erschrocken schaute sie Leda und Raffaella an, als diese sich als Kriminalkommissarinnen vorstellten.

Die junge Frau berichtete ihnen, dass sie Buchhändlerin sei und bei Feltrinelli am Largo Argentina arbeitete. Die Beziehung mit Michele Borghese habe während des Sizilienurlaubs im Sommer vergangenen Jahres in einer Diskothek begonnen. Da sie zu diesem Zeitpunkt noch mit ihrem Freund in Rom zusammen gewesen sei, hätten sie sich anfänglich nur rein freundschaftlich getroffen. Erst nachdem sie Wochen später die Beziehung zu Alessandro gelöst hatte, habe das Liebesverhältnis zwischen ihr und Michele begonnen. Er habe sie mit seinem guten Aussehen, seiner Höflichkeit und der Aufmerksamkeit beeindruckt, die er ihr schenkte. Außerdem habe ihr gefallen, dass er die Zweisamkeit dem Rummel einer Clique vorzog, so anders als die meisten jungen Männer seines Alters. Sie seien viel zusammen spazieren gegangen, hätten Kinos und sogar das Theater besucht. Nur dienstags und am Wochenende habe er so gut wie nie Zeit gehabt, wegen des Fußballs. Sie hätte zunächst gedacht, dass er selbst kickte und sonntags wie alle Männer als interessierter Zuschauer ins Stadion ginge oder den Spielen seiner Erstliga-Mannschaft SS Lazio nachreiste. In den ersten Monaten habe sie von seinen politischen Aktivitäten überhaupt nichts gewusst. Auch ihren Eltern sei Michele zunächst sehr sympathisch gewesen.

»Und dann, eines Tages, als wir uns etwa vier Monate kannten, hat mein Vater ihn im Fernsehen während eines Spiels entdeckt, wie er da zwischen den ganzen ›Striscioni‹ die Fahne mit dem keltischen Kreuz schwenkte. Daraufhin stellte mein Vater ihn zur Rede, und Michele erklärte ihm, dass das nun mal seine Überzeugung sei. Er wollte nicht, dass ganz Italien von Ausländern überflutet und immer krimineller wird. Wenn die Kommunisten wieder an die Macht kämen, würde das so, sagte er.«

»Und was meinen Sie dazu?«

»Michele hat es mir genau erklärt, und ich denke, dass er recht hatte. Denn schauen Sie sich doch mal in Rom um, wie viele Schwarze und Zigeuner hier rumrennen, betteln, klauen und mit ihren Fälschungen auf der Straße den redlichen Geschäftsleuten ihre Kunden abnehmen. Jeden Tag kommen neue an. Das geht so nicht weiter. Die müssen raus. Michele kämpfte für ein italienisches Italien. Was soll daran verkehrt sein?«

Leda verschlug es die Sprache. Dieser zarte, blonde Spross normannischer Vorfahren, die einst Sizilien besetzt hatten und sich dort mit ihren nordisch hellen Genen bis heute in Erinnerung brachten – war sie eine Faschistin?

»Haben Sie diese Meinung schon vertreten, bevor Sie Michele kennenlernten?«, fragte Leda.

»Michele hat mir die Augen geöffnet, und seine Ermordung gibt ihm recht«, sagte Claretta, doch in ihrer Stimme lag mehr Trotz als Überzeugung.

»Und die Gewaltinszenierungen rund um die Stadien, die er organisierte? Sind Sie auch damit einverstanden, dass ein junger Mann von einem seiner Leute erschlagen wurde?« Leda merkte, wie die Wut sie zu überwältigen drohte.

»Das nicht, aber dafür war er nicht verantwortlich. Das hat er selbst nicht gewollt, es hat ihm sehr leid getan, und er war unheimlich sauer auf diesen Faiola.«

»Was ihn aber nicht daran hinderte, meinen Sohn, einen Zeugen des Verbrechens, zu bedrohen!«, schrie Leda.

Die Kommissarin wusste, dass sie mit dieser Reaktion bei der jungen Frau das Gegenteil dessen erreichen würde, was sie eigentlich wollte. Doch ihr Temperament war mit ihr durchgegangen. Als sie sah, wie erschreckt Raffaella sie anstarrte, schämte sie sich.

»Entschuldigung, Signorina, aber ich habe einfach Angst um mein Kind und trauere mit ihm um seinen Freund. Ich kann nicht verstehen, dass politische Überzeugungen mit Gewalt durchgesetzt werden müssen. Ich halte das für den falschen Weg.«

»Ich ja auch«, flüsterte die leichenblasse Claretta. »Und Michele eigentlich auch. Er war da so reingerutscht, aber er wollte aussteigen. Außerdem gab es Probleme, weil mein

Vater ihn nicht mehr im Haus haben wollte und mich drängte, ihn zu verlassen.«

»Und Sie meinen, er wäre wirklich ausgestiegen?«, übernahm nun Raffaella das Verhör, um Leda Zeit zu geben, sich zu beruhigen.

»Er hat es mir versprochen, und ich habe ihm geglaubt. Ja, er hätte es getan, weil er mich liebte.«

»Hat er mit jemandem außer Ihnen darüber gesprochen, vielleicht mit seinen Kameraden?«

»Das glaube ich nicht. Er hatte Angst, dass sie ihn als Verräter sehen würden. Wir haben sogar überlegt, deshalb gemeinsam in eine andere Stadt zu ziehen, wo ihn niemand kennt.«

»Halten Sie es für möglich, dass vielleicht doch einer seiner Kameraden von den Plänen wusste und ihn deshalb ermordet hat?«

Claretta weinte jetzt, es war ein verzweifeltes Weinen um den Geliebten und das eigene Verlorensein. Sie wusste nicht, wer ihr Michele genommen hatte, wer Freund und wer Feind war. Sie kannte sein Umfeld nicht, hätte diese Menschen auch nicht kennenlernen wollen, sie selbst lehnte Gewalt ab, und erst jetzt wurde ihr wirklich bewusst, in was sie hineingeraten war.

Während des Gesprächs hatte es geklingelt, und Clarettas Vater, der die ganze Zeit geschwiegen hatte, war aufgestanden, um die Haustür zu öffnen. Gemeinsam mit einem jungen Mann kehrte er zurück.

»Wer sind Sie?«, fragte Leda, die keine ungebetenen Zuhörer gebrauchen konnte.

»Das ist mein bester Freund Sandro. Er kann ruhig hören, was ich zu sagen habe. Außerdem weiß er es sowieso«, wischte Claretta selbst alle Bedenken vom Tisch. Mit dem Eintreten des Freundes hatte sie sich wieder gefangen, so als gäbe er ihr die Sicherheit, die sie brauchte. »Ich habe Michele geliebt und vermisse ihn so sehr, als wäre mir das Herz aus der Brust gerissen worden. Wir wollten heiraten, eine Familie gründen, für immer zusammenbleiben.«

Claretta begann zu schluchzen. Sandro ging zu ihr, setzte sich auf die Sessellehne und nahm sie tröstend in den Arm.

»Ist schon gut. Ich bin bei dir«, flüsterte er, und sie schmiegte sich zutraulich an seine Brust.

Vater Taddei stand kopfschüttelnd in der Tür.

»Was soll man da sagen? Dieser Michele hat sie verrückt gemacht, total verrückt. Wir kommen gar nicht mehr an sie heran. Und sie verrennt sich immer weiter in diese abstrusen Ideen. Dabei sage ich immer wieder: Irgendwann wird sie begreifen, dass man sich besser gar nicht um Politik kümmert, sonst gibt's nur Probleme«, seufzte er. »Ich hätte ihr den Umgang mit diesem Typen schlicht verbieten und sie einsperren sollen, wie es ein anständiger Vater tut, um seine Tochter zu schützen. Aber Clarettas Mutter war dagegen, meinte, sie müsse ihren Weg selbst finden, ihr eigenes Leben leben. Jetzt sehen wir ja, was dabei herausgekommen ist: Wir haben die Polizei im Haus. Die Hölle soll diesen Borghese verschlingen!«

»Glaubst du wirklich, du hättest mich einsperren können? Das hat früher mal bei euch in Sizilien geholfen, aber heute im Rom des einundzwanzigsten Jahrhunderts klappt das mit erwachsenen Töchtern nicht mehr. Ich hätte dich angezeigt und wäre außerdem abgehauen. Und zwar mit meinem Ehemann Michele. Er hätte mich jederzeit geheiratet. Und zusammen hätten wir genug Geld für unseren Lebensunterhalt verdient!«, schrie Claretta ihren Vater an.

»Dann hättest du für den Rest deines Lebens auf deine Familie verzichten müssen. Mit Faschisten wollen wir nichts zu tun haben. Merk dir das ein für alle Mal! Die haben genug Unheil über unser Land und die ganze Welt gebracht. Das brauchen wir nicht mehr. Und jetzt Schluss mit der Diskussion. Bring mir einen anständigen Mann wie Sandro ins Haus, und wir sind Freunde. In der ganzen Zeit, in der du mit ihm zusammen warst, ist hier jedenfalls nie die Polizei aufgetaucht. Und jetzt sitzt er auch noch neben dir und tröstet dich. Das nenne ich einen großzügigen Mann. So einen findest du nie wieder.«

Leda versuchte alle Puzzleteile dieses familiären Politdramas in ihrem Kopf zu sortieren. Hier prallten politische Welten aufeinander, aber auch zwei Generationen und der Gegensatz zwischen Nord- und Süditalien. Dazu ein abgelegter Liebhaber, der als Tröster in der Not getarnt seinen Platz zurückerobern wollte.

»Sie hatten eine Beziehung?«, fragte Leda nun und schaute sich Sandro genauer an: ein schwarzer Lockenkopf, Augen, so dunkel, dass jedes Geheimnis darin verschwand, ausgeprägte, ein wenig kantige Gesichtszüge, eine kräftige, sportliche Statur.

»Ja, wir waren schon in der Schule zusammen.«

»War Borghese der Grund für Ihre Trennung?«

»Ja. Aber wir haben einen Weg gefunden, Freunde zu bleiben. Ich werde immer für sie da sein.«

»Sandro ist der beste Freund, den ich je hatte und haben werde«, meinte Claretta.

»Kannten Sie Borghese?«

»Sie meinen persönlich? Nein, ich wollte ihn auch nicht kennenlernen. Was hätte mir das gebracht?«

»Aber Sie wussten, wer er war und welche Rolle er spielte?«

»Am Anfang nicht. Doch dann rief mich irgendwann Signor Taddei an und erzählte es mir. Er wollte, dass ich Claretta zur Vernunft bringe. Aber sie hatte sich nun einmal in ihn verliebt, und dagegen ist bekanntlich kein Kraut gewachsen. Das verstehe ich besser als jeder andere. Ich hoffte darauf, dass sie eines Tages selbst begreifen würde, wes Geistes Kind er war.«

»Und dass sie ihn dann verlassen würde? Stimmt's?«

Alessandro ging nicht auf Ledas Frage ein. Stattdessen schenkte er der Freundin und den beiden Kommissarinnen ein warmes Lächeln, und Leda musste an ihre eigene Geschichte denken. Als ihr Mann Thomas damals beschlossen hatte, mit den Kindern ein eigenes Leben in Deutschland zu führen, hatte sich für Leda der Abgrund aufgetan. Verloren und verzweifelt hatte sie sich in der Welt nicht mehr zurechtgefunden. Und Thomas' bester römischer Freund Paolo Sinibaldi hatte ihr seinen Arm zur Stütze gereicht. Einige Zeit nur als Freund, und dann war mehr daraus geworden. Inzwischen konnte sie sich ein Leben ohne ihn nicht mehr vorstellen.

Leda hatte verstanden, worauf Alessandro hinauswollte. Der junge Mann gefiel ihr, weil er wohlüberlegt an der Erreichung seines Ziels arbeitete. Und er schien damit bereits weit gekommen zu sein, denn Claretta schmiegte sich dicht an ihn, weil sie nur von Sandro den Schutz erhielt, den sie brauchte. Er war anderer Meinung als sie, was Borghese betraf, verurteilte sie aber nicht, sondern bot ihr sein Netz der emotionalen Standhaftigkeit. Er würde siegen, da war Leda sicher.

»Ich muss jetzt wieder los. Mir hatte nur ein Schüler abgesagt, und ich wollte schnell schauen, wie es dir geht, meine Kleine«, sagte Sandro und schob Claretta sanft zur Seite.

»Was unterrichten Sie?«, erkundigte sich Leda.

»Ich bin Tennistrainer im Club unten am Tiber. Und samstags habe ich immer besonders viele Erwachsene im Training. Sie brauchen mich ja auch nicht für Ihre Ermittlungen. Viel Glück übrigens dabei.«

Er lächelte Leda wieder freundlich an und reichte ihr höflich die Hand zum Abschied.

»Kann ich mitkommen?«, bat Claretta mit bebender Stimme.

»Clara, du weißt doch, dass ich heute keine Zeit habe. Wirklich nicht. Ich rufe dich heute Abend an, va bene?«

»Für den Fall, dass ich einmal Tennisstunden nehmen möchte, würden Sie mir Ihren Namen nennen?«, fragte Leda, woraufhin er sie mit einem Blick bedachte, der ihr signalisierte, dass sie es nicht einmal bis zu einem Stadtturnier bringen könnte. Doch er behielt seine Zweifel an ihrer Sportlichkeit für sich und zog stattdessen, ganz Gentleman, sein Portemonnaie aus der Hosentasche, fischte eine Visitenkarte heraus und überreichte sie Leda. Auch Raffaella drückte er eine in die Hand.

»Falls Sie es auch lernen möchten. Ich bin am besten morgens bis neun Uhr zu erreichen. Sie können jederzeit eine Nachricht auf meinem Telefonino hinterlassen. Ich rufe gern zurück.«

Alessandro Settimelli, las Leda auf der Karte.

Ein entschlossener Mann, der weiß, was er will, dachte sie und ließ die Karte in ihre Tasche gleiten, um sich dann wieder Claretta zuzuwenden.

»Gab es in den Tagen vor Micheles Ermordung irgendwelche besonderen Vorkommnisse, hat er über etwas Ungewöhnliches berichtet, mit anderen Leuten als sonst Kontakt gehabt, war er verärgert? Was auch immer Ihnen dazu einfällt, sagen Sie es mir bitte.«

»Das habe ich auch schon x-mal überlegt«, antwortete Claretta. »Er freute sich nur, dass wieder einmal über Spielverbote geredet wurde, die sie doch nicht durchsetzen würden. Der einzige Unterschied zu sonst war vielleicht, dass er zum ersten Mal darüber gesprochen hat, die Leitung seines Fanclubs aufzugeben.«

»Wie haben Sie erfahren, dass er ermordet wurde?«

»Abends nach dem Laufen blieb sein Anruf aus. Er trainierte jeden Abend im Park und rief anschließend immer an, um mich entweder zu sehen oder um mir eine gute Nacht zu wünschen. Es war das erste Mal, dass sein Anruf ausblieb. Ich fand das zwar seltsam, dachte mir aber nichts Besonderes dabei. Na ja, und dann am nächsten Tag …« Sie begann zu schluchzen.

»Was bedeutet das A, das man am Tatort fand?«

»Ich weiß das doch alles nicht, ich habe keine Ahnung, verstehen Sie das denn nicht? Er hat mir nie Details erzählt, weder aus seinem Berufsleben noch von seiner Familie oder von seinem Bekanntenkreis. Wir haben unser Leben zu zweit gelebt. Allein, nur für uns. Und das war sehr schön. Mehr wollte ich auch gar nicht. Ich bin niemand, der viele Menschen um sich herum mag.«

Leda glaubte Claretta. Anfangsphasen von Beziehungen zeichneten sich oft durch die Konzentration auf die Zweisamkeit aus. Da war man sich selbst genug.

»Wie reagierte denn damals Alessandro, als Sie ausgerechnet wegen eines Faschisten mit ihm Schluss machten?«

»Er hat sich zurückgezogen. Das macht er immer, wenn es Probleme gibt. Mir war das ehrlich gesagt auch lieber so. Als Michele dann aber tot war, rief er an, und ich war froh, dass er kam. Er hat mich einfach nur getröstet und keine Fragen gestellt. Ein wirklich guter Freund.«

»Kann es sein, dass er sich wieder Hoffnungen macht?«

»Vielleicht. Aber ich muss erst mal die Sache mit Michele verarbeiten, dann sehen wir weiter. Ich habe ihn auf jeden Fall unheimlich gern.«

»Könnte er Michele aus Eifersucht ermordet haben?«, fragte nun Raffaella, woraufhin Claretta sie ungläubig anschaute.

»Sieht Sandro so aus, als würde er jemanden umbringen? Ich glaube, Sie spinnen!«

»Also bitte, Claretta! Ist er denn eifersüchtig?«, hakte Leda nach, um der Kollegin Schützenhilfe zu geben. Sie selbst hatte allerdings von Sandro auch nicht den Eindruck gewonnen, dass er zu Gewalttaten neigte oder leicht in unbeherrschbares emotionales Fahrwasser geriet.

»Selbst wenn. Aber deshalb bringt man doch niemanden um. Und Sandro würde das schon gar nicht tun!«

XIII Sobald Clarettas Verhör ergebnislos beendet war, rief Leda Paolo an, um mit ihm ins Strandhaus zu fahren. Doch inzwischen hatte ihn seine Mutter gebeten, sie zu einem Gartencenter zu bringen, wo sie neue Pflanzen für den Balkon und die Wohnung erwerben wollte. Da Paolo ihr zum achtzigsten Geburtstag einen Gutschein für Erledigungen aller Art geschenkt hatte, um zu verhindern, dass sich die alte Dame weiter hinters Steuer setzte und ihr eigenes Auto sowie viele andere mit Beulen versah, stand er in der Pflicht. Da Donna Agata nicht nur ihren Lebensgefährten Gianluca und ihren Sohn, sondern auch Besuche von Gartencentern und Cafés liebte, lag vor Leda plötzlich ein unerwartet freier Nachmittag.

Sie beschloss, zum Friseur zu gehen. Einerseits, weil ihre Lockenmähne dringend einen neuen Schnitt brauchte. Zum anderen hatte sie das Gefühl, ein frisch und eindeutig rot getönter Schopf könne als Signal gegen das viele Schwarz und Braun in dieser Stadt leuchten. Natürlich kannte sie die neuere italienische Geschichte, und natürlich hatte sie von den neofaschistischen Umtrieben gehört und gelesen. Von älteren Menschen wusste sie, dass viele die Mussolini-Zeit in ein gutes Licht stellten und diese Art der diktatorischen Landesführung für das einzig wirksame Rezept gegen die instabilen politischen Verhältnisse hielten. Aber nie hätte sie geglaubt, dass gut ausgebildete junge Menschen wie Borghese, der als Computerspezialist einen blendend bezahlten und zukunftsträchtigen Job hatte, oder Claretta, Buchhändlerin in einer der besten Buchhandelsketten, den schwarzbraunen Ideen anhängen könnten. Sie hatte die Anhänger der Neofaschisten immer mit den Verlierern der Gesellschaft gleichgesetzt, geglaubt, dass sie eine Erscheinung der Unterschicht seien. Umso tiefer saß bei ihr der Schock über diesen Irrtum.

Für Clarettas Haltung ließ sich immerhin eine Begründung finden: Sie war grundsätzlich eher unpolitisch, aber verliebt und hatte sich von Borghese einlullen lassen. Michele kam aus einem ultrarechten Elternhaus. Aber wie gelangten andere zu dieser Haltung? Für ihren Fall spielte diese Frage keine Rolle, dachte sie. Dennoch, das Phänomen als solches interessierte sie, und sie beschloss, mit jemandem darüber zu reden. Denn die Situation beunruhigte sie mehr, als sie sich selbst erklären konnte.

Franca, die Friseurin, war zwar nicht die geeignete Gesprächspartnerin dafür, sie hatte aber glücklicherweise Zeit und befand außerdem, dass Leda eine gründliche Kopf- und Gesichtsmassage zur Entspannung bräuchte. Genüsslich gab sie sich den geübten kreisenden, drückenden und streichenden Fingern hin, nickte bei der Behandlung sogar kurz ein, so wohl fühlte sie sich. Während das Haartönungsmittel einwirkte, pflegte Kollegin Rita ihre Finger- und Fußnägel und brachte sie anschließend mit Nagellack auf Hochglanz.

Zufrieden mit dem Ergebnis machte sich Leda auf zu Donna Agatas Lieblingskonditorei, der Pasticceria Antonini, wo Mutter und Sohn bereits bei Kaffee und bunten Törtchen saßen. Paolo pfiff laut, als er Leda sah.

Unter der Glastheke des Traditionscafés präsentierte sich Gebäck, das Leda vor Wonne Schauer über den Rücken jagte. Sie bestellte zwei kleine Windbeutel mit gelbem und braunem Zuckerguss, die mit Zitronencreme respektive einer herben Schokoladen-Nusssahne gefüllt waren. Paolo hatte ein Rum- und ein Kastanientörtchen und Donna Agata ein Stück Zabaione-Savarin vor sich stehen oder besser gesagt das, was davon noch übrig war. Dazu gab es Tee, der zwar nicht sehr englisch, aber für italienische Verhältnisse recht gut schmeckte.

Donna Agata wirkte müde, wenn auch wie immer sehr gepflegt. Sie klagte über altersbedingte Gelenkschmerzen, was Leda wunderte, denn die alte Dame neigte überhaupt nicht zum Klagen. Bald stellte sich heraus, dass es weniger um ihr physisches Wohlbefinden ging als vielmehr um ihre Psyche. Denn das Zusammenleben mit ihrem geliebten Tanzpartner Gianluca erwies sich als hochproblematisch. Der alte Herr ließ sich von ihr bedienen, hielt nichts von Hausarbeit und meckerte auch noch an ihrem Essen herum. Seine Kinder und Enkel besuchten ihn ständig, aßen und tranken sich voll und verschwanden, ohne Agata auch nur im Geringsten bei der Vorbereitung oder den Aufräumarbeiten zu helfen. Außerdem pflegte der alte Herr sich in Agatas Augen nicht genug, und tanzen wollte er auch nicht mehr. Der duftende Galan der Walzerschritte hatte sich in eine Art faules Stinktier verwandelt, und sie liebäugelte mit dem Gedanken, ihn wieder aus der Wohnung zu werfen.

»Stellt euch vor, nie kann ich mit meinen Freundinnen mal allein im Wohnzimmer sitzen, immer hockt er sich dazu und schwingt große Reden über die Vergangenheit. Wir verabreden uns jetzt schon immer bei den anderen oder im Café. Und dann will er auch noch mitkommen. Deshalb sage ich einfach, ich hätte einen Arzt- oder Friseurtermin, damit er zu Hause bleibt. Irgendwann brauche ich auch mal ein bisschen Zeit für mich«, seufzte sie. »Das war mit Paolo leichter. Ich glaube, ich habe einen Fehler gemacht.«

Leda und Paolo waren bestürzt: Nach so kurzer Zeit und nach all den Problemen, die Paolo mit dem Auszug aus Agatas Wohnung und dem Einzug bei Leda durchlitten hatte, nun das, was niemand vorhergesehen hatte. Die alte Dame war unglücklich mit ihrer großen Liebe, während Leda und Paolo, die ein Scheitern des gemeinsamen Lebens durchaus ins Kalkül gezogen hatten, ausgesprochen gut miteinander klarkamen.

»Mamma, ich besorge dir sofort eine Haushälterin. Damit wäre eines der Probleme beseitigt. Und was die Körperpflege und den Rest anbetrifft, so kann ich ja mal mit ihm reden, von Mann zu Mann. Was hältst du davon?«

»Das mit der Haushälterin habe ich ihm auch schon vorgeschlagen. Aber er scheut die Kosten und glaubt außerdem, dass die nur klauen. Er sagt, dann hätten wir bald nichts mehr in der Wohnung stehen.«

»An den Kosten kann es ja nun wirklich nicht liegen. Er hat neben seiner Rente schließlich das Geld vom Verkauf seiner Wohnung bekommen«, empörte sich Paolo.

»Er hat sie gar nicht verkauft. Da lebt doch jetzt sein Sohn mit seiner Frau, einer wirklich impertinenten Person.«

»Va bene, aber er zahlt dem Vater etwas dafür …«

»Nein, genau das tut er nicht, weil er keinen Job mehr hat. Er ist faul und behauptet, er wäre zu alt und zu krank, um noch Arbeit zu finden. Gianluca gibt ihm sogar noch fast seine gesamte Rente ab. Das geht natürlich nur, wenn er bei mir gratis wohnt.«

Leda war sprachlos, aber Paolo platzte vor Wut.

»Warum hast du mir davon nicht schon früher was gesagt? Das geht so doch nicht! Warum wehrst du dich nicht? Das ist immerhin deine Wohnung.«

»Ich hab ja versucht, mit ihm zu reden. Aber er behauptet dann immer, ich würde seine Familie nicht akzeptieren.« Donna Agata liefen inzwischen die Tränen über das Gesicht. »Es ist mir ja so peinlich, wie kann man in meinem Alter noch so blind gegenüber der Realität sein? Ich war halt schrecklich verliebt. Jetzt habe ich nicht einmal mehr Lust, nach Hause zu gehen. Denn da hockt seine Familie. Sie haben die ganze Küche und das Wohnzimmer versaut, und der Fernseher läuft. Ich halte das einfach nicht mehr aus«, schluchzte sie.

Leda nahm sie tröstend in den Arm. Die alte Dame tat ihr unendlich leid. Der Traum von der letzten Liebe bis zum Tod schien in den Banalitäten des Alltags erstickt zu sein. Was für eine Enttäuschung!

»Mamma, ich kümmere mich darum«, versprach Paolo.

Sie brachten Donna Agata nach Hause. Paolo bat den ungeratenen Sohn samt Frau und Kindern zu gehen, mit der Begründung, dass seine Mutter sich nicht wohl fühle und ihre Ruhe bräuchte. Die beiden meinten, Agata könne sich doch in ihr Schlafzimmer zurückziehen, wenn es ihr nicht gut gehe. Vater Gianluca sei froh über jeden Besuch, irgendjemand müsse sich ja um ihn kümmern. Paolo dagegen lasse seine Mutter offensichtlich im Stich, und wenn er dann mal auftauche, wie jetzt, versuche er den Mann im Haus zu spielen und sie zu vertreiben. Das ließen sie sich aber nicht gefallen.

Paolo bewahrte nur mit äußerster Mühe die Fassung und versuchte mit Signor Gianluca zu vereinbaren, dass die Hausarbeiten künftig von einer Haushälterin erledigt werden sollten. Signor Gianluca lehnte strikt ab, auch nur einen Cent dafür zu investieren. Agata müsse eben – statt sich mit ihren Freundinnen zu amüsieren – mehr Zeit in die Hausarbeiten stecken.

Auch Gianlucas Sohn schaltete sich ein. Agata sei egoistisch, faul und verwöhnt, ganz anders als seine Mutter, die sich immer aufopfernd um die Familie gekümmert habe. Er könne nicht mitansehen, wie sein Vater hier ausgenutzt werde.

Donna Agatas Blut erstarrte in den Adern. Sie saß auf einem Stuhl am Esstisch und wurde immer blasser. Leda hatte Angst, sie könnte umkippen, und stellte sich zu ihr. Solche Gemeinheiten hatte die feine und lebenslustige Dame in ihrem ganzen Leben noch nicht gehört.

»Agata will nur mein Geld. Und sie zwingt mich zu duschen. Jeden Tag soll ich duschen, aber ich will das gar nicht. Bei Genoveva brauchte ich das auch nicht zu tun. Da brauchte ich auch nicht den Tisch zu decken, und sie kochte viel besser. Sie hatte ein großes Herz, eines, das lieben konnte und für mich da war. Agata denkt nur an sich. Sie fordert, fordert, fordert. Alles soll ich für sie tun, was tut sie für mich?«

»Ist euch eigentlich klar, wie sehr ihr meine Mutter und mich beleidigt?«, brach es nun aus Paolo heraus. Er tobte, wie Leda ihn noch nie erlebt hatte. »Mutter, möchtest du, dass Gianluca hierbleibt?«

Agata schüttelte den Kopf.

»Nein. Er soll gehen und seine ganze Bande mitnehmen«, sagte sie laut und deutlich, ehe sie ohnmächtig in Ledas Arme sank.

Nachdem Agata wieder zu Bewusstsein gekommen war und Paolo Gianlucas Sippe aus der Wohnung geworfen hatte, packten sie dessen Siebensachen in Koffer und Tüten. Er weigerte sich zu helfen und hockte lamentierend im Wohnzimmer.

Zwei Stunden später hatte Paolo die große Liebe seiner Mutter in seine frühere Wohnung gebracht und Leda den Schlüsseldienst gerufen, um das Schloss von Agatas Wohnungstür auszutauschen. Dann nahmen sie die verstörte alte Dame mit zu sich nach Hause. Sie konnte, bis sie sich wieder wohler fühlte, in Paolos Zimmer wohnen, das er ohnehin nicht benutzte. Signora Agata brauchte in diesem Zustand Gesellschaft.

Flavia und Marco, die beide noch nicht zu ihren samstäglichen Nachtaktivitäten aufgebrochen waren, freuten sich über den Besuch. Sie mochten Signora Agata sehr gern und bezeichneten sie als ihre Nonna, ihre Großmutter, da sie ja sonst keine Großeltern in Italien hatten.

»Geil, wir werden langsam eine richtige Großfamilie. Bleib ruhig hier, Nonna«, meinte Marco.

XIV

In der Nacht erwachte Leda, weil sie Geräusche in der Wohnung hörte. Erst dachte sie, es wären die zurückkehrenden Nachtschwärmer. Doch dann vermisste sie plötzlich Paolos Schnarchen und anschließend ihn selbst, als sie sich nach ihm umdrehte. Sie schlüpfte aus ihrem Bett und ging barfuß in die Küche, aus deren angelehnter Tür ein Lichtschimmer und Stimmen kamen. Das Bild, das sich ihr bot, rührte sie zutiefst. Da hockten Signora Agata im Morgenmantel, Paolo im Schlafanzug zu ihrer Rechten und Marco noch vollständig angezogen zu ihrer Linken am Tisch und hielten ihre Hände. Vor ihr türmte sich ein Berg Papiertaschentücher.

»Hallo, Mamma, wir halten gerade Familienrat. Großmütter mit Liebeskummer sind ein echtes Problem«, begrüßte Marco sie.

»Liebeskummer ist immer ein Problem. Du hast doch eben selbst gesagt, dass du deshalb sogar schon mal an Selbstmord gedacht hast«, erwiderte Signora Agata.

»Stimmt. Aber da war ich noch viel jünger. Heute würde mir das nicht mehr passieren«, meinte Marco, inzwischen offensichtlich weise geworden. »Hattest du schon mal so richtig Liebeskummer?«, wollte er von seiner Mutter wissen.

»Ja, zweimal. Das eine Mal, als dein Vater mich verließ, und das andere Mal, als Paolo mir erklärte, er hätte sich in eine andere verliebt. Die beiden Male habe ich auch gedacht, ich würde das nicht überleben«, erklärte Leda, setzte sich zu ihnen und tauchte mit ein in dieses Gespräch, das nur mitten in der Nacht geführt werden konnte. Warum sprach man eigentlich nachts am offensten miteinander?, überlegte sie zwischendurch.

Um neun Uhr morgens ertönte der Türkische Marsch aus Ledas Telefonino auf dem Nachttisch.

»Signora, guten Morgen. Hoffentlich wecke ich Sie nicht«, tönte Ugos putzmuntere Stimme aus dem Gerät.

»Doch. Was ist denn los?«, knurrte sie.

»Tut mir leid. Aber wir haben endlich Signora Letta erreicht. Sie wird in einer Stunde hier sein. Sie wollen doch sicherlich selbst mit ihr sprechen, oder?«

»Danke, ich komme.«

Laura Letta, genannt Perla und Ex-Frau Franco Bardis, war tatsächlich eine Schönheit. Ihr dunkles Haar fiel ihr in Wellen bis auf die Schultern. Aus dem sonnengebräunten Gesicht blickten Leda dunkelblaue, tieftraurige Augen an. Leda kannte sie von irgendwoher. Sie grub in ihrer Erinnerung, und plötzlich tauchte das richtige Bild vor ihr auf.

»Kann es sein, dass ich Sie schon einmal auf Werbeplakaten für eine Brillenfirma gesehen habe?«

Signora Letta lächelte ein bisschen, weil sie darauf wohl oft angesprochen wurde.

»Ja, das bin ich. Ich mache das seit drei Jahren. Ich kenne den Inhaber der Firma gut, und er bat mich, Modell zu stehen, weil gerade ältere Leute wie ich Brillen brauchen. Was ist mit Franco geschehen?«, wechselte sie abrupt das Thema. Von der Kommissarin ließ sie sich erklären, was Bardi widerfahren war.

Dann erzählte sie, dass sie einen Tag vor ihrer Abreise in die Karibik noch bei Franco gewesen sei und wie so oft bei ihm übernachtet habe. Sie hätten nach der Scheidung trotz ihrer neuen Ehe die ganzen Jahre über ein Verhältnis gehabt, und sie werde ihn furchtbar vermissen. Sie habe Franco geliebt, aber eine Ehe mit ihm sei unmöglich gewesen, weil er sie ständig betrogen hätte. Er habe unter dem Zwang gestanden, laufend neue Frauen zu besitzen, um sie dann nach kürzester Zeit wieder abzustoßen. Die Trennung von ihm sei eine reine Vernunftentscheidung gewesen, die keine Rückschlüsse auf die emotionale Beschaffenheit ihrer Beziehung und das Vertrauen zwischen ihnen zuließe. Weil eben das alles gestimmt habe, sei ein endgültiges Abschiednehmen voneinander unmöglich gewesen. John, ihr zweiter Mann, wisse zwar, dass sie mit Franco wegen der Wohnungen, die von seinem Büro verwaltet würden, Kontakt gehabt habe, doch der Rest sei ihm unbekannt. Signora Letta bat daher um äußerste Diskretion.

»Solange es im Rahmen unserer Ermittlungen möglich ist, natürlich«, erwiderte Leda. »Aber«, fuhr sie fort, »sind Sie sich ganz sicher, dass Ihr jetziger Mann so unwissend ist, wie Sie denken?«

»Absolut sicher. Und falls Sie den Verdacht hegen sollten, John hätte Franco aus Eifersucht umgebracht, so befinden Sie sich auf dem Holzweg. Denn wir waren in den letzten zwei Wochen durchgehend in der Karibik, dafür gibt es Zeugen in Hülle und Fülle. Wir haben ein Haus in der Dominikanischen Republik. Außerdem ist John ein sehr besonnener Typ, dem jede Form von Gewalt zuwider wäre. Er kommt auch nicht als Auftraggeber in Betracht. Ich selbst genauso wenig, weil ich Franco geliebt habe und unsere Regelung all meinen Bedürfnissen entsprach. Es war ein eleganter Kompromiss, der niemandem schadete«, erklärte die Signora selbstbewusst und vermutlich wahrheitsgetreu.

Audiatur et altera pars, dachte Leda bei sich, man soll auch die andere Seite hören. Diese Weisheit hatte man Leda während der Ausbildung eingetrichtert. Zu Recht, wie sich in der praktischen Arbeit häufig erwies. Denn wie oft lagen unter der glatten und freundlichen Oberfläche von Menschen und Beziehungen ungeahnte brodelnde Abgründe verborgen, die sich in plötzlichen Gewalttaten entladen konnten. Eifersucht löste erfahrungsgemäß viele Katastrophen aus. Und warum sollte John nicht davon betroffen sein?

»Wo ist Ihr Mann zur Zeit?«, fragte Leda.

»Noch immer in der Karibik. Meine Schwester hatte mich angerufen, um mich über Francos Tod zu informieren. Sie ist die Einzige, die immer von unserem Verhältnis wusste. Ich blieb zunächst, wo ich war, denn ich konnte Franco ja doch nicht mehr helfen. Als dann aber vorgestern sein Anwalt und Notar anrief, um mich zur Testamentseröffnung morgen früh einzubestellen, bin ich sofort hergeflogen. Der Anwalt deutete an, dass ich wohl die Haupterbin von Francos gesamtem Vermögen bin.«

Habgier, schoss es Leda durch den Kopf. Habgier ist ein genauso wichtiges Mordmotiv wie Eifersucht.

»War Signor Bardi sehr vermögend?«, fragte Leda unschuldig, obwohl sie es genau wusste.

»Ja, er besaß Hunderte von Wohnungen. Ich habe bereits bei der Scheidung ein paar bekommen.«

»Für erlittene seelische Grausamkeiten?«

»Franco formulierte es anders: als Dankeschön für wunderschöne gemeinsame Jahre, die wir ohne Zweifel hatten.«

»Ein nobles Motiv, dennoch fällt es mir schwer, an so viel Gutes zu glauben. Wahrscheinlich bin ich einfach durch die Arbeit verdorben«, meinte Leda.

»Das scheint mir auch so«, erwiderte Signora Letta etwas spitz.

»Wie ist das Vermögen der Bardis eigentlich zustande gekommen? Wissen Sie das?«

»Sehr genau sogar. Francos Großvater hatte es mit seinem Eisenwarengeschäft im Stadtzentrum zu Wohlstand gebracht und kaufte das Haus mit dem Geschäft, plus das nebenan. Daraus erzielte er eine gute Miete, und die Familie investierte sie in immer mehr Immobilienbesitz. Francos Vater widmete sich ganz dem Erwerb und der Vermietung der eigenen Immobilien, während sein Onkel den Eisenwarenhandel weiterbetrieb. Irgendwann kurz nach dem Ersten Weltkrieg teilten sie das Vermögen auf. Der Onkel erhielt das Geschäftshaus und viel Bargeld, Francos Vater den Rest, sprich die Immobilien. Der Vater vermehrte das Immobilienvermögen enorm, insbesondere während der Weltwirtschaftskrise Ende der Zwanzigerjahre und während des Zweiten Weltkriegs, als vielen Italienern das Wasser bis zum Hals stand und sie aus Not ihre Wohnungen verkaufen mussten. Als nach dem Krieg die Stadt immer mehr wuchs, kaufte Francos Vater Bauland in der Peripherie und zog Wohnblocks hoch. Damals erwarb er auch das Haus in der Via Ombrone. Als Franco und dann auch ich ins Geschäft einstiegen, wussten wir nichts vom Reichtum der Familie. Vater Bardi war ein geschickter Geschäftsmann, allerdings ziemlich geizig. Die Familie blieb im Elternhaus wohnen. Franco fand das im Nachhinein ausgesprochen gut. Ich war seiner Meinung, obwohl es immer schwieriger wurde, den Reichtum zu verstecken.«

»Warum wollten Sie ihn verstecken?«

»Weil Franco panische Angst vor Entführung und Erpressung hatte. Deshalb trat er nur selten öffentlich auf, vermied publikumsträchtige und medienwirksame Gerichtsverfahren, von denen es in der Branche ziemlich viele und oft auch spektakuläre gibt. Gerade in der letzten Zeit hatte er große Probleme mit den Extracommunitari, und sein Name ging durch die Medien. Aber nirgendwo wurde sein Bild abgedruckt oder gezeigt. Seinen Mitarbeitern hat er mindestens das Doppelte vom normalen Lohn gezahlt, damit sie schwiegen. Niemand sollte wissen, wie er aussah, wo und wie er lebte. Er hat im Privatleben übrigens oft meinen Namen benutzt und nannte sich Francesco Letta. Ich wusste das und war damit einverstanden.«

»Hatte er Feinde?«

»Wahrscheinlich jede Menge, reiche Leute haben immer viele Feinde.«

Leda schaute sie erstaunt an: Genau das hatte Bardis Sekretärin auch gesagt.

»Wer wusste eigentlich, dass Signor Bardi Sie Perla nannte?«

»Enge Freunde aus unserer Ehezeit und die Leute, die bei ihm im Haus wohnten. Und natürlich die Büromitarbeiter von früher. Aber von denen ist nur noch Gilda Curzi da.«

»Sagt Ihnen der Name Michele Borghese etwas?«

Laura dachte einen Moment lang nach.

»Nein«, sagte sie dann, und es schien ihr fast leid zu tun, der Kommissarin nicht helfen zu können.

»Und die Abkürzung PA oder AP?«

»Per annum und Agency Press, die Presseagentur«, antwortete sie nach kurzem Überlegen. »Aber das meinen Sie wohl nicht?«

Leda zuckte mit den Schultern. Sie hatte ein vages, undefinierbares Gefühl, das ihr signalisierte, es ginge dem Mörder um etwas Wichtiges, das jeden von ihnen betraf. Der Täter hatte ihr und jedem, der von den Morden erfuhr – also der Bevölkerung Roms und den Besuchern der Stadt –, eine Botschaft in Form von zwei Buchstaben zukommen lassen. Sie sollten etwas verstehen, aber was?

Auf Leda lastete plötzlich ein Druck, den sie kaum noch aushielt. Sie fühlte sich von ihren eigenen Gedanken beengt, bedrängt – unfähig, das Offensichtliche zu erkennen. Und das machte sie unruhig.

»Danke, Signora Letta, dass Sie gekommen sind. Und falls Ihnen noch irgendetwas einfallen sollte …«

Leda händigte ihr eine Visitenkarte aus, begleitete sie zur Tür und schaute in ihre traurigen, dunkelblauen Augen. Würden sie jemals wieder wie früher von den Plakaten strahlen?

Raffaella und Ugo hatten den vorangegangenen Tag im Wesentlichen damit verbracht, die Anruflisten von Borgheses und Bardis Telefonen zu überprüfen. Eine langweilige, geradezu nervtötende Tätigkeit, weil sie einfach stur Nummern abgleichen mussten – immer in der Hoffnung, entweder ein Gespräch zwischen Bardi und Borghese zu entdecken oder eine Nummer, die auf beiden Listen auftauchte. Doch nirgends fand sich ein Berührungspunkt. Erschöpft und enttäuscht saßen sie zu dritt in Ledas Büro. Das Läuten der Kirchenglocken drang durch den herbstlichen Nieselregen herein, die die Menschen am Tag des Herrn in die Häuser Gottes lockten. Um sie zu trösten, um sie auf ihre Erlösung vorzubereiten. Wie gern wäre Leda von ihrem Druck, von ihrer Müdigkeit, von ihrer Verzweiflung erlöst worden.

»Wieder nichts. Ich hole uns mal Kaffee«, sagte sie zu ihren Mitarbeitern, denen es augenscheinlich ähnlich ging. Sie nickten träge.

Aus einer Schale auf dem Fensterbrett fischte sie Kleingeld für den Kaffeeautomaten. Der Flur war wie ausgestorben, am Sonntagmorgen arbeiteten nur die Einsamen, die im Büro ihr Alleinsein weniger spürten als zu Hause. Oder Leute wie sie, die versuchten, Mördern auf die Spur zu kommen.

Als sie beim Automaten ankam, stellte sie fest, dass man den alten gegen einen neuen ausgetauscht und die Preise erhöht hatte. Sie drückte einen grünen Knopf, woraufhin eigentlich Cappuccino in einen Becher gespuckt werden sollte, und wartete ab. Im Inneren des Kastens klickte es mehrfach. Nichts geschah. Leda wollte gerade den Geldrückgabeknopf drücken, als aus einer Öffnung ein Becher fiel, in den heiße Milch und dampfender Kaffee liefen. Leda verbrannte sich die Finger an der dünnen Plastikwand des Bechers. Wenigstens das hat sich nicht verändert, dachte sie, als sie wenig später drei heiße Becher ins Büro zurückbalancierte. In der Schreibtischschublade fand sie noch eine Packung Kekse. Dankbar griffen Raffaella und Ugo zu.

»So eine Scheiße«, sagte Ugo. »Kein Sonntag, kein Frühstück, Krach mit der Frau, Heidenarbeit und keine Ergebnisse.«

»Das ist noch nicht alles«, meinte Leda. »Wenn es heute Nachmittag nach dem Fußballspiel zu Ausschreitungen kommt, wovon wir ausgehen müssen, wird es erst richtig heiter. Dann macht uns die vereinigte römische Presse fertig. Die unfähige Polizei kann weder die Sicherheit unschuldiger Stadienbesucher garantieren noch Mörder fangen. Wir haben ja auch tatsächlich nichts zu bieten. Die machen uns einen Kopf kürzer. Wer hat eine gute Idee?«

Das Schweigen zerschnitt die Luft.

»Ich habe das Gefühl, wir stecken fest«, meinte Leda, um irgendetwas zu sagen.

Ugo schaute sie mit einem Schimmer Hoffnung in den Augen an. »Das sagen Sie immer dann, wenn wir kurz vor dem Durchbruch stehen. Ich werte es als positives Signal.«

»Schön wär's. Ich habe übrigens das Gefühl, dass die Buchstaben nicht für irgendwelche Namen stehen, sondern für ein Ereignis oder einen bestimmten Ort.«

»Terrestrischer oder extraterrestrischer Natur? Hier auf Erden finden wir jedenfalls nix«, meinte Ugo ironisch.

»Was lernen wir immer in den Fortbildungslehrgängen? Kriminalität ist flexibel, also muss die Polizeiarbeit auch flexibel sein«, meinte Raffaella. »Vielleicht sollten wir es einfach mal mit Brainstorming probieren? Wilde Thesen, alles, was euch einfällt, einfach in den Raum gestellt.«

»Also, dann wage ich jetzt einfach mal die These, dass der Mörder einen generellen Hass auf Menschen hat, die etwas Unrechtes getan haben«, meinte Ugo.

»Dann rottet er ganz Rom aus«, meinte Raffaella lachend.

»Vielleicht hat er sich zwei Leute rausgepickt, von denen er in der Zeitung gelesen und über die er sich wahnsinnig geärgert hat. Einen Antifaschisten und Gegner von Immobilienhaien müssen wir suchen«, meinte Ugo, doch ihm war anzusehen, dass er selbst nicht an seine These glaubte.

»Also ein Fußball hassender Kommunist, der zu viel Miete zahlen muss«, schlussfolgerte Raffaella. »Davon gibt's wahrscheinlich auch Tausende in der Stadt.«

Ihre Verzweiflung trieb noch weitere Thesenblüten, eine unwahrscheinlicher und unbewiesener als die nächste. Aber Leda ließ dem Gespräch seinen Lauf, denn irgendwie mussten sie ihre Frustration entladen.

Als Roncalli das Büro betrat, war er weiß wie eine Wand.

»Habt ihr schon gehört? Wir haben rund ums Olympiastadion Bomben und Molotowcocktails gefunden. Die haben einen richtig großen Anschlag geplant. Einen Vergeltungsschlag für den Tod Borgheses. Die Szene ist in Aufruhr, und die Arschlöcher von der Stadt und vom Fußballkomitee werden das Spiel trotzdem laufen lassen. Macht euch auf Tote gefasst.«

Er atmete schwer, und seine Stimme überschlug sich vor Aufregung.

»Und dieser Raimondi hat denen von der Presse auch noch gesagt, es handele sich um einen Fehlalarm. Wir hätten alles voll im Griff, und es bestehe nicht die geringste Gefahr für die Besucher des Stadions. Der riskiert das Leben Tausender. Er ist völlig verrückt geworden, und niemand kann ihn bremsen.«

»Was sagt Libero?«

»Er ist völlig fertig, jagt von einer Besprechung in die nächste und versucht denen immer noch klarzumachen, dass es so nicht gehen kann. Und noch etwas: Raimondi verkündet, wo immer er kann, dass es die Schuld der Mordkommission sei, wenn etwas passiere. Denn hättet ihr den Täter erwischt, würde Ruhe in der rechten Szene herrschen. Er behauptet, dass es ein Fehler sei, Frauen ein solches Ressort leiten zu lassen. Die hätten keinen Biss bei der Strafermittlung.«

»Wer hat Ihnen das erzählt?«

»Er mir höchstpersönlich, und es standen drei Kollegen daneben, die es gehört haben.«

Einerseits war Leda so empört, dass sie kaum sprechen konnte. Andererseits, so schoss es ihr durch den Kopf, bot sich hier eine Gelegenheit, der grenzenlosen Dummheit und Unverschämtheit des Vicequestore Paroli zu bieten. Endlich hatte sie ihn am Haken, und diese Chance wollte sie nicht verpassen.

»Bezeugen Sie das auch schriftlich? Und später in einem möglichen Disziplinarverfahren?«

»Auf jeden Fall. Was denkt der sich denn eigentlich?«

»Va bene. Schreiben Sie es bitte gleich auf, mit allen Angaben, wie bei einer Zeugenvernehmung. Und vielen Dank für die Informationen.«

In Leda stieg Panik hoch. Paolo und Marco! Sie musste sie davon abhalten, ins Stadion zu gehen! Zweimal verwählte sie sich, so aufgeregt war sie.

»Paolo, ihr dürft nicht ins Stadion oder auch nur in die Nähe, das musst du mir versprechen«, japste sie in den Hörer.

»Marco will sowieso nie wieder zu einem Fußballspiel. Und ich muss hin, weil ich Dienst habe. Wenn etwas passiert und ich bin nicht da, wer soll dann für unsere Zeitung berichten?«

»Paolo, die haben Bomben und Molotowcocktails gefunden! Die Rechten wollen sich für Borgheses Tod rächen! Du darfst nicht hin, bitte, geh nicht«, bettelte sie wie ein kleines Kind. »Ich habe solche Angst um dich.«

»Was machst du, wenn ein Einsatz gefährlich wird? Gehst du dann nach Hause? Die Jobs von Polizisten und Journalisten ähneln sich eben sehr, und bisher haben wir beide überlebt, mach dir also keine Sorgen. Im Übrigen bist du testamentarisch als meine Haupterbin eingesetzt und damit unter anderem Nutznießerin meiner Lebensversicherung, falls ich sterben sollte.«

»Du hast schon dein Testament gemacht? Ist das wahr, oder nimmst du mich gerade auf den Arm?«

»Warum sollte ich? Es ist doch normal, dass man, wenn man nicht verheiratet ist und auch keine Nachkommen hat, Vorsorge für den Fall der Fälle trifft. Und wen außer dir sollte ich als Erben einsetzen?«

Leda saß da und war platt. Nicht im Traum wäre sie auf die Idee gekommen, dass ihr lebenslustiger und freiheitsliebender Paolo sich über die Regelung seiner Angelegenheiten post mortem Gedanken machte. Er hasste es, auch nur drei Tage im Voraus zu planen. Selbst größere Reisen wurden spontan gebucht, was schon öfter zu Krach geführt hatte. Und nun das.

In Ledas Kopf begannen hässliche Phantasien zu kreisen. War er krank, vielleicht todkrank, und sagte ihr nichts davon?

»Hallo, Leda. Bist du noch dran?«

»Ja. Warum hast du dein Testament gemacht? Du planst doch sonst nie etwas.«

»Weil meine Mutter mir dazu geraten hat. Vor einem Jahr, als der Umzug bevorstand. Da haben wir übers Erben gesprochen, und sie hat die Wohnung, bevor Gianluca einzog, auf mich übertragen. Ich sollte ganz sicher sein, dass unsere Familienwohnung auch im Falle ihres Todes in meinen Händen bleibt. Sie hat mir vorhin beim Frühstück erzählt, dass Gianluca schon vor seinem Einzug gesagt habe, er wolle auch Miteigentümer der Wohnung werden, wenn er schon dort einziehe. Da hat Mamma ihn angelogen und behauptet, ich wäre Eigentümer, und daraufhin sofort die Übertragung auf mich in die Wege geleitet. Und im Rahmen dessen haben wir einfach weiterüberlegt, was passiert, wenn mir etwas zustößt. Und dann kam es zum Testament. Zufrieden?«

»Das muss ich auch mal machen. Sonst gehst du bei meinem Ableben leer aus.«

»Ich habe genug, lass es lieber deinen Kindern.«

Das Gespräch sollte Leda den ganzen Nachmittag über schwer auf der Seele liegen, denn Paolo ließ sich weder durch Betteln noch durch einen Appell an seine Vernunft vom Stadionbesuch abbringen. Und sie konnte nicht verhindern, dass das Spiel stattfand.

XV

Fünf Schwerverletzte, von denen zwei in Lebensgefahr schwebten, und knapp fünfzig weitere Leichtverletzte lautete am Abend die Bilanz der Schlacht im und um das Olympiastadion auf dem Foro Italico. Mit Fahnen, Bannern und Transparenten, schwarz gekleidet und grölend waren Neofaschisten aus ganz Italien zu Beginn des Spiels in die Arena eingezogen. Sie forderten Vergeltung für den Tod Borgheses und drohten offen mit weiteren Racheakten, die die Stadt erschüttern sollten. Da weder die Verantwortlichen der beiden gegnerischen Mannschaften noch die der wild gewordenen Fanclubs, geschweige denn die Politiker des römischen Magistrats auf diese Situation vorbereitet gewesen waren, hatte die Polizei die gesamte Last zu tragen. Die Folgen waren verheerend, und natürlich wurde allein Polizeipräsident Libero an den medialen Pranger gestellt. Er sei weder in der Lage, die Schutzpolizei effizient einzusetzen, noch habe er seine Mordkommission im Griff, denn eine rechtzeitige Aufklärung des Mordes an Borghese hätte alles verhindern können.

Leda schaute sich im Fernsehen die Berichterstattung an. Sie sah Bilder, die einem Bürgerkrieg ähnelten, und schloss Paolo erleichtert in die Arme, als er erschöpft und wütend, aber immerhin unversehrt nach Hause kam. Außer ein paar Flüchen über die mangelnde Einsicht auf Seiten aller Beteiligten waren von ihm keine Details zu erfahren. Ausgesprochen schlecht gelaunt verzog er sich unter die Dusche und anschließend ins Bett, weil er Kopfschmerzen hatte.

Am nächsten Morgen empfing Mario die Kommissarin ziemlich wütend. Die Wände waren kahl, da er alle Wimpel, Fähnlein und Poster seines Lieblingsclubs SS Lazio abgehängt hatte. Der Grad seines Missmutes ließ sich an der Lautstärke des Geklappers beim Zubereiten des Cappuccinos und am Dröhnen der Teller auf der Metalltheke messen. Leda machte sich auf einen Ausbruch gefasst.

»Signora, das hätten Sie verhindern müssen«, fuhr er sie schnaufend an, als sie sich der Theke näherte.

»Wie denn?«

»Indem genug Polizei anrückt und diese Irren zur Hölle jagt.«

»Wäre es nicht sinnvoller, den Irren einfach den Zutritt zu verbieten?«

»Dann soll die Polizei sie daran hindern, aber das hat sie auch nicht getan.«

»Konnte sie auch nicht, weil der Einlass Sache der Veranstalter ist. Und wenn die beschließen, dass jeder rein darf, weil sie aufs Geld scharf sind, kann die Polizei auch nichts dran ändern«, verteidigte Leda ihren Chef.

»Aber die Veranstalter sind doch wohl nicht für die Ergreifung von Mördern zuständig«, brach Marios eigentliches Anliegen heraus, wobei er Leda mit einem bösen Blick bedachte.

»Ein komplizierter Fall, Mario«, seufzte Leda. »Ich wünschte auch, wir hätten den Mörder. Aber an der Situation im Stadion hätte es nichts geändert. Denn wer den Kampf will, findet immer einen Grund. Sie wollen Borghese zum Märtyrer hochstilisieren, dabei waren es er und seine Leute, die bekanntlich schon zu seinen Lebzeiten herumgeprügelt haben. Denk nur an Marcos Freund. Der ist tot – genauso wie dieser Immobilienmensch. Und der war kein Faschist. Also kann es nicht an unserer schlechten Arbeit liegen. Die tun nur so, um eine Ausrede zu haben.«

»Aber Ihr eigener Chef hat doch gesagt, dass Frauen mit solchen Fällen überfordert sind. Ich will Ihnen ganz bestimmt nicht zu nahe treten und glaube, dass Sie eine tolle

Commissaria sind. Aber Fußball und Politik, da würde sich ein Mann vielleicht wirklich leichter tun ...«, rutschte es ihm heraus, was er auf der Stelle bedauerte. »Dio, wahrscheinlich macht es gar keinen Unterschied. Sie lösen ja sonst auch alle Morde. Entschuldigung, das war blöd!«

»Steht das in der Zeitung?«

Mario nickte und reichte ihr den bereits aufgeschlagenen Artikel. Leda überflog ihn und merkte, wie die Wut über Raimondi in ihr aufstieg, gab sich aber nach außen gelassen.

»Im Moment denken vermutlich viele Menschen so. Nur zu deiner Beruhigung: An der Aufklärung der Morde sind auch einige Männer beteiligt, und wir wissen trotzdem nicht, wer der Täter ist.«

»Gibt es denn wenigstens eine Spur, damit wir nächste Woche nicht wieder das Gleiche erleben?«

»Schon, aber welche ist die richtige?«

»Die mit den Buchstaben. Die Toten haben bestimmt einer Sekte angehört. Die sprießen ja seit ein paar Jahren aus dem Boden, mit merkwürdigen Göttern, Teufeln oder Propheten. Furchtbar, einfach furchtbar.«

Leda hatte keine Lust, sich mit Mario nun auch noch über die Problematik von Sekten oder anderen Glaubensgemeinschaften auseinanderzusetzen. Sie tat so, als habe sie seinen Einwurf nicht gehört, biss in ihr Cornetto und dachte darüber nach, wer aus dem Präsidium wohl Raimondis Meinung über sie an die Presse weitergegeben hatte. Sie hielt ihn zwar für ziemlich impertinent; dass er sich aber dermaßen entblößen würde, war ihrer Meinung nach unmöglich. Wurde da auf ihre Kosten ein Spiel gespielt, von dessen Existenz und Regeln sie nichts wusste? Wer steckte dahinter?

Auf der Fahrt zur Questura stoppte sie bei einem Zeitungskiosk und kaufte mehrere Tageszeitungen. Tatsächlich war die Leitung der Mordkommission durch eine Frau ein Thema in allen Blättern.

Sogar Paolo hatte darüber geschrieben. Zwar kritisierte er die Faschisten dafür, dass sie ihre Gewalttaten mit dem unaufgeklärten Mordfall rechtfertigten. Aber er ließ die Äußerungen Raimondis über Leda unkommentiert stehen und verteidigte sie mit keinem Wort. Er, der sonst jede Ungerechtigkeit mit spitzer Feder aufspießte, schwieg, wenn es um seine eigene Frau ging. Leda war entsetzt. Sie begann zu grübeln, ob er sie wohl auch für ungeeignet hielt, diesen Fall zu lösen.

Als es an ihrer Bürotür klopfte, schreckte sie aus ihren Gedanken hoch. Präsident Libero stand schneller im Raum, als sie »herein« rufen konnte.

»Sie haben es schon gelesen? Es tut mir leid. Es hat wirklich nichts mit Ihnen zu tun. Sie sind eine der besten Ermittlerinnen, die ich kenne ...«, begann er, und Leda ahnte, was kommen würde.

»Ermittlerinnen gibt es in Mordkommissionen nur wenige, Leiterinnen dieser Abteilungen noch seltener. In Rom jedenfalls niemanden außer mir selbst. Also sind die Vergleichsmöglichkeiten nicht sehr vielfältig«, unterbrach Leda ihn.

»Ich meinte natürlich die männlichen mit eingeschlossen«, erwiderte Libero und trat nervös von einem Bein aufs andere. »Mein Telefon klingelt ununterbrochen. Bis hin zum Ministerpräsidenten meldet sich alles, was Rang, Namen und etwas zu sagen hat. Diese unglaublich blöde Äußerung Raimondis schlägt unglaublich hohe Wellen.«

Leda hörte nicht mehr genau zu, was Libero anschließend mit Worten äußersten Bedauerns erklärte. Hin und wieder kamen Wortfetzen bei ihr an: die öffentliche Meinung ... der Druck ... im Sinne aller und insbesondere Ihrer eigenen Person ... Ihr Kopf brummte, und ihr war zum Weinen zumute. Als er endete, hatte er sie aus der Führung der Ermittlungen in den Mordfällen Borghese und Bardi abgezogen und ins zweite Glied geschoben.

»Für die Optik«, betonte er lauter als notwendig. »Raimondi selbst wird die Leitung dieser Mordermittlungen übernehmen. Das ist nicht mein Wunsch, sondern er wurde von oben so eindeutig an mich herangetragen, dass ich nicht nein sagen konnte. Da will ihn jemand entweder fertigmachen oder hält tatsächlich sehr viel von seinen Fähigkeiten. Ich kann das nicht beurteilen, muss mich diesen Realitäten aber beugen. Dann soll er mal zeigen, was er wirklich kann.«

»Bin ich damit draußen aus dem Fall?«

Nein, das nicht, erfuhr sie. Sie sollte Raimondi mit ihrem hohen Sachverstand zur Verfügung stehen. Das sei sein ausdrücklicher Wunsch.

»Das werde ich nicht tun«, antwortete Leda. »Außerdem werde ich ein Verfahren wegen Verstoßes gegen das Gleichbehandlungsgesetz einleiten.«

»Hören Sie, Leda, tun Sie das bitte nicht. Mir zuliebe. Es gibt im Moment schon genug Ärger«, bettelte Libero. »Ich habe das alles nicht gewollt, das wissen Sie sehr genau.«

Was Libero wollte oder nicht, war ihr in diesem Moment gleichgültig. Sie fand sein Anliegen ungeheuerlich und lehnte es ab, den Kopf für ihre Vorgesetzten hinzuhalten.

»Nein. Ich bleibe bei meinem Entschluss. Geben Sie mir einfach Aufgaben, denen auch eine Frau gerecht werden kann, beispielsweise Falschparker aufschreiben.«

»Seien Sie nicht albern. Und wenn ich es anordne?«

Nun starrte Leda ihn entgeistert an. Sie konnte nicht glauben, was sie da hörte.

»Dann werde ich es trotzdem nicht tun.«

»Fürchten Sie keine Konsequenzen?«

»Nein, so unanständig sind Sie nicht. Ich glaube Ihnen sogar, dass Sie mir das alles aufgrund höheren Zwangs sagen. Dem beugen Sie sich, ich aber nicht. Dennoch werden Sie nichts gegen mich unternehmen, da bin ich ganz sicher.«

Sie war tief enttäuscht und verletzt, weil Libero der Mut fehlte, sie zu unterstützen. Sie hatte ihn für stärker gehalten.

»Was werden Sie jetzt tun?«, fragte Libero verunsichert.

»Einen Urlaubsantrag ausfüllen, den Sie mir bitte unterschreiben. Ich habe noch Hunderte von Überstunden abzufeiern. Damit beginne ich jetzt und werde vielleicht einen Kochkurs belegen. Denn Morde habe ich aufklären gelernt, kochen aber nie. Das sollte ich in Anbetracht der realen Aufgabenverteilung auf die Geschlechter schleunigst ändern, finden Sie nicht?«

Libero unterschrieb den Antrag wortlos. Drei Wochen nahm sie sich frei und hatte keine Ahnung, was sie mit der Zeit anfangen sollte. Dann informierte sie Raffaella und Ugo über die neue Entwicklung, wünschte ihnen viel Glück bei den Ermittlungen und verließ zum ersten Mal in ihrem Leben am Vormittag die Questura – ohne Ziel und ohne Aufgabe und mit Tränen in den Augen.

XVI

Das Gefühl von Wut und Niedergeschlagenheit trieb sie durch die Straßen Roms. Sie lief und lief und merkte erst, dass es regnete, als ihr das Wasser in die Augen lief und sie zu frieren begann. Wie ein Prinz aus einem Märchen tauchte genau in diesem Moment ein junger Schwarzer vor ihr auf und bot ihr lächelnd einen kleinen zusammengefalteten Regenschirm für fünf Euro an. Er selbst hielt einen bunten Schirm aufgespannt über dem Kopf, von dem die Tropfen wie durchsichtige Sterne abprallten. Das Weiß seiner Zähne und der Augäpfel leuchtete in seinem fein geschnittenen Gesicht, und er vermittelte Leda den Eindruck, ein glücklicher Mensch zu sein.

Er stamme aus Äthiopien, erklärte er der Kommissarin in Urlaub. Aber dort könne man nicht leben und nicht sterben. Deshalb sei er nach Europa gekommen, wolle hier studieren, Arzt werden, um später in sein Land zurückzukehren. Dort werde Hilfe gebraucht. Ganz anders als in Italien, wo die Menschen alles hätten und trotzdem nicht glücklich seien. Leda wünschte ihm alles Gute für die Zukunft, drückte ihm zehn Euro in die Hand und meinte, er solle die fünf restlichen Euro behalten, sozusagen als Anzahlung fürs Studium. Strahlend suchte er ihr den schönsten Schirm aus: einen grünen mit großen, roten Rosen.

»Die passen zu Ihren Haaren«, meinte er und verschwand zum nächsten Kunden.

Afrika, dachte Leda, da wollte ich schon immer hin. Doch anstatt sich zum Nachbarkontinent aufzumachen, fuhr sie nach Hause, packte ihre Reisetasche und legte ihrer Familie einen Zettel auf den Küchentisch, dass sie ein paar Tage allein sein wolle.

In Rom brauchte sie niemand. Sie war überflüssig. Der Haushalt wurde von Maria, der Haushälterin, geführt, besser, als sie es je bewältigen würde. Die Kinder waren längst selbstständig und ohnehin auf ein Leben quasi ohne Mutter eingestellt, da Leda schon immer beruflich sehr beansprucht gewesen war. Paolo hatte sie verraten, er zählte also nicht. Und im Präsidium konnten andere ihren Job besser erledigen, weil sie mit dem richtigen Geschlecht geboren waren. Das hatte sie gerade leidvoll erfahren.

Ledas bisheriges Selbstverständnis stand auf der Kippe. Sie musste allein sein, um nachdenken zu können, in aller Ruhe. Immer wieder stiegen Tränen auf, während sie den Wagen zu ihrem Strandhaus in Lavinio steuerte. Kaum hatte sie die Stadt verlassen, klarte der Himmel auf.

Es roch ein bisschen muffig, als sie die Tür öffnete. Seit Wochen war niemand mehr zum Lüften dort gewesen. Leda riss die Fenster auf und ließ frische Meeresluft hinein. In der Küche hatten sich Spinnen häuslich eingerichtet und ihre Netze kunstvoll zwischen Wänden und Decke gesponnen. Auf der Terrasse lag Sand, der vom Strand herübergeweht war. Ein ausgebleichtes Handtuch flatterte auf der Wäscheleine im Hof, ein zweites lag verknautscht am Boden. Irgendwer hatte sie vergessen. Sie würden jetzt als Putzlumpen dienen.

Leda begann sauber zu machen. Sie kehrte, hängte Bettdecken und Kopfkissen in die Sonne, entfernte Spinnweben aus allen Räumen, wischte den Staub von den Möbeln, schaltete den Kühlschrank an, überprüfte die Gasflasche unter dem Herd und hatte insgesamt den Eindruck, einer sinnvollen Beschäftigung nachzugehen. Dabei hörte sie laut Musik und schimpfte mindestens ebenso laut vor sich hin. Hier konnte sie das unbesorgt tun. Stundenlang wirkte und wütete sie durch die Räume. Bis ihr Magen sich ebenso wütend meldete.

Als sie im Supermarkt bereits an der Kasse stand, vernahm sie den Türkischen Marsch ihres Telefoninos aus der Tiefe ihrer Tasche.

»Mamma, wo bist du denn? Im Büro haben sie mir gesagt, du hättest Urlaub genommen. Und dann der Zettel auf dem Küchentisch. Was ist denn los?«, fragte Marco.

»Ich möchte ganz einfach ein paar Tage lang meine Ruhe haben. Deshalb bin ich nach Lavinio gefahren und kaufe gerade ein. Ihr könnt schließlich gut ohne mich auskommen.«

»Das schon. Aber warum hast du uns das nicht vorher gesagt?«

»Weil ich es da noch nicht wusste, und als ich es wusste, war niemand zu Hause, dem ich es hätte sagen können, also habe ich euch den Zettel hingelegt. Va bene?«

»Dio mio, bist du aber pampig. Habe ich dir etwas getan?«

»Nein, du doch nicht, Flavia auch nicht. Aber sonst läuft alles schief, und ich habe die Nase voll. Aber mach dir keine Sorgen, bald bin ich wieder die Alte. Geht es dir denn gut?«

»Ja, schon. Soll ich kommen? Brauchst du Hilfe?«

»Nein danke, mein Schatz. Das ist lieb von dir. Glaub mir, ich brauche einfach ein paar Tage für mich.«

»Weiß Paolo Bescheid?«

»Nein, er wird es schon merken.«

»Oh, ihr habt wohl Krach«, analysierte Marco.

»Was heißt Krach. Wir haben noch nicht einmal über den Streitpunkt miteinander gesprochen. Sag Paolo einen schönen Gruß, wenn du ihn siehst, und dass er ein Verräter ist, ein Traditore der schlimmsten Art.«

»Den Teufel werde ich tun. Ich mische mich doch nicht in eure Angelegenheiten ein. Aber eines kann ich dir sagen: Ein Verräter ist Paolo ganz bestimmt nicht. Und lieben tut er dich auch. Und wenn du dich wieder abgeregt hast, melde dich. Ciao.«

Als Leda in ihrer Küche stand, um ihren Vorsatz, endlich mit dem Kochen zu beginnen, in die Tat umzusetzen, merkte sie, dass sie weder Lust dazu noch die geringste Vorstellung hatte, was sie mit dem frischen Fleisch anfangen sollte. Kurzerhand packte sie es in die Tiefkühltruhe und fuhr zu Aldo Renzi, dem Eigentümer des Strandclubs und Restaurants La Nave. Aldo war hocherfreut, sie zu sehen. Sie kannten sich seit vielen Jahren, denn Leda war bereits als kleines Mädchen mit ihren Eltern Gast des Clubs gewesen.

»Was machst du hier? Musst du nicht dringend Mörder fangen, damit wir wieder in Ruhe unsere Spiele anschauen können?«

»Hast du nicht die Zeitung gelesen? Das ist Männersache, und genau deshalb habe ich jetzt ein paar Tage Zeit für mich und möchte im Übrigen nicht über das Thema reden.«

»Oho, die Kommissarin ist aber richtig sauer. Gut, ich frage ja gar nicht nach, was passiert ist. Mein Tipp: Iss und trink etwas Gutes, dann geht es dir bald besser. Lass dich von den Gaben des Meeres und von mir verwöhnen.«

Er hielt, was er versprach: Vornweg gab es seinen märchenhaften Meeresfrüchtesalat, dann einen Risotto mit dicken, saftigen Jakobsmuscheln, anschließend servierte er ihr eine Dorade, die mit frischen Kräutern und Zitrone gegart war, und zum Schluss zauberte er sein Zitronensorbet auf den Tisch, das in den Küchen des Latiums seinesgleichen suchen konnte. Da nur wenige Gäste das Restaurant besuchten, weil die Saison längst beendet war, hatte Aldo Zeit und setzte sich meist zu Leda, um ihr Gesellschaft zu leisten. Sie sprachen über dies und das, erinnerten sich nach dem vierten Glas Wein an den ersten und einzigen Kuss, den sie sich in einer lauschigen Nacht am Strand vor über dreißig Jahren gegeben hatten, und lachten darüber. Zwischendurch klingelte ihr Telefonino mehrfach, doch Leda beachtete es nicht. Das musste Paolo sein, und sie hatte keine Lust, mit ihm zu reden.

»Weißt du eigentlich, dass ich seit damals latent in dich verliebt bin?«, meinte er und schaute Leda tief in die Augen.

»Aber du bist mir untreu geworden und hast eine andere geheiratet«, monierte sie kokett und kicherte.

»Du hast ja auch jemand anders geheiratet. Dabei hätten wir es so schön miteinander haben können«, seufzte er halb im Spiel, halb im Ernst.

Leda musste lachen. »Für die wahre Liebe ist es nie zu spät«, säuselte sie zurück. Sie benahmen sich wie ein Liebespaar im Film.

Allmählich begann Leda den Ausbruch aus der Alltagsroutine zu genießen. Sie fühlte sich ohne Familie und ohne Paolo plötzlich frei wie ein Vogel im Wind und spielte mit Aldo das Spiel der Leinwandliebe. Dabei umgarnten sie sich mit Filmzitaten wie »Ich schau dir in die Augen, Kleines«, lachten, tranken weiter und setzten ihren Flirt noch auf dem Weg zu Ledas Haus fort. Aldo, inzwischen ganz in die Rolle des rasend Verliebten abgetaucht, ließ es sich nicht nehmen, der inzwischen leicht schwankenden Freundin sein männliches Geleit zu geben.

Irgendwie wurde ihr Film zum Leben oder ihr Leben zum Film. Als Leda am nächsten Morgen aufwachte, lag Aldo ausgestreckt und nackt neben ihr. Er atmete tief und ruhig und schnarchte kein bisschen. Leda wusste nicht, ob sie angesichts der Situation lachen oder weinen sollte. Vorsichtig stand sie auf und ging ins Badezimmer. Durchs offene Fenster schien ihr die Sonne direkt ins Gesicht, während sie überlegte, was geschehen war. Erst versuchte sie sich einzureden, es sei nur geschehen, weil sie beide betrunken gewesen seien. Das stimmte aber nur zum Teil. Denn wenn sie ehrlich war, musste sie zugeben, dass sie zwar auf dem

Heimweg geschwankt hatte, ihr Kopf aber überaus klar gewesen war. Das hieß, sie hatte genau gewusst, was sie tat. Sie hatte das Spiel zu Ende spielen wollen und es getan. Und in Wahrheit fühlte sie sich jetzt ziemlich wohl. Sie betrachtete sich blinzelnd im Spiegel, fand sich wie immer zu dick, was sie objektiv war, beschloss aber, sich nicht weiter daran zu stören. Denn mindestens zwei Männer störte es nicht: Paolo und Aldo, beide repräsentable Vertreter ihres Geschlechts.

Leda stieg unter die Dusche, dachte unter dem warmen Wasserstrahl über die Moral der Geschichte nach und kam zu dem Ergebnis, dass das Ende des vertrackten gestrigen Tages sie irgendwie mit den Ungerechtigkeiten versöhnt hatte.

Paolo hatte sie verraten! Und im Übrigen früher des Öfteren betrogen, sich wegen anderer Frauen gar zweimal von ihr getrennt, was sie ihm immer vergeben hatte. Jetzt hatte sie einmal über die Stränge geschlagen, und sie freute sich klammheimlich darüber.

Eingehüllt in einen dicken Bademantel ging sie in die Küche und braute einen starken Kaffee, mit dem sie sich auf die Terrasse setzte, den Vögeln bei ihrem Morgenlied lauschte und den Möwen zuschaute, wie sie ihre weiten Kreise über den Strand zogen. Trotz der Sonne wurde es ihr bald zu kalt, und sie kehrte um, um sich anzuziehen. Aldo lag noch immer im Tiefschlaf. Leise suchte sie ihre Kleider zusammen und schlich hinaus.

Im Wohnzimmer hörte sie in der Tasche ihr Telefonino wieder und wieder läuten. Als sie es endlich hervorgekramt hatte, war es zu spät. Auf der Anruferliste entdeckte sie, dass Paolo x-mal versucht hatte, sie zu erreichen. Von der Nacht gnädig gestimmt, rief sie zurück.

»Dio, Leda, wie kann man eine berufliche Kleinigkeit so ernst nehmen? Ich verstehe dich wirklich nicht. Komm zurück und benimm dich normal. Was soll das denn? Raimondi wird auf die Nase fallen, und dann bekommst du die Ermittlung automatisch zurück. Du kannst doch nicht immer nur auf der medialen Erfolgswelle schwimmen.«

Und so weiter und so fort. Leda ließ ihn einfach reden. Er wusste alles und hatte dennoch den Knackpunkt nicht verstanden. Als sie überhaupt nicht reagierte, wurde auch er plötzlich still.

»Leda, geht es dir gut? Sag doch etwas.«

»Mir geht es sogar sehr gut, und das Einzige, was ich dazu zu sagen habe, ist: Du hast mich verraten.«

Er begriff genau, wovon sie sprach. »Hör mal, ich konnte doch nicht das Thema Frauenfeindlichkeit und Diskriminierung aufgreifen. Jeder weiß, dass wir zusammen sind, und die hätten mir das nur als privaten Feldzug angerechnet. Da musst du mich auch verstehen. Ich kann nicht immer nur deine Interessen vertreten, so gern ich das täte.«

»Es geht nicht um meine Privatinteressen, sondern um eine objektive Unglaublichkeit. Sonst machst du dich ja auch immer gegen Ungerechtigkeiten stark. Nur in meinem Fall nicht. Das nehme ich dir wirklich übel. Ich muss das erst mal verdauen. Ich bleibe ein paar Tage hier, dann schauen wir weiter.«

In diesem Moment kam Aldo voll angezogen die Treppe hinunter.

»Guten Morgen«, begrüßte Leda ihn.

»Wer ist denn da bei dir?«, wollte Paolo sofort wissen.

»Aldo ist auf einen Kaffee vorbeigekommen«, log sie halb.

»Grüß ihn schön von mir, und denk noch mal nach. Möchtest du, dass ich heute Abend komme, damit wir über alles reden können? Ich wollte dich wirklich nicht verletzen«, schlug Paolo vor.

»Nein, lass es besser. Ein bisschen Alleinsein tut mir gut. Ich melde mich. Ach, noch was: Wie geht es deiner Mutter?«

»Besser. Sie hat sich gefangen, lacht sogar schon wieder über ihre eigene Dummheit. Dabei finde ich sie gar nicht dumm. Verlieben kann man sich in jedem Alter, und schiefgehen kann es auch immer. Ich bin für heute Abend zum Essen mit ihr verabredet, falls du mich nicht dringend brauchst.«

»Nein, absolut nicht. Lenk sie ab und gib ihr einen dicken Kuss von mir. Ich glaube auch, dass man sich immer wieder verlieben kann. Ich werde Aldo von dir grüßen. Ciao.«

Als sie das Gespräch beendet hatte, sah Aldo sie erstaunt und verunsichert an.

»Leda, bist du wirklich in mich verliebt? Ich dachte eigentlich, das wäre nur wegen des Weins so gekommen.«

»Das war wohl auch so. Möchtest du einen Kaffee?«

Er nickte und schaute dann auf die Uhr. »Dann muss ich aber schleunigst los, zum Einkaufen. Sonst müssen wir heute das Lokal schließen. Noch mal: Bist du wirklich in mich verliebt?«

»Ich habe eben Paolos Mutter gemeint. Sie hatte sich verliebt und war mit dem Mann zusammengezogen. Nun ist es schiefgegangen, und sie hat Liebeskummer.«

»Wie süß, in dem Alter. Tja, Amors Pfeile fliegen immer. Bereust du, was wir getan haben?«

»Nein, es war gut so. Wie willst du eigentlich deiner Frau erklären, dass du letzte Nacht nicht zu Hause warst?«

»Ich erkläre ihr gar nichts, denn sie lebt seit vier Monaten in einer eigenen Wohnung in Anzio, und mein Leben geht sie so wenig an wie das ihre mich. Wirst du es Paolo sagen? Dann bekommen wir ein Problem. Immerhin kennen wir uns gut.«

»Ich weiß noch nicht. Wahrscheinlich nicht, sonst wird alles zu kompliziert.«

Sie umarmten sich herzlich, als er ging. So als wäre er

wirklich nur ein alter Bekannter, der mal eben zum Kaffee vorbeigeschaut hatte.

Leda verbrachte einen wunderbaren Tag. Nach einem ausführlichen Spaziergang am Meer, das von Touristen verlassen friedlich in der Sonne schimmerte, widmete sie sich der Gartenarbeit und schnitt die Bougainvillea zurück, die die Terrasse zuwucherte. Auch der Rasen brauchte eine Schur, genau wie die Hecke, der sie mit der großen Heckenschere erst ungeschickt (denn eigentlich war das Paolos Job), dann aber immer professioneller an die wild aufgeschossenen Triebe ging.

Dazu ließ sie aus den weit geöffneten Wohnzimmertüren die Klänge Verdis durch die Natur schweben. Das passte nach ihrer Meinung gut, denn auch der Komponist war ein passionierter Landwirt gewesen und hatte gern und viel an der frischen Luft gearbeitet. Nacheinander hörte sie die Opern Aida, Rigoletto und La Traviata, pfiff und sang ein bisschen falsch dazu und merkte, wie sich ihr Ärger Handgriff für Handgriff und Ton für Ton weiter verflüchtigte.

Gegen Abend kochte sie sich sogar Pasta mit frischer Tomatensoße und bereitete einen Salat zu. Zufrieden hockte sie sich in den Sand und schaute der Sonne zu, wie sie im Meer verschwand, um sich anschließend mit einem Buch ins Wohnzimmer zu setzen.

Irgendwann mitten in der Nacht wachte sie bei brennendem Licht und aufgeschlagenem Buch im Sessel auf, ging ins Bett und schlief auf der Stelle weiter. Die ungewohnte körperliche Arbeit forderte ihren Tribut.

Durch ihre Träume zogen Kohorten von Fahnen schwingenden Schwarzhemden, die auf der Piazza Venezia entlangmarschierten, dem vom Balkon des Palastes winkenden Mussolini ihren Gruß entboten und anschließend wie ein Ameisenvolk auf das Monument des Vittorio Emanuele kletterten. Dort sangen sie aus vollen Hälsen das Lied der

Widerstandsbewegung, »Avanti popolo alla riscossa«, und der Duce hisste auf seinem Marmorbalkon eine rote Fahne mit Hammer, Sichel und goldenem Stern. Zu allem Überfluss tauchte dann auf dem Platz auch noch Charly Chaplin auf, der verkleidet als Großer Diktator seinen makabren Tanz mit der erleuchteten Weltkugel auf der Fingerspitze aufführte. Dabei spitzte er seinen Mund und pfiff mit verträumtem Blick ganz leise eine Melodie. Leda hörte ihm im Traum ganz genau zu und erkannte eine Melodie von Mozart.

Es war der Türkische Marsch, den Chaplin mit ihrem Telefonino zusammen angestimmt hatte. Doch bis Leda aus ihrem tiefen Traum an die Oberfläche der Nacht getaucht war, war die Melodie schon wieder weg. Doch dann kam sie wieder. Schlaftrunken tappte Leda die Treppe hinunter, wo das Handy auf der Kommode vor sich hin jammerte.

»Pronto«, hauchte sie hinein.

»Signora, Entschuldigung. Ich weiß, wie viel Uhr es ist und dass Sie Urlaub haben. Aber es gibt schon wieder eine Leiche mit einem Buchstaben. Und Ugo muss bei seiner Frau bleiben, weil sie Blutungen hat. Und wenn sie aufsteht, wird sie das Kind verlieren.«

»Ich wusste gar nicht, dass Elena schwanger ist.«

»Ich auch nicht, aber jetzt wissen wir es. Jedenfalls kann er nicht kommen, und Raimondi hat gesagt, Ugo müsse unbedingt kommen, weil es schon wieder ein Buchstabenmord ist, sonst würde er rausgeschmissen ... Ich weiß nicht, was ich tun soll. Ich habe Angst, ich schaffe das nicht allein ...« Raffaella klang verzweifelt.

»Wie viel Uhr ist es denn?«

»Zehn vor sieben.«

»Wo befindet sich die Leiche?«

»In Trastevere.«

Im Auto machte Leda sich selbst Vorwürfe, inkonsequent

zu sein. Einerseits trat man ihre Berufsehre mit Füßen, sodass sie gestern Abend schon erwogen hatte, sich ganz aus der Mordkommission zurückzuziehen und sogar die Stadt zu wechseln. Andererseits konnte sie die arme Raffaella nicht im Stich lassen. Für einen Serienmord ohne erkennbares Motiv fehlte der jungen Kollegin die Berufserfahrung. Und jetzt war es unbestreitbar ein Serienmord. Hin und her gerissen zwischen Wut und Mitmenschlichkeit, aber auch getrieben von kriminalistischer Neugierde trat sie aufs Gaspedal. Kurz nach acht wollte sie in die Via Arco dei Tolomei einbiegen, die aber bereits Kollegen von der Schutzpolizei gesperrt hatten. Sie parkte daher auf der Piazza in Piscinula und ging die letzten Schritte zu Fuß.

XVII

Der Gestank eines verwesenden Körpers beim Betreten des Hauses überlagerte jeden anderen Geruch. Raffaella lehnte wachsbleich an der Wand im Hausflur. Der Anblick der Leiche musste furchtbar sein, denn Leda hatte ihre Mitarbeiterin noch nie in solch desolatem Zustand gesehen. Frische Leichen vertrug sie gut, jedenfalls verursachten sie keine Todesblässe in ihrem Gesicht. Leda zog ein Fläschchen Parfüm aus der Tasche, das sie für solche Notfälle immer bei sich trug. Sie beträufelte zwei Papiertaschentücher, gab eines Raffaella und hielt sich selbst das zweite vor die Nase. Das half zumindest ein bisschen.

Gemeinsam stolperten sie den dunklen, engen Flur entlang, vorbei an einem Treppenaufgang und in den hinteren Teil des Hauses. Der Putz blätterte von der feuchten Wand, und der Gestank wurde immer stärker. Hier moderte es seit Jahrhunderten vor sich hin, ein Ort, wo man entweder verborgene Schätze oder Kadaver finden konnte. Am Ende des Flurs zuckten kurze Blitze auf, die Fotografin war am Werk. Leda tastete sich vorsichtig voran. Manchmal trat sie auf weiche Erhöhungen, schaute aber nicht nach unten, weil sie sich vor der Vorstellung ekelte, sie könnte auf toten Mäusen herumtreten.

Am Ende des Gangs war eine Tür, die in einen gefängniszellenartigen Raum führte. Ein kleines, hoch gelegenes Fenster ließ durch dicke Gitterstäbe etwas Licht hinein. Im Schloss der einfachen Holztür neben dem Fenster steckte ein Schlüssel, der wohl vor langer Zeit zum letzten Mal umgedreht worden war. Leo Amato, der Gerichtsmediziner, trug eine Atemschutzmaske. Er stand über ein altmodisches Metallbett gebeugt, von wo der Gestank kam.

»Die Frau liegt seit einiger Zeit hier. Mindestens zwei Wochen, bei geschlossenem Fenster. Kein Wunder, dass es so stinkt. Ich finde es irgendwie beruhigend, dass wir nichts Schlimmeres hinterlassen als ein bisschen Gestank und Verwesung.«

»Allein bei dir wird es anders sein, denn du hinterlässt uns Bände zynischer Sprüche«, murmelte Leda hinter ihrem Taschentuch.

Langsam half auch das Parfüm nicht mehr.

»Können wir die Tür mal aufmachen?«, schlug sie vor.

»Ein paar Sekunden noch. Und was bedeuten die schon gegen den ewigen Tod dieser Frau hier? Ich muss noch ein paar Fliegen und Larven in meine Gläschen stecken, um den genauen Todeszeitpunkt festzustellen. Du wirst die Erste sein, die ihn wissen will, nicht wahr, meine Liebe?«

»Ich schlage vor, die Damen gehen hinaus, bis wir hier fertig sind. Der Raum ist sowieso zu voll. Wir verwischen noch wertvolle Spuren«, mischte sich nun Piero Bassani ein.

Leda und Raffaella gingen nach draußen. Ohne ein Wort zu sagen, sogen sie begierig die frische Luft ein, um den Leichengeruch aus ihren Nasen zu vertreiben. Raffaella kämpfte gegen ihren Brechreiz an. Ein junger Uniformierter kam auf sie zu und reichte ihr eine Flasche Wasser.

»Trinken Sie, das hilft. Ich war als Erster drin und hab's gesehen und gerochen. Mir ist auch übel geworden.«

»Wer hat denn die Polizei gerufen?«

»Eine Signora von oben, weil es so gestunken hat. Sie dachte, es wäre eine tote Katze, die stinken auch furchtbar.«

»Wer ist denn die Tote?«

Die Nachbarin aus dem ersten Stock, Franca Sarfatti, stieß zu ihnen und erzählte, dass die alte Frau Liliana Panetta hieß und seit über dreißig Jahren in diesem Loch hauste. Sie habe das Haus nur zum morgendlichen Kirchbesuch verlassen, habe auf dem Rückweg eingekauft und sich dann vor ihren Fernsehapparat verzogen. Niemand sei jemals gekommen, nicht einmal der Pfarrer zum Hausbesuch. Oft hätte man gar nicht gewusst, ob sie noch lebte oder nicht, aber sie hätte auch nicht gewollt, dass sich jemand um sie kümmerte. Eine schwierige Person sei sie gewesen, mürrisch und verschlossen. Schon immer. Sie hätte nicht das geringste Interesse für die Angelegenheiten des Hauses aufgebracht, obwohl es früher ihr gehört habe. Sie und ihr Mann hätten sich schon immer um alles gekümmert, sogar um notwendige Reparaturen und Verbesserungen. Vor fünfundzwanzig Jahren seien sie selbst vom Norden kommend hier eingezogen. Dann hätten sie der Panetta vor ein paar Jahren vorgeschlagen, ihr das Haus abzukaufen, und es sei zu einem erstaunlichen Deal gekommen: die Panetta hätte ihnen das Haus geschenkt und im Gegenzug dafür lebenslanges Wohnrecht gefordert, eine kleine monatliche Leibrente zum Überleben und eine jährliche Spende an die Kirchengemeinde. Jedes Jahr zu Weihnachten, so erzählte Signora Sarfatti, gaben sie dem Pfarrer des Kirchleins San Benedetto in Piscinula einen Scheck über tausend Euro. Vierhundert Euro zahlten sie der Panetta an jedem Ersten des Monats. Lächerlich wenig für zwei gute Wohnungen und die große Garage im Parterre mitten in Trastevere. Die eine Wohnung nutzten sie selbst, die andere stehe den Großteil des Jahres leer, wenn nicht gerade ihr Sohn, der bei einer italienischen Bank in Frankfurt am Main arbeite, mit seiner Familie bei ihnen zu Besuch sei. Was hinter der ganzen Geschichte stecke, wüssten sie und ihr Mann nicht so recht, obwohl sie sich bemüht hätten, es herauszufinden. Auch der Notar habe damals versucht, den Beweggründen der Panetta auf die Spur zu kommen, damit sich das ganze Geschäft nicht später als großer Irrtum erweisen würde, aber umsonst.

Man könne auch nicht sagen, dass die Alte wirr im Kopf gewesen sei. Ganz im Gegenteil: Sie habe sich immer sehr klar und logisch geäußert. Erst vor zwei Wochen habe sie mit ihr die Situation im Hof erörtert. Wie es dort aussehe! Der ganze Unrat! Dort tollten die Mäuse nur so herum, und es stinke wie die Pest. Sie habe die Panetta gefragt, ob sie ihr beim Forträumen der Sachen helfen solle. Doch diese habe abgelehnt. Später gern, aber im Moment nein. Die Mäuse würden sie nicht stören. Und nach oben kämen sie ja doch nicht gelaufen.

Verwandtschaft habe sie gar keine, jedenfalls sei niemals jemand aufgetaucht, und vor dem Notar damals habe sie gesagt, es gebe niemanden. Richtige Feinde habe sie wohl auch nicht, weil sie weder streitsüchtig noch habgierig gewesen sei. Nur eben mürrisch und unnahbar. Sogar Weihnachten habe sie immer mutterseelenallein verbracht. Zum Passahfest und zu Rosch Haschanah, dem jüdischen Neujahrsfest, hätten sie sie hinaufgebeten, obwohl sie Christin gewesen sei. Aber sie habe immer abgelehnt. Ohne Begründung. Gegen Juden hätte sie wohl nichts gehabt, sonst hätten sie ja wohl kaum ins Haus ziehen können.

»Haben Sie sich denn mal mit Nachbarn über Signora Panetta unterhalten, wissen die etwas über sie?«

»Ja, natürlich. Am Anfang sogar oft, weil sie uns merkwürdig vorkam. Aber im Grunde genommen konnte uns niemand etwas über sie sagen. Oder sie wollten es nicht, weil wir aus Florenz kamen und damit Fremde waren.«

Sie würden die Alte wahrscheinlich nicht einmal besonders vermissen, weil sie eigentlich keine Beziehung zu ihr gehabt hätten, erklärte Signora Sarfatti ehrlich. Dann wollte sie wissen, woran die Panetta denn nun gestorben und warum so viel Polizei gekommen sei.

Es gebe Hinweise auf einen unnatürlichen Tod, sagte Leda, und Signora Sarfatti starrte sie entsetzt an.

»Ermordet? Signora Panetta ermordet? Warum denn das? Wie kommen Sie denn darauf? Nein, das glaube ich nicht.

Wer bringt denn eine so alte Frau um? Sie stirbt doch sowieso bald.«

Obwohl die Tür zum Hof inzwischen weit offen stand, roch es in der Behausung Panettas noch immer penetrant. Ein Geruch, der sich noch lange halten, wahrscheinlich sogar die Renovierung überdauern würde. Leo hatte inzwischen herausgefunden, dass die Panetta erstickt worden war. Vermutlich mit dem Kopfkissen.

»Und meine Seele verwette ich dem Teufel, wenn sie nicht vorher betäubt wurde«, meinte Leo.

»Ob der Teufel eine so rabenschwarze Seele wie die deine überhaupt will?«, witzelte Leda.

»Wer soll sie sonst nehmen? Oder möchtest du mich reinkarniert im nächsten Leben wieder an deiner Seite haben?«, meinte er grinsend. »Überhaupt, was machst du hier? Du bist doch gefeuert, Leda. Stinkende Serienleichen sind nichts für Frauen. War das nicht so?«

»Stimmt. Ich mache hier auch nur Urlaub«, antwortete Leda.

»Raimondi fällt vom Glauben ab, wenn er das hört. Für so pervers hätte ich dich allerdings auch nicht gehalten. Piero hat für dein Leichenscrabble übrigens einen neuen Buchstaben. Ansonsten würde ich dir nicht empfehlen, die Tote in Augenschein zu nehmen. Sie sieht noch schlimmer aus, als sie riecht. Das ist sogar für Hartgesottene wie mich grenzwertig. Fliegen, Maden und Mäuse haben sich gut ernährt. Heute Nachmittag habt ihr den ersten Bericht.«

Raffaella wurde wieder übel, und sie stürzte nach draußen. Leda blieb, mit der einen Hand das Taschentuch vor die Nase haltend, mit der anderen die um Futter und Nistort gebrachten Schmeißfliegen vertreibend. Sie schaute sich um. Im großen Vogelkäfig lag ein Kanarienvogel, der der Panetta mit trockener Kehle das letzte Lied geträllert haben musste, bis er selbst vor Durst und Hunger starb.

Die Wohnung war die pure Armseligkeit. Ein Bett, ein Tisch mit einem Wachstuch darauf, ein harter Holzstuhl, ein Schrank, eine Kommode mit einem Fernseher, ein schiefes Regal mit Küchengerät, ein Gasherd, ein kleiner Kühlschrank, ein Waschbecken, an der Wand ein Kreuz und sonst nichts. Kein Foto, kein Bild, kein Schälchen, kein Deckchen, nicht einmal ein Lampenschirm. Die Birne baumelte nackt über dem Tisch. Aber vor dem Kreuz stand eine Kniebank, eine einzelne, wie man sie noch ganz selten neben Beichtstühlen in Kirchen fand. Überhaupt stellte Leda eine gewisse Ähnlichkeit mit einer kargen Klosterzelle fest.

»Sie muss den Mörder selbst hereingelassen haben, denn es gibt an keiner der Türen Einbruchspuren. Oder der Täter hatte einen Schlüssel«, erklärte Kollege Piero Bassani, während er ihr kommentarlos eine durchsichtige Plastiktüte gab, in der ein postkartengroßes Pappstück steckte. Auf beide Seiten der Pappe hatte jemand mit Filzstift ein dickes G gemalt.

»Es hing am Vogelkäfig«, meinte Piero. »Schöne Scheiße, ein richtiger Serienmord, und die Alte war das erste Opfer.«

»Auch das letzte?«, fragte Leda resigniert und ging in den Hinterhof.

Dort stapelten sich alte Möbel, Holzplanken, verrostete Blechwannen und Eimer, kurz – es sah aus wie auf dem Sperrmüll. Mit einem Unterschied: Das Opfer hatte in jede verfügbare Ritze, auf jeden Vorsprung oder Absatz Töpfe mit Kräutern und Blumen platziert, sodass zwischen dem Unrat ein kleines, üppiges Paradies wucherte. Es musste köstlich duften, wenn es nicht gerade nach einer Leiche stank. Versteckt unter einer knalllilafarbenen Bougainvillea hatte sie eine Bank und einen Tisch aufgestellt.

Leda setzte sich. Da zog ein leichter Lufthauch durch den Hof, vertrieb für einen Moment den schrecklichen Geruch und wehte Rosenduft herüber. Leda schaute sich erstaunt um, denn einen Rosenbusch hatte sie bisher nicht entdeckt. Dann sah sie die dicken, tiefroten Blüten, die wie Blutstropfen auf dem Gerümpel in der hinteren Ecke des Hofs wuchsen.

Nun gab es schon drei Leichen. Wenn die Panetta als Erste von ihnen den Tod gefunden hatte, lautete die Buchstabenkombination GAP. War das eine militärische Abkürzung? Oder stammte sie aus dem wirtschaftlichen Bereich, aus einem kirchlichen, religiösen, politischen oder sozialen Umfeld? War es das Namenskürzel eines Sportvereins, vielleicht eines Fußballclubs? Oder gehörten die Buchstaben in eine andere Reihenfolge? Dann hätte der Mörder sein grausames Spiel noch verwirrender angelegt. Welch irrer Geist leitete ihn?

Wahrscheinlich ein Mann, dachte Leda. Denn um einen voll durchtrainierten Borghese zu überwältigen, gehörte viel Kraft. Und er musste gelenkig genug sein, um auf Bardis Terrasse zu klettern. Auch kannte er die Lebensgewohnheiten und das Umfeld seiner Opfer gut, denn er hatte für seine Taten immer günstige Situationen abgepasst. Niemand hatte ihn gesehen, oder er war nicht aufgefallen, weil er sich auch sonst im Umfeld der Opfer aufhielt.

Es gab Verrückte, die ohne Beziehung zum Opfer mordeten, die nur dem inneren Drang folgten, Menschen umzubringen – egal wen. Aber das gehörte zur absoluten Ausnahme. Und in diesem Fall sprach alles dagegen, weil der Täter einem Plan folgte. Es gab einen Grund, warum er diese und keine anderen Opfer ausgewählt hatte. Die Fäden liefen irgendwo zusammen, und auf diesen Knotenpunkt wollte der Täter mit den Buchstaben hinweisen.

Doch Leda fand diesen Punkt nicht! Sie war verzweifelt. Raimondi hatte recht, sie taugte für diesen Fall nicht. War das kein Fall für Frauen? Hatte kriminalistische Arbeit etwas mit dem Geschlechterunterschied zu tun? Fehlte ihr männliches Denken, um schnell den Punkt zu finden, an dem unter dem Brennglas von Zeit und Wahnsinn Morde entflammten? Konnte man männlich oder weiblich denken und ermitteln? Dass der Täter ein Mann war, daran zweifelte Leda nicht, nur daran, dass sie die richtige Person war, ihn zu fassen.

»Signora, geht es Ihnen nicht gut?«

Raffaella traf Leda in einer Art Wachkoma an. Regungslos hatte die Chefin dagesessen und nicht einmal bemerkt, wie ihre junge Kollegin gekommen war. Das machte Raffaella Sorgen, denn sie kannte Leda nur als jemanden, der stets hellwach war und jede Kleinigkeit aufnahm.

»Es geht mir sogar sehr schlecht. Drei Menschen haben innerhalb von vierzehn Tagen ihr Leben verloren, und ich habe Angst, dass es noch mehr werden, weil ich den Mörder nicht stoppen kann. Ich verstehe nicht, was er mit den Buchstaben sagen will.«

»GPA bedeutet Giunta provinciale amministrativa, also Provinzialverwaltungsausschuss, und pag. wird oft als Abkürzung für pagina, Seite, benutzt«, sagte Raffaella. »Ich habe mir überlegt, dass der Mörder uns vielleicht auf die Seite eines Dokuments von irgendeinem Ausschussbericht hinweisen will.«

»Und welches Dokument von welcher Provinz meint er? Rom, Rieti, Viterbo? Wie viele Tote braucht es, um die genaue Fundstelle zu benennen?«

Raffaella sah betroffen auf den Boden. Leda hatte sie entmutigt, was diese sofort bedauerte.

»Entschuldigung, dass ich so schroff bin. Die Idee ist eigentlich gut, nur scheint sie mir für diesen Fall nicht zu passen, obwohl ich keine bessere anzubieten habe«, meinte die Kommissarin. »Und das quält mich unsäglich.«

»Aber sonst weiß es auch niemand, das ist doch nicht Ihre Schuld«, versuchte Raffaella sie zu trösten.

»Aber es macht mich wahnsinnig, von einer Lösung so weit entfernt zu sein wie am ersten Tag der Ermittlung. Wie sieht es drinnen aus?«

»Die Leiche ist jetzt weg, aber es stinkt immer noch erbärmlich, weil die Matratze voller Leichenflüssigkeit ist. Die muss verbrannt werden, sagt Signor Amato. Und Signor Bassani geht es ähnlich wie Ihnen. Er glaubt inzwischen, dass er an den Tatorten irgendetwas übersehen hat, irgendeine Gemeinsamkeit. Jetzt will er den Tatort so lange untersuchen, bis es nichts mehr zu finden gibt. Er sagt, das wird Stunden dauern.«

Leda nickte. Sie verstand Piero gut. Er zweifelte an sich und seiner Arbeit, so wie sie selbst es tat.

»Draußen warten Pressefotografen und Journalisten. Übernehmen Sie die?«

»Ich habe Urlaub, und die brauchen gar nicht zu wissen, dass ich hier bin. Oder hat es ihnen schon jemand gesagt?«

»Nein, ich glaube nicht.«

»Dann musst du jetzt mit denen fertigwerden, Raffaella. Sag ihnen nur Oberflächliches: Eine alte Frau ist tot. Routinemäßig wurde die Mordkommission eingeschaltet, weil noch niemand weiß, wie sie gestorben ist. Wird auch wegen der langen Liegedauer der Leiche schwer feststellbar sein. Fortgeschrittener Verwesungszustand. Die anderen Hausbewohner hätten die Polizei wegen Geruchsbelästigung gerufen, nachdem sie aus dem Urlaub zurückgekommen seien. Als sie losfuhren, sei es der alten, sehr zurückgezogen lebenden Frau noch gut gegangen. Spiel alles herunter, so gut du kannst. Kein Wort über den Buchstaben. Im Übrigen seist du nicht zu Auskünften berechtigt. Tu so, als hätte dieser Fall nichts mit den anderen Morden zu tun. Falls es weitere Fragen gibt, sollen die sich bitte bei der Pressestelle im Präsidium melden. Dann soll Raimondi entscheiden, was er der Meute sagt.«

»Dürfen die Aufnahmen vom Tatort machen?«

»Sag nicht Tatort. Sprich lieber von Sterbeort, damit sie es gar nicht erst mit einer Tat in Verbindung bringen. Und hier hinein dürfen sie sowieso nicht. Auf gar keinen Fall. Das dürfen sie aber nie!«

»Ich schaffe das nicht«, meinte die sonst so couragierte Raffaella mit Leidensmine.

»Dir bleibt aber nichts anderes übrig. Viel Erfolg. Und noch etwas: Sag niemandem, absolut niemandem, dass ich hier bin, auch Raimondi nicht, vor allem ihm nicht. Ich rufe dich später an.«

Die junge Frau war leichenblass, und Leda bedauerte sie ein bisschen. Ihr stand ein harter Weg bevor, aber gleichzeitig bekam sie die Chance, sich zu beweisen.

»Und wenn sie fragen, warum alles abgesperrt ist?«

»Routine, alles nur Routine.«

Leda ging zurück und erkundigte sich bei Leo und Piero, ob die Absperrung weg könnte. Beide bejahten, und Leo bot an, Raffaella auf ihrem schweren Gang durchs Pressespalier zu begleiten. Kaum war die Haupteingangstür hinter ihnen ins Schloss gefallen, schlich Leda hin und lauschte, was draußen passierte. Sie hörte, wie Leo die Polizisten in Uniform fortschickte, da ihre Aufgabe hier erledigt sei, und wie Raffaella mit sicherer Stimme professionell pietätvoll vom Tod der alten Dame sprach. Nicht einmal der Schimmer eines Mordverdachts war ihren Worten zu entnehmen, die dann allerdings im Motorenlärm der Polizeifahrzeuge untergingen.

»Piero, du bist doch ein Mann. Sag mir, was ich übersehe«, wandte sich Leda an den Kollegen, der auf dem Boden herumkroch und ihn abtastete.

»Sag du mir lieber, was du siehst«, gab er unter seiner Gesichtsmaske schnaufend zurück.

»Komm bitte mit raus. Da stinkt es weniger. Hier kann ich nicht reden.«

Gemeinsam setzten sie sich auf die Bank im Hof.

»Der Täter muss ein Mann sein, körperlich stark und sportlich, weil er mehrere Turnschuhe besitzt, ein älteres Paar und ein ganz neues Modell«, meinte Leda. »Daraus schließe ich, dass er relativ jung ist, denn alte Männer kaufen sich solche Modelle nicht. Er ist intelligent, denn er hat sich gut auf jeden Mord vorbereitet. Er hat keinen besonderen Hass auf Männer oder Frauen, denn er tötet beide Geschlechter. Es sind auch nicht bestimmte Berufsgruppen betroffen: Wir haben einen Computerfachmann, einen Immobilienhai und eine arme, alte ehemalige Hausbesitzerin. Auch das Alter der Opfer ist für seine Wahl ohne Belang. Materielles spielt für den Täter keine Rolle, nicht das Geringste wurde gestohlen. Das heißt, er wählt seine Opfer mit Bedacht nach einem uns noch unbekannten Kriterium aus. Er will sich und die Opfer nicht unnötig quälen, deshalb betäubt er sie vorher. Ähnlich wie ein Tierarzt, der den Viechern eine Beruhigungsspritze gibt, bevor er sie endgültig einschläfert. Der Täter ist emotional einerseits sehr kontrolliert, andererseits völlig aus dem Ruder gelaufen, sonst würde er nicht töten. Wahrscheinlich hat er seit Jahren einen Hass auf diese Personen in sich getragen. Dann ist in seinem Leben etwas Dramatisches passiert, was in einem Zusammenhang mit diesen alten Hassgefühlen stehen muss. Und er ist ausgerastet und hat begonnen, die Morde zu planen. Er verfolgt ein Ziel und möchte darauf aufmerksam machen. Deshalb versieht er jedes Opfer mit einem Buchstaben. Wenn wir die Bedeutung dieser Buchstaben erkennen, wissen wir, worum es ihm geht. Die Tatsache, dass Borghese wie Mussolini nach der Hinrichtung kopfüber aufgehängt wurde, kann ein Hinweis auf die ausgeprägt antifaschistische Einstellung des Täters sein – oder aber eine perverse Art des Humors. Vielleicht wollte er uns auch ablenken und auf eine falsche Fährte locken.«

»Eine merkwürdige Art, sich zu amüsieren. Heb mal einen toten Borghese über ein Geländer und binde ihn fest. Das ist verdammt anstrengend und nicht gerade vergnügungsverdächtig. Er hätte den Faschisten genauso gut tot im Gebüsch liegen lassen können und viel weniger Scherereien gehabt. Ich glaube, das bedeutet etwas.«

Leda nickte. Bisher hatte sie die Positionierung von Borgheses Leiche für eine Aussage über ihn persönlich gehalten: Er, der Faschist, wurde wie Mussolini aufgehängt. Aber möglicherweise, damit hatte Piero recht, handelte es sich um eine grundsätzliche politische Aussage des Täters, dass alle Faschisten aufgehängt gehörten.

»Einzige bisher bekannte Verbindung zwischen den Opfern: der Computerfachmann Borghese arbeitete für die Firma Bardis«, fuhr Leda fort. »Während Borghese in seiner Freizeit ein Fußballfreak und gewalttätiger Faschist war, was Bardi aufgrund der Medienberichterstattung wissen musste, hat er die Zusammenarbeit mit ihm dennoch nicht beendet. Das heißt, dass es ihn angesichts der hohen beruflichen Qualifikation Borgheses nicht störte. Bardi war weder Faschist noch Fußballfan. Die Panetta wohl auch nicht. Oder hast du irgendwelche Hinweise darauf gefunden?«

Piero Amato schüttelte den Kopf. »Ich finde hier so gut wie gar nichts. Nicht einmal einen brauchbaren Fußabdruck. Aber ich finde, dass du schon ziemlich viel hast.«

»Bis auf das Entscheidende, nämlich die Entschlüsselung der Buchstaben. Gehören sie zusammen, oder hat jeder Einzelne für sich eine Bedeutung?«

»Leda, ich bin Kriminaltechniker! Rätsel sind deine Angelegenheit!«

»Aber du bist ein Mann, genau wie der mutmaßliche Täter. Also, welcher Logik folgt ein Mann?«

»Sie gehören zusammen.«

»Und in welcher Reihenfolge?«

»Das kommt auf den Tätertyp an. Ich würde chronologisch vorgehen, also GAP. Wenn der Täter aber ein verspielter Typ ist oder die mögliche Aufdeckung der Verbrechen erschweren will, um sich beispielsweise in Sicherheit zu bringen, dann muss er die Reihenfolge stören.«

»GPA, APG, PAG, GAP«, murmelte Leda vor sich hin, doch es kam ihr weder eine passende Abkürzung in den Sinn, noch wusste sie, ob irgendwo in Rom noch weitere Buchstabenleichen lagen oder hingen.

Leda verabschiedete sich und schlenderte langsam durch Trastevere. Wie eine Touristin kam sie sich vor, allerdings ohne die brennende Neugierde, Neues, Unbekanntes zu entdecken. Bei der Piazza San Calisto betrat sie eine Bar, um endlich den noch ausstehenden Cappuccino zu trinken. Leda wählte ausnahmsweise ein Cornetto mit Schokoladenfüllung. Sie hatte das Gefühl, von ihrer Gewohnheit abweichen zu müssen, um sich selbst die Andersartigkeit dieses Tages zu bestätigen.

Sie hatte Urlaub, den sie nicht wollte, und ein Rätsel, das sie nicht lösen konnte. Die Lösung war auch nicht ihre Angelegenheit, nicht mehr jedenfalls. Und das erleichterte sie plötzlich ungemein. Diese Erkenntnis gewährte ihr Freiheit und Leichtigkeit in ihren Gedanken. Niemandem war sie Rechenschaft schuldig und blieb doch Polizistin. Mit Haut und Haaren, mit Ausweis und Waffe und vor allem mit dem Ehrgeiz, ihre Fälle zu Ende zu bringen.

Es waren ihre Fälle, daran konnte keine Anordnung von oben etwas ändern. Wenn sie weiter dranblieb, so geschah es, weil es sie interessierte und weil sie sich beweisen wollte. Sie musste den Erfolgszustand quo ante wiederherstellen, um ungeniert in den Spiegel schauen zu können. Jetzt hatte sie die Möglichkeit, ihrer Intuition nachzugehen, ohne dass jemand es bemerkte, ohne dass sie Berichte schreiben und mit irgendjemandem über ihr Handeln diskutieren musste.

Das war ihre Chance. Denn wenn sie sich auf etwas verlassen konnte, dann war es ihr kriminalistisches Gespür. Leda schaute auf die Uhr. Es war halb zehn. Draußen schien die Sonne.

XVIII

Franca Sarfatti war eine praktische und ziemlich unsentimentale Frau. Sie hatte bereits den Abtransport der stinkenden Matratze in die Wege geleitet und war froh, als Leda bei ihr vorbeikam. Sie erkundigte sich, wann der Raum freigegeben werde, denn sie wollte den Geruch des Todes so schnell wie möglich aus dem Haus verbannen, überhaupt jede Erinnerung an diese merkwürdige Alte, vor der die Enkelkinder Angst gehabt hatten.

Signor Sarfatti, der zu ihnen stieß, erklärte, er habe zeitweilig sogar mit dem Gedanken gespielt, die Schenkung des Hauses rückgängig zu machen und auszuziehen. Die Panetta habe etwas Grausames an sich gehabt, und er habe immer befürchtet, dass negative Energien von ihr auf seine Familie überspringen könnten. Jetzt stünde er allerdings vor dem Problem, wen er denn über ihren Tod informieren müsse, wo sie doch offenbar keine Angehörigen habe. Vermutlich habe die Panetta das Haus von ihren Vorfahren geerbt, aber wenn er versuche, die über das Grundbuchamt herauszufinden, seien Erb- und Eigentumsstreitigkeiten vorprogrammiert. Signor Panetta wollte wissen, ob er sich strafbar mache, wenn er gar nichts unternehme. Leda riet ihm, sich bei einem Anwalt zu informieren, und ließ sich von Piero telefonisch bestätigen, dass er die Matratze für die Spurensicherung nicht mehr brauchte.

Eines hatte Signor Sarfatti noch bemerkt: Das Haus hatte früher Juden gehört, das schloss er zumindest aus dem Namen, den er im Grundbuch gesehen hatte. Die Panetta sei aber Christin gewesen, vielleicht habe sie die Immobilie also doch nicht geerbt?

»Dein Sohn ist auch mit einer Christin verheiratet. Wenn

er vor ihr stirbt, erbt sie den Hausanteil, und schon ist es christlich. Das kann bei der Panetta auch so gewesen sein«, erklärte Signora Sarfatti pragmatisch.

Leda ließ sich von den Eheleuten einen Zweitschlüssel für den Raum der Ermordeten geben, den sie ihnen für den Notfall anvertraut hatte. Leda brach das Türsiegel auf und trat ein.

Trotz des Duftsprays, das Piero auf die Matratze gesprüht hatte, setzte sich Leda die Atemmaske aufs Gesicht, die Piero ihr gegeben hatte. Der Raum glich wirklich einer Büßerzelle. Nichts wies auf eine Verbundenheit der Panetta mit dem irdischen Leben des Hier und Jetzt hin, nichts, bis auf den Fernsehapparat. Kein Erinnerungsstück, kein Foto, kein Schmuck, kein Zierrat. Die drei Kittelkleider im Schrank waren so schwarz wie ihre beiden Pullover, der dicke Mantel, die Wäsche, die drei Paar Schuhe und die Handtasche. Jedes dieser Stücke war sauber, wenn auch verschlissen und sehr altmodisch. In der obersten Schublade der Kommode fand sie einen Ordner mit den Unterlagen zur Hausübertragung an die Sarfattis, den daran geknüpften Vertrag über die Unterhaltszahlung an sie sowie die Spendenverpflichtung an die Kirche. Die übrigen Schubladen waren bis auf ein paar Kerzen leer. Leda konnte es nicht glauben: Irgendwo musste es doch sonstige Dokumente über ihre Existenz geben. Vielleicht im Keller?

Die Kommissarin suchte im dunklen Flur nach einer Tür, die nach unten führte, fand aber keine. Auch die Sarfattis meinten, es gebe keinen Keller. Leda wunderte sich, denn sie wusste, dass in diesem Stadtviertel jedes Haus einen Keller hatte, manchmal sogar Gewölbe, die bereits in der Antike angelegt worden waren. Damals teilweise noch oberirdisch, denn das heutige Trastevere stand zum Großteil auf den Ruinen des antiken »Trans Tevere«, so genannt, weil es vom Zentrum der Stadt aus gesehen jenseits des Tibers lag. Es konnte sein, dass der Zugang zum Keller früher durch ein anderes Haus erfolgt war und möglicherweise noch immer bestand, denn die heute sichtbare Bebauung stimmte nur in seltenen Fällen mit den Gebäudemaßen im Untergrund überein. Vielleicht hatte sich die Panetta für diese Frage nie interessiert, weil sie keinen Keller brauchte und den Hof für ihr Gerümpel nutzte?

Aber wie war es möglich, dass es keinerlei Hinweise auf ihre Herkunft, ihre Verbindungen, ihre Erinnerungen gab? Selbst ein Findelkind hätte nach so vielen Lebensjahrzehnten eine eigene Vergangenheit gehabt. Mit dem Tag der Geburt begann die menschliche Vergangenheit, und noch nie hatte Leda erlebt, dass sie nicht in irgendeiner Form dokumentiert oder erinnert war. Das beunruhigte sie. Die Alte musste dafür gesorgt haben, ein Nichts zu werden, losgelöst von allen irdischen Bindungen und Beweisen ihrer Existenz. Warum?

Der Rosenduft im Hof setzte sich nun, da der Leichengeruch schwächer geworden war, stärker durch. Leda fand es erstaunlich, dass sie mitten im Oktober noch so intensiv rochen. Aber da an diesem Ort die Unwirklichkeit über die Wirklichkeit zu herrschen schien, nahm sie es als eines der nur schwer erklärlichen Phänomene hin, die die Panetta umgaben. Die Frau wurde auch ihr langsam unheimlich.

Bei näherer Betrachtung hatte das Gerümpel eine gewisse Ordnung. Vor allem gab es einen anscheinend zufällig entstandenen Durchgang, der in einer Art kleinen Hütte endete. Das Dach bestand aus einigen Latten, über die Wellblechstücke gelegt waren. Leda ging hinein. Es war ziemlich dunkel, und ihre Augen brauchten einen Moment, bis sie im Sammelsurium von Kisten, Möbeln und Latten eine Tür entdeckten. Eine schmale Eisentür, ohne Klinke, angerostet, seit Jahrhunderten einen Zugang versperrend. Sie zog ein Paar Gummihandschuhe aus ihrer Tasche und streifte sie über.

Dann versuchte sie, die Tür mit den Händen zu öffnen, doch sie war verschlossen. Gab es einen Schlüssel? Ihre Augen suchten, ihre Hände tasteten die Wände ab, fuhren an der Hausfassade entlang. Nichts! Da entdeckte sie plötzlich einen Nistkasten, der in Brusthöhe an der Wand hing. Sie öffnete ihn und fand einen großen, stabilen Eisenschlüssel. Einer von denen, die in der Phantasie von Kindern Verliese in alten Palästen öffnen konnten.

Er passte. Zu Ledas großer Verwunderung ließ er sich ganz leicht drehen, und mit einem leisen Klicken sprang die schwere Eisentür auf. Die Scharniere waren gut geölt, wie es sich für eine oft benutzte Tür gehörte, damit sie nicht quietschte oder knarrte.

Ledas Herz raste. Eine Treppe führte nach unten, eine, die breiter war, als es die schmale Tür von außen erwarten ließ, mit bequemen Stufen aus solidem Granit. Als sie den Lichtschalter drückte, wurde die Treppe von modernen Leuchten erhellt. Sie blickte nach unten und zögerte. War das der Zugang zum Hades?

Sie überprüfte noch einmal das Schloss und stellte fest, dass es von innen mit einem Zugriegel zu öffnen war. Dann zog sie den Schlüssel ab, damit niemand sie einschließen konnte, sperrte die Tür weit auf, klemmte einen Holzkeil darunter und nahm ihre Pistole aus der Handtasche, auch wenn sie gegen Höllenhunde wenig ausrichten würde. Vorsichtig wagte sie die ersten Schritte nach unten. Ein Deckensims versperrte zunächst den Einblick in den Untergrund, aus dem gedämpftes Licht nach oben drang. Ihr Herz klopfte mit jeder Stufe lauter, als wollte es der dumpfen Stille des Unterirdischen den Rhythmus des Lebens entgegensetzen. Schließlich lag er vor ihr: der Tempel der Panetta.

Er war nicht sehr groß, die Wände und die Gewölbedecke bestanden aus rötlichem, braunem und hellem Backstein, offensichtlich in verschiedenen Epochen entstanden, möglicherweise zum Teil bereits in der Antike, wie Leda aus den geometrischen Mustern schloss. Sorgfältig restauriert, mit einer Klimaanlage versehen, in warmen Rot- und Gelbtönen beleuchtet, wie der Saal eines Museums.

Überall standen und hingen Rosen. Manche Blüten hatten ihre Farbe längst verloren, andere waren frisch und so blutrot wie die oben im Hof, woher sie wohl stammten. Den Steinboden bedeckte ein wunderschöner Teppich, in dessen Mitte das Bild eines riesigen siebenarmigen Leuchters und an dessen Ränder alttestamentarische Szenen und Davidssterne eingeknüpft waren. Auf dem Boden stand ein Leuchter aus Messing. Ein wuchtiger Holztisch an der rechten Wand diente als Ablage: Bücher, Fotoalben und Aktenordner lagen neben einer Silberschale mit Schmuck und einer – nach Ledas Einschätzung – alten und wertvollen Ausgabe des Talmud.

Fassungslos vor Staunen und von einer gewissen Andacht ergriffen, betrachtete Leda jedes Detail. Der Teppich schluckte alle Geräusche ihrer Bewegungen. Vorsichtig nahm sie einen der Ordner, dann einen zweiten und dritten. Die gesamten Unterlagen einer Familie fand sie darin, chronologisch geordnet. Sie begann zu lesen.

Die Familie trug den Namen Di Segni, und ihr hatte früher einmal dieses Haus gehört. Die Chronik reichte bis ins sechzehnte Jahrhundert zurück. Ein Schatz, auf den wohl kaum eine Familie verweisen konnte. Leda blätterte sich fasziniert durch die Seiten, durch Fotos und durch Originaldokumente aus mehreren Jahrhunderten. Eine gläubige jüdische Familie, mehrere Rabbiner in ihren Reihen. Ein Teil von ihnen hatte schon immer dieses Haus in Trastevere bewohnt, ein anderer lebte in den Gassen um die Ecke, und ein dritter Zweig hatte sich nach der Zerstörung des Ghettos im Jahr 1887 auf verschiedene römische Stadtviertel jenseits des Tibers verteilt.

Sogar gezeichnete Stammbäume fanden sich in den Unterlagen. So gut wie alle Nachnamen der israelitischen Gemeinde der Stadt waren darin verzeichnet. Geburts- und Sterbetage jeder Person waren eingetragen, Geburts- und Sterbeorte ebenfalls. Erschüttert las Leda unter manchen Namen aus der Zeit des Zweiten Weltkriegs, dass sie 1944 nach Auschwitz deportiert oder am 24. März 1944 in den Fosse Ardeatine erschossen worden waren. Zwei Namen waren einfach durchgestrichen, ohne Angabe ihres Sterbedatums und Todesortes: Celeste und Stella Di Nepi. Leda wusste, dass sie den Namen Celeste Di Nepi schon einmal gehört hatte, konnte ihn aber nicht einordnen.

Ab Beginn des zwanzigsten Jahrhunderts mehrten sich die Eheschließungen mit Christen. Aufmerksam ging Leda die Unterlagen durch, um einen Hinweis auf die christliche Liliana Panetta zu finden. Ohne Erfolg: dieser Name tauchte in den Abstammungstafeln nirgendwo auf. Ebenso wenig in den Fotoalben, in denen sorgsam die Namen der fotografierten Personen notiert standen, manchmal sogar mit kleinen Kommentaren versehen. Auch hier fiel Leda wieder auf, dass die Namen der beiden Di Nepis durchgestrichen und die Bilder herausgerissen waren. So, als sollten sie aus jeder Form der Familienerinnerung verschwinden. So, als wären sie nie auf der Welt gewesen.

Im letzten Ordner stieß die Kommissarin auf Unterlagen, die das Haus und ihre Eigentümer betrafen. Dort fand sie das Testament eines Ehepaars namens Sara Anticoli und David Sonnino, das die beiden Nichten der Frau, eben Celeste und Stella Di Nepi als Erbinnen einsetzte. Es stammte aus dem Jahr 1943. Laut den beigehefteten Sterbeurkunden hatte sich das Ehepaar im gleichen Jahr vergiftet, nachdem ihr Sohn und einziges Kind, Settimio, als Partisan im Kampf sein Leben gelassen hatte. Ob Celeste und Stella ihr Erbe angetreten hatten, ließ sich den Dokumenten nicht entnehmen.

Leda verglich Handschriften und studierte Briefwechsel, las und las. Schließlich kam sie zu dem Ergebnis, dass Sara Anticoli diejenige gewesen sein musste, die dieses Familienarchiv in mühevoller Kleinarbeit zusammengestellt hatte.

Für die Existenz der Panetta fehlte auch nach gründlichem Studium der Akten jeder Hinweis. Wer in Dreiherrgottsnamen war sie? Wie war sie an dieses Haus gekommen? War sie überhaupt Eigentümerin gewesen? Wo waren die Unterlagen hierzu?

Stundenlang hockte Leda auf dem Teppich in der Mitte dieses eigentümlichen Raums, der ihr so vieles erzählte, aber noch mehr verschwieg. Als sie das erste Mal auf die Uhr schaute, war es bereits ein Uhr mittags. Sie stellte alle Ordner und Alben wieder an ihren Ort und stieg mit steifen Beinen die Treppe hinauf. Als sie in den Hof trat, traf ein Sonnenstrahl ihre Augen, die die Helligkeit des Tageslichts nicht mehr gewohnt waren. Blinzelnd schloss sie die Tür, hängte den Schlüssel wieder an seinen Ort im Nistkasten und brachte den Sarfattis ihren Schlüssel zurück. Den Gewölberaum verschwieg sie ihnen.

»Wussten Sie, dass dieses Haus früher einer jüdischen Familie gehörte?«, fragte Leda den Hausherrn.

»Ja. Die Nachbarn haben es uns erzählt, weil wir ja auch Juden sind.«

»Hat Signora Panetta das Haus von der Familie gekauft?«

»Nein, sie hat es geerbt.«

»War sie mit der Familie verwandt?«

»Ja, irgendwie, ich kenne die Details aber nicht. Jedenfalls war die Erbschaft legal und unbestritten und ihre Schenkung an uns auch.«

»Daran hege ich nicht den geringsten Zweifel. Aber wir müssen schon wissen, wer die Signora war, um ein mögliches Tatmotiv finden zu können«, erklärte sie dem verunsicherten Mann.

Doch er konnte ihr nicht weiterhelfen. Leda gab auf und erkundigte sich, wann die Matratze abgeholt würde. Sie erfuhr, dass es um fünf Uhr so weit sein sollte. Dann komme sie zurück, weil ohne polizeiliche Begleitung niemand den Raum betreten dürfe, sagte sie und verabschiedete sich. Sie brauchte dringend eine Pause, um das Erlebte zu verdauen. Darüber hinaus verlangte auch ihr Magen nach verdaubarer Materie, die er üblicherweise um diese Uhrzeit geboten bekam.

In der Via della Lungaretta, ganz in der Nähe, fand sie auf Anhieb ein Restaurant, das ihr gefiel. Es hieß – wahrscheinlich nach seinem Besitzer – Vincenzo alla Lungaretta, wies eine nicht zu üppige, aber bodenständig römische Speisekarte auf und richtete sich offensichtlich noch an den sogenannten einfachen Mann, denn die Preise hielten sich in sehr erträglichem Rahmen. Und tatsächlich, auf der Straßenterrasse saßen an den Tischen mit den altmodisch karierten Tischtüchern Männer in Arbeitsanzügen, die in der Herbstsonne riesige Portionen Pasta, Fleisch und Salat verdrückten.

Leda setzte sich an einen der Tische, ließ sich vom Ober einen Osso buco empfehlen, bestellte ihn und noch eine kleine Karaffe Colli Albani dazu. Das war der Hauswein, und er kam ihr zupass.

Die Beinscheibe war anders, als Leda sie bisher kannte, nicht gebraten und in einer Tomatensoße geschmort, sondern nur mit Sellerie und Möhren zubereitet, schmeckte aber köstlich. Ihre Befürchtung, der grässliche Leichengeruch könnte sich negativ auf ihren Appetit auswirken, bestätigte sich in keiner Weise.

Allerdings taumelten die Gedanken wie betrunken durch ihren Kopf. Jede Schlussfolgerung, die sie zog, kippte sofort vom gerade gespannten Seil der Logik. Nichts passte zusammen. Der Dschungel von Fakten wurde immer rätselhafter.

XIX Leda traf Pater Tommaso, den Pfarrer von San Benedetto in Piscinula, in seiner kleinen Kirche an. Gerade führte er eine Gruppe wissbegieriger Damen mittleren Alters durch den Innenraum des romanischen Gotteshauses mit der neoklassizistischen Fassade und dem kleinsten Glockenturm Roms und bat die Kommissarin um ein paar Minuten Geduld. Mit halbem Ohr lauschte sie seinen Ausführungen über den sogenannten Cosmatenfußboden. Von der Künstlergruppe der Cosmaten hatte Leda noch nie etwas gehört, bestaunte aber den kunstvollen Mosaikboden mit geometrischen Mustern.

Pater Tommaso war bestürzt von der Nachricht, dass Liliana Panetta ermordet worden war. Leda konnte nicht genau einschätzen, ob der Verlust des Gemeindemitgliedes oder die künftig womöglich ausbleibende Spende für die Kirche die Ursache seines traurigen Gesichts war. Als sie allerdings erzählte, dass Signor Sarfatti auch weiterhin die jährliche Summe begleichen würde, atmete der Geistliche sichtlich erleichtert auf. Über die Panetta selbst wusste er gar nichts, außer dass sie jeden Morgen zur Andacht erschienen war. Mehrfach habe er sie besuchen wollen, doch sie habe immer dankend abgelehnt, genau wie alle anderen Angebote der Kirche für alte Menschen. Sie habe auch nie mit jemandem gesprochen, nie gebeichtet und sei nie in Begleitung erschienen. Zumindest solange er das Glück habe, in dieser wunderbaren Kirche arbeiten zu dürfen, und das seien jetzt immerhin auch schon fünfzehn Jahre. Er habe sogar einmal mit seinem Vorgänger, Pater Emilio, über die Panetta gesprochen. Sie sei ja schließlich einer der wenigen Menschen gewesen, die überhaupt noch morgens zur Andacht kämen. Und außerdem diese hohe Spende von einer so armen Frau! Das sei ihm schon merkwürdig vorgekommen. Pater Emilio hätte ihm nur geantwortet: »Ihre Seele ist mit schwerer Schuld beladen. Aber der Herr hat ihr verziehen, weil sie bereut hat, wie kaum ein anderer Mensch auf Erden.«

Der Mörder besaß offensichtlich nicht die Großzügigkeit Gottes. Hatte er sie aus dem gleichen Grund umgebracht, für den sie beim König des Himmels, der Jungfrau Maria, den Heiligen und den Priestern der katholischen Kirche um Vergebung gebeten und vielleicht die Absolution erhalten hatte?

Auf Ledas Drängen hin begleitete Pater Tommaso sie zu Pater Emilio, der in der Obhut seiner Nichte bei guter körperlicher Gesundheit, aber – was Gegenwartsfragen betraf – inzwischen schwachem Geist der Erlösung vom menschlichen Dasein entgegenlebte. In einem Häuschen nicht weit entfernt, wo er vor fast einhundert Jahren geboren worden war. Immerhin erkannte er seinen Nachfolger und freute sich über dessen Besuch. Leda begrüßte er freundlich, bezeichnete sie als »meine Tochter«, obwohl sich die Kommissarin keines Verwandtschaftsverhältnisses bewusst war. Die Todesnachricht der Panetta nahm er lächelnd hin. Er erinnerte sich sehr genau an dieses Schaf seiner Herde.

»Nun wird Gott das Schicksal dieser Verirrten in die Hand nehmen. Ihr Gott, unser Gott, unser aller Gott«, murmelte er und schien damit recht zufrieden zu sein.

»Welche Schuld hatte sie denn auf sich geladen?«, fragte Leda.

Da lächelte der alte Mann wieder.

»Sie hat gebeichtet, und der Herr hat ihr vergeben«, erhielt sie als Antwort.

»Was hatte sie mit den Juden zu tun?«, wollte Leda wissen.

»Sie kam erst spät zu unserem Glauben. Aber wir freuten uns, sie begrüßen zu dürfen. Sie glaubte an Jesus, den

Erlöser. Er selbst stammte ja auch aus einer jüdischen Familie.«

»Sie war also früher Jüdin?«

In Ledas Kopf wirbelten die Gedanken durcheinander, und plötzlich sah sie eine Verbindung. Der Keller, das Testament!

»Hieß sie früher Celeste Di Nepi?«, tippte sie.

»Nein, Stella«, erwiderte der alte Priester.

»Was hat sie getan? Ich muss es wissen. Drei Menschen wurden ermordet. Vielleicht hat es etwas mit ihrer Tat zu tun?«, bettelte Leda, obwohl sie genau wusste, dass der Priester ihr Anliegen nicht erhören würde.

»Sind Sie Katholikin?«, fragte er sie mit einem so gewinnenden Lächeln, dass sie den Glauben wahrscheinlich angenommen hätte, wenn sie nicht schon als Säugling darauf getauft worden wäre. Sie nickte.

Der alte Mann antwortete nicht, sondern lächelte sie nur weiter an. Doch sie kannte die Antwort: Das Beichtgeheimnis verbot ihm jegliche Stellungnahme zu ihrer Frage.

»Wann konvertierte Stella?«

»Ich weiß nicht mehr genau. Gleich nach dem Krieg, denke ich.«

»Hat sie Angehörige?«

»Sie war eine verlorene Seele. Gott ist ihr Vater.«

Ob Pater Emilio nichts weiter sagen wollte oder durfte, blieb Leda verborgen; jedenfalls versiegte die Quelle. Aber sie hatte bereits Informationen hervorgesprudelt, die Leda überaus wertvoll erschienen.

Vor allem quälte der Name Di Nepi sie mehr und mehr. Sie kam einfach nicht darauf, in welchem Zusammenhang sie den Namen bereits gehört hatte. Hilfe suchend sah sie Pater Tommaso an, doch der zuckte bedauernd mit den Schultern. Er konnte auch nicht weiterhelfen.

Zum Abtransport der Matratze erschienen zwei finster aussehende Gestalten, die sich wortlos im kargen Raum umsahen, feststellten, dass es hier nichts weiter zu entrümpeln gab, und anschließend mit angehaltener Luft die Bettauflage angewidert auf die Ladefläche ihres klapprigen Lastwagens warfen. Das alles dauerte knapp zehn Minuten, dann erhielten die beiden Männer einhundert Euro von Signor Sarfatti und verschwanden, und Leda schloss den Raum wieder ab.

Da Signor Sarfatti über keinen Internetanschluss verfügte, begab sich Leda in ein kleines Internetcafé, um an das Wissen der Welt zu gelangen. Umgeben von jungen Leuten, die entweder mit Joysticks und Tastaturen virtuelle Feinde bekämpften, elektronische Konversation mit unbekannten Freunden in Chaträumen pflegten oder E-Mails checkten und beantworteten, loggte sich Leda in eine Suchmaschine ein. Über zweihundertfünfzig Einträge wurden ihr zum Stichwort »Celeste Di Nepi« angezeigt. Sie öffnete den ersten Link, las ein paar Sekunden, und auf einmal öffnete sich in ihrem eigenen Kopf die Tür zur Erinnerung.

»Pantera nera«, Schwarzer Panther – so hatten die Menschen im Ghetto die einst wunderschöne, dunkelhaarige Frau genannt. Sie war eine von ihnen, jung und lebenslustig, und sie wollte vor allem ein angenehmes Leben führen. Als Jüdin standen die Chancen dafür unter Mussolini und bis zum Ende der deutschen Besatzung Italiens 1944 ziemlich schlecht. Ob es Liebe war oder nur der Wunsch nach einem guten Leben, jedenfalls erwählte Celeste Di Nepi einen Adjutanten des römischen Polizeichefs, der dem Kommando der SS unterstand, zu ihrem Liebhaber. An ihn verriet sie ihre Glaubensbrüder und -schwestern. Da diese häufig untergetaucht und von christlichen Italienern nicht zu unterscheiden waren, gab Celeste den SS-Leuten ein Zeichen, wenn sie einen jüdischen Freund oder Bekannten traf und mit ihm oder ihr freundlich plauderte. Wenig später wurden sie abgeführt.

Viele von ihnen wurden nach Auschwitz deportiert und ermordet, andere in den Ardeatinischen Höhlen erschossen, als Racheakt für einen Partisanenanschlag in der Via Rasella gegen die SS. Sogar ihren Vater und ihre Cousins führte sie der SS zu. Außer von der Liebe des Adjutanten wurde sie auch von einem wahren Geldsegen überschüttet. Denn auf jeden ergriffenen Juden war ein hohes Kopfgeld ausgesetzt.

Nach dem Krieg zu lebenslanger Haft verurteilt, kam sie aber dank einer Amnestie bereits nach wenigen Jahren frei. Noch während der Haftzeit konvertierte sie zum Katholizismus. Unter falschem Namen tauchte sie unter und lebte an unbekanntem Ort unbehelligt in Freiheit. Ob sie noch lebte, konnte Leda auch übers Netz nicht in Erfahrung bringen. Dass die »Pantera nera« eine Schwester hatte, war der Kommissarin gänzlich unbekannt gewesen, und in den Links fand sie keinen Hinweis darauf. Deshalb ließ sich nicht feststellen, ob auch Stella sich an Verbrechen dieser Art schuldig gemacht hatte oder nicht.

Nach Ledas Meinung sprach einiges dafür, denn genau wie Celeste war auch Stella zum Katholizismus übergetreten – vermutlich weil die Kirche ihnen den Schutz bot, den sie nirgendwo anders fanden. Von der jüdischen Gemeinde wären sie für den Rest ihres Lebens ohnehin gemieden worden. Weiter bot ihnen die katholische Beichte die Vergebung, die andere Religionen nicht kannten. Stella jedenfalls schien mit ihrer Lebensführung Buße zu tun – bis hin zu einer Art Absolutionszahlung in Form der jährlichen Spende und das Hausgeschenk an die jüdische Familie Sarfatti, denn bei Licht betrachtet, war es angesichts der geringen finanziellen Belastung ein solches.

Grübelnd saß Leda vor dem Bildschirm. Für ihren Nachbarn sah es offensichtlich so aus, als käme sie mit der modernen Technologie nicht zurecht.

»Signora, kann ich Ihnen helfen?«, fragte der junge Mann höflich.

»Vielen Dank. Ich glaube kaum. Das Problem ist zu groß, größer als wir beide zusammen«, antwortete sie und erntete einen erstaunten Blick.

Als sie aus dem Internetcafé auf die Straße trat, befiel sie ein Gefühl diffuser Angst. Angst vor Mächten, die sie weder im Griff hatte noch lenken konnte. Solche, die seit Jahrhunderten, nein, seit Jahrtausenden ihr Unwesen trieben, die die Menschheit dazu brachten, sich gegenseitig umzubringen. Mächte, denen der Tod näher war als das Leben. Sie fühlte sich ihnen plötzlich hilflos ausgeliefert und spürte sie ganz dicht bei sich. So als wollten sie ihr signalisieren, sie solle die Finger von ihren Nachforschungen lassen.

Leda lief los, um auf andere Gedanken zu kommen. Irgendwohin, planlos. Sie überquerte die Tiberinsel und stand plötzlich vor der Synagoge. Sie zitterte. Welcher höhere Plan hatte sie hierher gelenkt? Welche Mächte zwangen sie, Fragen zu stellen, die für sie bis heute nie eine wesentliche Rolle gespielt hatten?

Sie atmete tief durch und versuchte sich wieder in den Griff zu bekommen. Konnte ihr das alles nicht eigentlich egal sein? Sie hatte Urlaub. Wenn sie jetzt die Synagoge besuchte, dann allein deshalb, weil sie noch nie drinnen gewesen war. Sie suchte nach dem Eingang und stellte fest, dass man nur durch das hebräische Museum hineinkam, und das auch nur mit einer Führung.

Der Mann vor dem Gittertor, der in die Handtaschen der Damen schaute, erblasste, als er Ledas Pistole entdeckte. Sie entschuldigte sich, weil sie vergessen hatte, ihn auf ihren Beruf und das Mitführen der Waffe vorzubereiten. Rasch versuchte sie diesen Fehler durch das Vorzeigen ihres Polizeiausweises wiedergutzumachen. Ohne Erfolg. Der Mann begann hektisch zu telefonieren, buchstabierte seinem Gesprächspartner ihren Namen, wiederholte ihn mehrmals und würdigte sie dabei keines Blickes. Es dauerte keine zwei Minuten, da fuhren zwei Streifenwagen vor, und vier uniformierte Polizisten sprangen heraus, stürmten auf sie zu und rissen ihr die Handtasche von der Schulter. Dann musste Leda die gesamte ihr ach so bekannte Prozedur der Personenüberprüfung über sich ergehen lassen. Die Kollegen erledigten ihre Arbeit schnell und schnörkellos. Leda schwieg. Die Angelegenheit war ihr überaus peinlich. Für wie dumm mussten sie sie halten! Sobald sie sich Klarheit darüber verschafft hatten, dass es sich bei der Frau mit Pistole tatsächlich um eine Hauptkommissarin der römischen Polizei handelte und sie nicht in böser Absicht gekommen war, entspannten sich ihre Mienen.

»Entschuldigung, Commissaria Giallo, aber wir müssen bei dem kleinsten Verdacht auf ein Attentat sofort durchgreifen. Hier könnte sonst wirklich etwas passieren. Sind Sie dienstlich hier?«

»Nein, privat. Ich habe Urlaub und vergessen, die Waffe aus der Tasche zu nehmen. Möchten Sie sie während der Synagogenbesichtigung in Ihre Obhut nehmen?«

»Nein, vielen Dank, das ist nicht nötig. Aber vielleicht denken Sie das nächste Mal daran, dass Sie die Waffe in der Tasche haben. Und im Urlaub sollten Sie sie auch rausnehmen«, meinte einer von ihnen augenzwinkernd.

»Ich verspreche es hoch und heilig. Und bitte entschuldigen Sie meine Nachlässigkeit.«

Der Vorfall brachte Leda mit Schwung auf den Boden der Realität zurück. In ein Hier und Jetzt, wo die Polizei als Schutzmacht erschien, um einem Gotteshaus und seinen Besuchern mögliche Angriffe zu ersparen. Angriffe, wie sie in der Geschichte der Juden fest verankert waren. Dass sie hier in Italien so viele Jahre nach dem Zweiten Weltkrieg noch immer Feindseligkeiten fürchteten, erschütterte Leda.

Als die Führerin in der Synagoge auf die Lebenssituation der Juden in Italien und speziell in Rom zu sprechen kam, wo sie jahrhundertelang von einer Mauer umgeben im Ghetto leben mussten, fragte Leda sie, ob die jüdischen Mitbürger Angst vor Anschlägen hätten. In diesem Moment fühlte sie die Blicke aller Gruppenteilnehmer auf sich gerichtet, und ein Gemurmel ging durch die Synagoge. Die Menschen misstrauten ihr, sie sah und spürte es genau. Auch die Führerin stockte einen Moment, bevor sie antwortete, und blickte Leda erschrocken an.

»Unsere Einrichtungen sind bedroht. Leider. Aber schauen Sie sich doch nur die Situation an. Faschisten hissen an öffentlichen Orten die Fahnen der Nazis und werden nicht daran gehindert. In ganz Europa spüren wir wachsenden Antisemitismus. Rechte schreien: Ausländer und Juden raus! Italien bildet da keine Ausnahme. Die überwiegende Mehrheit unserer Landsleute denkt nicht so. Im Gegenteil, sie haben uns während des Krieges geholfen, wo immer sie konnten. Viele Priester riskierten gerade hier in Rom ihr Leben für uns, als sie uns vor der SS versteckten. Aber bis heute gibt es eine Minderheit, die uns weghaben will. Im Zweifel mit Gewalt. Vor denen müssen wir geschützt werden«, erklärte die Frau mit einem Lächeln, das Leda bitter erschien, so als schmerze sie die Unwissenheit dieser Rothaarigen.

Nach der Führung versuchte Leda mit der Frau noch über die Zeit der deutschen Besatzung ins Gespräch zu kommen. Doch ohne Erfolg: sie war mit ihrer Familie erst in den sechziger Jahren aus Syrien nach Italien eingewandert und konnte deshalb nichts dazu sagen. Bei den Museumsangestellten stieß die Kommissarin auf entsetztes Schweigen, als sie den Namen Celeste Di Nepi nannte. Nein, die kenne man hier nicht. Falls es sie wirklich interessiere, möge sie sich bitte an das hebräische Kultur- und Dokumentationszentrum in Trastevere wenden. Leda sah in ihren Augen, dass sie es wussten, aber nichts sagen wollten.

Es war bereits nach sechs Uhr, als sie ankam. Auch dort stand Polizei vor der Tür, unauffällig, aber eindeutig. Ihre Tasche wurde nicht kontrolliert, dennoch zog sie es vor, die Kollegen vorab über sich, ihre Bewaffnung und über ihre Absicht zu informieren, im Kulturzentrum Auskünfte einzuholen.

Die Direktorin des Dokumentationszentrums, Benice Millu, war sehr auskunftsfreudig, solange Leda allgemeinere Fragen zur Situation der Juden in der Kriegs- und Nachkriegszeit stellte. Als sie aber die Rede auf die Di-Nepi-Schwestern und ihre Kollaboration mit der SS lenkte, behauptete auch die renommierte Historikerin, den Namen nicht zu kennen. Leda verstand die Scham der Menschen, ein solches Monster in den eigenen Reihen gehabt zu haben. Doch sie erklärte ihr, dass sie für die Aufklärung des Mordes an Stella Di Nepi dringend wissen müsse, ob auch sie sich des Verrates schuldig gemacht habe.

»Stella Di Nepi, sagten Sie? Ich schaue mal in unseren Unterlagen nach«, gab die Direktorin vor und verschwand in einem anderen Raum.

Mit leeren Händen kehrte sie kurz darauf zurück und hatte dennoch Informationen für Leda. Nämlich alle die, die in ihrem Kopf eingelagert waren. Wahrscheinlich schon in den Köpfen ihrer Eltern, Geschwister, Tanten, Onkel und Cousinen. In den Köpfen all jener, die in den Kriegsjahren unter der Verfolgung in Rom gelitten hatten, die Opfer des Verrats geworden waren und die es ihren Kindern erzählt hatten.

»Stella Di Nepi wurde nach dem Krieg zu fünf Jahren Gefängnis wegen Kollaboration verurteilt, infolge derer drei jüdische Mitbürger den Tod fanden. Sie kam bereits nach einem Jahr wieder frei und trat zum katholischen Glauben über. Seitdem hatte sie nichts mehr mit der israelitischen Gemeinde zu tun.«

»Wussten Sie, dass Stella die letzten vierzig Jahre hier in der Nachbarschaft gewohnt hat, keine hundert Meter entfernt?«

Die Wissenschaftlerin riss ihre Augen weit auf. »Hier im Viertel? Aber sie stammte doch aus dem Ghetto und ist nach der Entlassung aus der Haft in die Berge gezogen, hieß es.«

»Das kann sein. Aber sie und Celeste hatten ein Haus von Verwandten geerbt. Dort lebte Stella als Liliana Panetta wie eine Nonne, zurückgezogen und ärmlich. Der Pfarrer sagte mir, sie habe ihre Taten sehr bereut.«

»Das kann sein. Und sie wurde ermordet? War deshalb heute Morgen die Straße abgesperrt?«

Leda nickte. »Allerdings wissen wir nicht, wer die Tat begangen hat. Haben Sie eine Idee?«

»Meinen Sie vielleicht ein Familienmitglied oder eines ihrer Opfer? So viele Jahre danach? Die Schwestern waren damals sehr jung, und vielleicht wussten sie auch gar nicht genau, was sie mit ihrem Verrat anrichteten. Celeste wollte gut leben und den Männern gefallen. Sie war schön, begehrt und bekam für damalige Verhältnisse viel Geld für ihre Informationen. Die Jüngere, Stella, machte es der Älteren nach, weil sie sie bewunderte. Ich kann mir gut vorstellen, dass die beiden ihre Taten zutiefst bereuten, nachdem sie begriffen hatten, was sie eigentlich getan hatten. In den letzten Jahrzehnten wurde nicht mehr über sie gesprochen. Ich denke, niemand wollte daran erinnert werden, und so gerieten sie in Vergessenheit. Irgendwann habe ich mal gehört, Celeste sei gestorben. Um das Schicksal Stellas hat sich niemand mehr gekümmert.«

»Sagt Ihnen der Name Franco Bardi etwas?«

»Selbstverständlich. Vor allem Giuseppe Bardi, sein Vater. Er profitierte von unserem Leid.«

»Was heißt das?«

»Nach dem Erlass der Rassengesetze 1938 fielen viele jüdische Familien in ein wirtschaftliches Loch. Sie durften ihre Berufe nicht mehr ausüben, es fehlte das Einkommen. Die Folge: Sie mussten ihre Wohnungen und Häuser verkaufen, und zwar weit unter ihrem tatsächlichen Wert. Bardi verfügte über glänzende Beziehungen zu den Gerichtsvollziehern. Bevor vollstreckt wurde und die Immobilien unter den Hammer kamen, ging er zu den Betroffenen und bot ihnen an, die Schulden zu begleichen, legte noch etwas obendrauf, schloss einen einwandfreien Kaufvertrag mit den armen Leuten, und sie waren ihr Eigentum los. Nach dem Krieg versuchten viele, ihr ehemaliges Hab und Gut einzuklagen. Doch die Gerichte gaben Bardi recht, an den Verträgen war nicht zu rütteln. Er konnte alles behalten und wurde immer reicher. Sein Sohn wurde auch umgebracht, nicht wahr?«

Leda nickte stumm. Sie fand keine Worte für die Ungeheuerlichkeiten, die da geschehen waren. Zwei Menschen, die den Juden Böses angetan hatten, waren tot. Waren die Morde Racheakte eines Juden? Ein Jude als Täter? Sie wagte es kaum zu denken, geschweige denn zu sagen. Die Ermordung des Neofaschisten Borghese passte ebenfalls ins Bild.

»Alle Zeichen deuten auf einen Racheakt hin, nicht wahr? Jemand aus unserer Glaubensgemeinschaft ...?«, sprach die Direktorin Ledas Gedanken aus.

»Ich weiß nicht. Es könnte durchaus so sein. Haben Sie eine Idee, was die Buchstabenkombinationen PAG, GPA oder GAP bedeuten könnten?«

»Nun ja«, meinte Benice Millu. »GPA bedeutet Giunta provinciale amministrativa, und GAP ist die Abkürzung für Gruppi di azione patriottica, also patriotische Aktionsgruppen.«

Wieder blitzten in einem weit entfernt liegenden Winkel

von Ledas Gehirn Erinnerungsfetzen auf, ohne sich jedoch zu konkretisieren. Mit bittendem Blick bat sie die Historikerin, ihr auf die Sprünge zu helfen.

»Die GAP wurden 1943 von der kommunistischen Partei als bewaffnete Widerstandsgruppen gegen die deutschen Besatzer und die italienischen Faschisten gegründet. Ihre Mitglieder, die ›gappisti‹, agierten in den Städten. Sie führten Sabotageakte durch, griffen faschistische und nazistische Truppen an und lebten unter strengster Geheimhaltung im Untergrund. Sie waren es, die am 23. März 1944 das Bombenattentat auf das SS-Regiment Bozen in der Via Rasella verübten. Daraufhin verfügte Hitler persönlich, dass für jeden Getöteten zehn Italiener in den Ardeatinischen Höhlen hingerichtet werden sollten. Da weder die Gestapo noch die SS genügend Personen in ihren Foltergefängnissen einsitzen hatten, erteilte SS-Chef Herbert Kappler dem römischen Polizeichef Pietro Caruso den Befehl, weiteres ›Menschenmaterial‹ zu besorgen. An dieser Stelle waren dann die Schwestern Di Nepi gefragt und verrieten wie gesagt unsere Leute. Dem Massaker in den Fosse Ardeatine am 24. März 1944 fielen schließlich dreihundertfünfunddreißig Menschen zum Opfer, auch Kinder. Soweit ich weiß, hatte keiner von ihnen etwas mit dem Anschlag zu tun.«

Plötzlich fügten sich die verschiedenen Teile des Mordpuzzles zusammen. Leda wurde klar, dass alle Taten denselben Ursprung hatten: die Zeit des Faschismus unter Mussolini und der neunmonatigen deutschen Besatzung Roms. Alle Menschen der Stadt hatten damals furchtbar gelitten, physisch und psychisch. Viele starben, weil sie aus dem Widerstand heraus versuchten, die Besatzer zu schwächen und zu vertreiben, und dabei gefasst wurden. Andere starben, weil sie den falschen Glauben hatten, in den Vernichtungslagern der Nazis. Ein Betroffener hatte all das bis heute nicht vergessen können. Und jetzt, über sechzig Jahre später, wo der neofaschistische Mob wieder an öffentlichen Orten wütete, war die Erinnerung an die damaligen Leiden in unvorstellbaren Hass gegen die Täter von einst und ihre geistigen Enkel von heute umgeschlagen. Und so war der Mörder vom Opfer zum Täter geworden.

»Verheilen die Wunden der Betroffenen, oder bluten sie für immer?«, fragte Leda.

»Das ist bei jedem unterschiedlich, aber irgendetwas ist bei allen zurückgeblieben.«

Die Dunkelheit hatte sich inzwischen wie ein Vorhang über die Stadt gelegt. Als Leda ziellos durch die Straßen und Gassen irrte, auf denen Frauen mit Einkaufstaschen ihre schreienden Kinder hinter sich herzogen und Herren in dunklen Anzügen den Ärger des Alltags nach Hause trugen, schienen ihr an jeder Ecke Verdruss und Hass zu begegnen. Wie viel davon gab es? Konnte er sich über Generationen halten und so stark wachsen, dass er mehr als ein halbes Jahrhundert später einen Racheakt forderte? Mit jedem Schritt wurde sie sich sicherer, dass es sich um einen solchen handelte. Aber welches war das auslösende Moment? Es musste etwas geschehen sein, was das im Tiefen verborgene Hassgefühl an die Oberfläche und zum Ausbruch gebracht hatte.

Leda fröstelte und fragte sich zum x-ten Mal an diesem Tag, warum sie sich dieser Tortur aussetzte. Sie hatte Urlaub und war in die Unterwelt gereist. Sie brauchte jetzt nichts mehr als die Wärme der Lebenden.

»Leda, um Gottes willen, wo steckst du?«, hörte sie Paolos besorgte Stimme am Telefon. »Wir haben den ganzen Tag versucht, dich zu erreichen. Dein Telefonino war aus.«

»Ich bin in Trastevere und weiß nicht, wo ich hin soll.«

Als Paolo sie zu Hause unter tausendfachen Entschuldigungen in die Arme schloss, kam sie sich lächerlich vor. Wie klein war ihr Problem angesichts dessen, was sie erfahren hatte. Paolos Verrat betraf nur ihre Eitelkeit. Der Verrat, von dem Benice Millu berichtet hatte, betraf Menschen, die mit dem Leben dafür bezahlen mussten. Tränen liefen ihr über das Gesicht, Tränen der Erschöpfung, Tränen der Verzweiflung und Tränen der Angst davor, dass die Grauen der Geschichte noch längst nicht Vergangenheit waren. Paolo war verzweifelt, weil er glaubte, dass sie seinetwegen weinte.

»Leda, bitte verzeih mir. Ich wollte dich nicht verletzen. Ich habe nur ...«

»Es ist nicht deshalb. Es hat gar nichts mit dir zu tun. Verzeih mir, ich habe wirklich übertrieben reagiert.«

In diesem Moment kam Marco aus seinem Zimmer.

»Mamma, wie siehst du denn aus? Was ist passiert?«

»Wir haben noch eine Leiche und einen dritten Buchstaben. Ich weiß jetzt, was sie bedeuten«, antwortete Leda. »GAP, das ist die Abkürzung für Gruppi di azione patriottica.«

»Ich weiß, das haben wir in der Schule gelernt, das sind die Widerstandskämpfer gewesen. Wir waren mit der Klasse noch kurz vor dem Abitur in dem neuen Museum in Trastevere und haben einen Vortrag darüber gehört«, erklärte Marco, und Leda sah ihn erstaunt an.

»Dort gibt es ein Museum, das sich mit der Resistenza, der Widerstandsbewegung beschäftigt?«

»Na ja, es ist mehr ein Dokumentationszentrum. Echt interessant. Sogar unser Geschichtslehrer hat noch viel Neues gelernt. Der Leiter war selbst im Widerstand.«

»Wie alt ist er denn?«

»Keine Ahnung, uralt, aber topfit. Der hat alles im Kopf, was damals passiert ist.«

»Mein Gott, dann hätte ich nur dich fragen müssen und

mir viel Arbeit erspart«, meinte Leda und betrachtete ihren Sprössling stolz.

»Die jungen Leute sind viel besser als ihr Ruf!«, merkte Marco mit Genugtuung an und verabschiedete sich, um Freunde in der Stadt zu treffen.

»Bleibst du jetzt, oder fährst du wieder nach Lavinio, weil du doch Urlaub hast?«, fragte er beim Hinausgehen.

»Ich bleibe hier.«

Nach einer ausführlichen heißen Dusche machte sich Leda über einen Teller Pasta her, die Paolo für sie gekocht hatte. Dazu ein, zwei Gläser Rotwein, und Leda fühlte sich gleich viel besser. Ausführlich berichtete sie ihrem Lebensgefährten von den neuesten Ereignissen. Er reagierte ziemlich verärgert, weil Polizeipressesprecher Bruno Lerner ihn angelogen und ihm zwar von der Toten in Trastevere erzählt, aber behauptet hatte, es sei keine Fremdeinwirkung im Spiel gewesen. Leda beruhigte ihn, denn sie nahm an, dass Lerner nur gesagt hatte, was er wusste. Sie vermutete, dass Raimondi nicht Zielscheibe der Presse werden wollte.

»Mag sein«, murmelte Paolo. »Wenn deine Annahme stimmt, dann geht die Identifikation des Täters mit dem damals erlittenen Leid der Verfolgten so weit, dass es zu seinem eigenen wurde. Aus Altersgründen kann kein Betroffener selbst die Morde begangen haben. Denn einem über Achtzigjährigen fehlt die Kraft, einen jungen, durchtrainierten Mann wie Borghese zu überwältigen oder einen Balkon hochzuklettern. Wir können also guten Gewissens unterstellen, dass der Täter ein ziemlich junger Mann ist, der im tatsächlichen oder vermeintlichen Auftrag einer wesentlich älteren Person gehandelt hat.«

Paolo dachte kurz nach und nippte an seinem Rotwein.

»Eine alte Familiengeschichte beispielsweise«, fuhr er dann fort. »Lass die Großeltern Kommunisten oder Juden oder beides gewesen, lass einen im Widerstand gestorben sein.

Die Nachkommen wachsen im Bewusstsein von Leid und Verlust auf, von Unmenschlichkeit und Ungerechtigkeit, von Ohnmacht und ungesühnten Taten. Sie misstrauen dem Staat und der Gesellschaft, die die Schuldigen weitgehend unbehelligt ließ. Und dann taucht das Phänomen, das damals zur familiären Katastrophe führte, plötzlich wieder auf – der Neofaschismus. Mit ihm alle Ängste, alle Verzweiflung. Dass dann ein junger, noch ungefestigter Mensch glaubt, er müsse für die Eltern und Großeltern im Nachhinein Vergeltung üben, kann ich mir vorstellen.«

»Also suchen wir nach dem Enkel eines Gappisten.«

»Jedenfalls nach einem, der eine enge Verbindung dazu hat.«

»Aber davon gibt es Hunderte oder sogar Tausende«, stöhnte Leda.

Dann erzählte ihr Paolo, dass es gestern – nach seinen unzweifelhaft zuverlässigen Informationen aus der Questura – zu einem Riesenkrach zwischen Polizeipräsident Libero und Vicequestore Raimondi wegen unterschiedlicher Auffassungen über eine mögliche Lösung der Mordfälle gekommen sei. Von einer Aufklärung war man offenbar weiter entfernt denn je, und Leda empfand eine Genugtuung wie selten in ihrem Leben.

XX

Acht Stunden Tiefschlaf in den Armen des irgendwie doch geliebten Mannes, und Leda fühlte sich am nächsten Morgen erholt. Paolo hatte das Haus schon verlassen, und Marco schlief noch, als sie vom Klingeln des Telefons erwachte.

»Was auch immer du in deinem Urlaub treiben magst – ich denke, es interessiert dich, dass die Panetta mit dem gleichen Mittel betäubt wurde wie die anderen«, tönte ihr Leo Amatos Stimme ins noch ruhebedürftige Ohr. »Ein waschechter Serienmord, wie wir es noch nie hatten. Raimondi behauptet, da sei ein psychisch Durchgeknallter am Werk, ohne Verstand und System. Mit den Buchstaben halte er uns nur zum Narren. Libero dagegen hat im Gefühl, dass es um mehr geht. Und was meinst du?«

»Ich meine, dass ich Urlaub habe und jeden glauben lasse, was er will. Die beiden sollen sich meinetwegen mit Florett oder Feuerwaffe duellieren, wie es sich für echte Männer geziemt«, antwortete Leda. »Erzähl mir mehr von diesem Mörder. Wie ist er, warum mordet er? Was hast du noch Besonderes an den Leichen gefunden?«

»Borghese hatte ein paar Hämatome im Genick, weil der Killer ihn zwecks Betäubung sehr fest gehalten hat. Den beiden anderen muss er das Mittel beim Schlafen ins Gesicht gesprüht und sie dann mit ihren Kopfkissen erstickt haben. Keine Spuren von Gegenwehr, weil die Opfer vor dem Eintritt ins Nirwana kenntnisreich betäubt wurden. Entweder aus Respekt vor der Kreatur oder aus Bequemlichkeit. Er hat den Opfern jedenfalls Dosen verpasst, die Elefanten umhauen würden. Wusstest du eigentlich, dass der Faschist heute beerdigt wird? Um zwei Uhr auf dem Hauptfriedhof.

Aber wahrscheinlich interessiert dich das gar nicht, weil du Urlaub hast.«

Leda lachte nur. Leo kannte sie gut! Aber sie wusste es bereits von Raffaella und Ugo.

Bevor sie losfuhr, schlang sie sich ein großes, schwarzes Seidentuch à la Audrey Hepburn um den Kopf. Ihre roten Locken waren zu auffällig, um von Kollegen und anderen unentdeckt zu bleiben. Mit Hilfe einer großen Sonnenbrille vervollkommnete sie ihre Verkleidung.

Vor dem Friedhof wehten Fahnen, die Leda lieber nicht gesehen hätte. Ein Heer von Rechtsradikalen grölte zwischen den Blumenständen auf dem Vorplatz herum, schüttete Alkohol in sich hinein und wartete nur darauf, von einer beinahe ebenso großen Anzahl Polizisten in eine Prügelei verwickelt zu werden.

Schlappschwänze seien sie, unfähig, den Mörder ihres Kameraden dingfest zu machen, war zu hören. Doch hinter den durchsichtigen Schutzschilden und undurchsichtigen Helmen blieb es ruhig. Jede Seite belauerte die andere, testete die Grenze des Gegners aus. Die Blumenfrauen schauten ängstlich hinter ihren bunten Blütenbergen hervor und fragten sich, wann wohl der Krieg beginnen würde, der ihre Stände zerstörte.

Plötzlich erklang eine sonore Stimme aus einem Megafon: »Ave, Kameraden. Wir sind hier, um unserem Freund Michele Borghese das letzte Geleit zu geben. Ein Feind ist für seinen Tod verantwortlich, und der Staat ist nicht in der Lage, seinen Mörder zu finden. Am liebsten würden wir aufbegehren. Dann käme es zum Kampf. Doch Michele hat ein Recht auf eine würdige und ruhige Beerdigung. Dies ist der Wunsch seiner Familie, die auf unserer Seite steht. Wir werden ihn respektieren.«

»Das ist der Deal, den Libero, die Stadt und die Fußballclubs mit den Rädelsführern geschlossen haben. Sonst gibt es angeblich tatsächlich für immer Stadionverbot. Mal sehen, ob es klappt«, vernahm Leda plötzlich Roncallis Stimme neben sich, der sich kein bisschen wunderte, sie hier zu sehen. »Ich hätte Sie beinahe nicht erkannt. Sie sehen aus wie eine trauernde Filmdiva inkognito«, meinte er mit einem anerkennenden Grinsen. »Gut, echt gut!«

»Danke. Sind Borgheses Eltern auch hier?«, wollte Leda wissen.

»Da hinten stehen sie, mitten im Pulk der Schwarzhemden.«

Roncalli wies auf eine Gruppe direkt vor dem Haupteingangstor. Seine Augen wanderten gleich denen eines Adlers auf der Suche nach Beute über die Menge. Er nahm sein Multifunktions-Telefonino neuester Bauart aus der Jackentasche, diktierte Namen auf die Festplatte und fotografierte unauffällig. Offensichtlich hatte sich alles mit Rang und Namen aus der rechten Szene eingefunden, und Roncalli war in seinem Element.

Leda blickte über die Menschenansammlung hinweg und überlegte, ob Claretta wohl kommen würde, um ihrer großen Liebe ein Addio mit auf den Weg ins Nirgend- oder Anderswo zu geben. War sie durch diese Beziehung mit Borghese selbst im Nirgendwo oder Anderswo gestrandet? Ans Ufer eines politischen Insellebens gespült worden, mit dem sie vom Grundsatz her nichts verband?

Die Kommissarin hätte gern gesehen, ob die grobschlächtigen Schwarzhemden auf diese zarte junge Frau reagierten und umgekehrt. Langsam setzte sich die Menge in Bewegung und zog durch den Haupteingang. Still, ohne Kampflied und ohne Schlachtruf. Die Kameraden gehorchten ihrem Führer. Nur ein paar Fahnen blähten sich im Herbstwind über den Köpfen dieser seltsamen Trauergemeinde zu bedeutungsvoller Größe auf.

In diesem Moment bremste ein Auto ganz in ihrer Nähe.

Alessandro Settimelli sprang hinaus und redete heftig auf Claretta ein, die ebenfalls ausstieg. Sie sah in dem schwarzen Hosenanzug noch zerbrechlicher aus als sonst. Vor allem hatte sie ihre langen blonden Haare ganz kurz schneiden lassen und wirkte wie ein zarter Knabe. Während sie mit ihm diskutierte, wühlte sie in ihrer Handtasche, zog eine Sonnenbrille heraus und schob sie sich auf die Nase. Sandro ging ein paar Schritte neben Claretta her und versuchte, sie vom Friedhofsbesuch abzuhalten.

»Clara, schau dich doch nur um. Das beweist, was er für ein Schwein war. Willst du dich mit diesen Typen gemein machen? Ihm ein ehrendes Gedenken geben? Bist du von allen guten Geistern verlassen? Komm mit zurück, ich bitte dich.«

»Kapier doch endlich, dass ich ihn geliebt habe, egal wie seine politische Einstellung war. Und er wurde grausam umgebracht. Das ist auf jeden Fall schlimmer als seine Politik.«

»Du bist also eine von ihnen geworden!«, brüllte er sie an. »Ich verachte dich! Du wirst zur Hölle fahren, genau wie er. Du hast es nicht besser verdient.«

»Es ist gar nicht die politische Frage, die dich so verrückt macht. Du bist eifersüchtig, sonst nichts! Aber nur weil Michele tot ist, liebe ich dich noch lange nicht. Und wenn du so weitermachst, will ich auch nicht mehr deine Freundin sein. Und jetzt lass mich in Ruhe.«

Sie schüttelte Sandro, der sie am Arm gepackt hatte, ab und lief weiter. Dieser blieb kurz stehen und sandte ihr einen wütenden Blick nach.

»Puttana!«, hörte Leda ihn fluchen, während er zu seinem Wagen zurückkehrte.

Claretta ging ganz dicht an Leda vorbei, erkannte die Kommissarin aber nicht. An einem der Blumenstände kaufte sie zwei langstielige rote Rosen und steuerte dann zielstrebig dem Eingang des Friedhofs entgegen. Leda folgte ihr in einigem Abstand erst durchs Tor, dann die Allee zwischen den Gräbern entlang. Die Menge hatte sich schon zur Friedhofskirche hin entfernt, und es herrschte Ruhe unter den hohen Pinien und Zypressen. Das Zwitschern der Vögel hatte den Luftraum über den Gräbern gegen den Klang stampfender Schritte und gegen das Murmeln menschlicher Stimmen zurückerobert. Zwei Vögel gaben sich ein besonders vergnügtes musikalisches Stelldichein. Der Tod schien ihnen Grund zum Jubeln zu sein. Wie in der Oper, dachte Leda. Hatte nicht das Thema Tod die Komponisten zur höchsten Kunst beflügelt?

Das musikalische Zwiegespräch faszinierte die Kommissarin, und sie schaute sich um. Einer der Vögel musste ganz in der Nähe sitzen. Doch außer einem älteren Herrn, der ihr entgegenkam, konnte sie kein Lebewesen entdecken. Irritiert blieb sie stehen, um die Herkunft der Töne zu orten. In diesem Moment ging der ältere Herr an ihr vorbei. Seinem gespitzten Mund entschwebten immer wechselnde Melodiefolgen, die den Vogel hoch oben im Geäst der Bäume animierten, mit ihm einen musikalischen Wettstreit auszutragen. Staunend blickte Leda ihm nach und fragte sich, ob der Vogel dort oben wohl wusste, dass er einem artfremden Geschöpf antwortete und ihm möglicherweise sein schönstes Liebeslied gewidmet hatte.

Die Friedhofskapelle war überfüllt von drängelnden Menschen, und Leda versuchte gar nicht erst, hineinzugelangen. Claretta empfand offensichtlich auch Scheu vor der schwarz gesinnten oder einfach nur trauerschwarz gekleideten Menge. Niemand kümmerte sich um sie, was Leda darin bestätigte, dass Borgheses ehemalige Freundin nichts mit der Szene zu tun hatte. Sie blieb etwas abseits an einen Baum gelehnt stehen und beobachtete die Geschehnisse. Eine junge Frau kam auf Claretta zu und nahm sie in den Arm. Sie gab ihr gestikulierend eine Wegbeschreibung und ging dann in die Richtung davon, in die sie vorher gedeutet hatte.

Claretta verharrte noch eine Weile, um sich dann selbst aufzumachen. Keineswegs eilig, aber entschlossenen Schrittes ging sie erst ein kleines Stück weiter ins Innere der riesigen Friedhofsanlage. Sie schaute beim Gehen weder nach rechts noch nach links. Gesenkten Hauptes folgte sie der asphaltierten Straße, deren Teerbelag, angehoben von quer verlaufendem Wurzelwerk, gerissen war. Einmal stolperte sie über einen solchen Wulst, fing sich aber im letzten Moment. An einer Kreuzung bog sie nach rechts ab. Leda, die in einigem Abstand hinter ihr herging, hatte Angst, sie zu verlieren, und begann zu laufen. Als sie von der ungewohnt raschen Bewegung schnaufend an der Kreuzung ankam, war Claretta verschwunden. Fluchend lief Leda weiter und schaute dabei in jeden noch so kleinen Gräberweg.

Schließlich entdeckte sie sie. Mit gesenktem Kopf stand die junge Frau vor einem Grab und hielt mit den Toten Zwiesprache. Sie hatte ihnen viel, sogar sehr viel zu sagen, denn sie blieb lange am Grab. Leda setzte sich erschöpft auf ein Mäuerchen, sodass sie von einem Grabstein verdeckt wurde, und beobachtete Claretta. Vorsichtig kniete diese sich vor die Grabplatte zu ihren Füßen, hauchte einen Kuss darauf und legte schließlich eine der beiden roten Rosen nieder.

Irgendwann – Leda hatte den Eindruck, Stunden an dieser Stelle verbracht zu haben, ohne zu wissen, was sie dort überhaupt tat – trat sie zu Claretta und stellte sich schweigend neben sie. Diese schaute sie nur fragend an.

Leda betrachtete die Inschriften auf der Grabplatte. Fünf Menschen lagen dort beerdigt. Von allen war Germano Settimelli 1922 als Erster geboren worden und als Letzter im vergangenen Jahr im Alter von über achtzig gestorben.

Maria und Italo Settimelli – aus ihren Geburtsdaten 1923 und 1925 schloss Leda, dass sie Germanos Geschwister sein mussten – hatten während des Krieges 1943 beide am selben Tag den Tod gefunden. Wahrscheinlich bei einem Bombenangriff der Alliierten, dachte Leda. Die Bombardierung der von den Deutschen besetzten Stadt hatte am 19. Juli 1943 begonnen. Dabei war das Stadtviertel San Lorenzo in Trümmer gelegt worden, und fast dreitausend Menschen hatten den Tod gefunden. Just an diesem Datum – nur über achtzehnhundert Jahre früher – hatte Kaiser Nero der Überlieferung zufolge Rom angezündet, wie Vater Giallo zu Lebzeiten seinen beiden Nachkriegstöchtern Leda und Francesca erzählt hatte. Den Kindern gegenüber hatte er oft und eindringlich von dieser Zeit des Grauens gesprochen, als Hunger und Angst die Menschen in ganz Italien quälten und die deutschen Besatzer die Bevölkerung zusätzlich in Schrecken versetzten. Leda war dem Schicksal dankbar, dass sie das Licht der Welt erst erblickt hatte, als Europa schon auf dem Weg in eine Zukunft war, der Kriege in den Bereich des Unvorstellbaren rückte. Umso fassungsloser stand sie dem Phänomen gegenüber, dass sich heute wieder faschistisches Gedankengut in ganz Europa breitmachte.

Über all diesen Gedanken hätte sie beinahe Claretta vergessen, die sie verwundert anschaute, aber schwieg.

»Das sind Alessandros Verwandte, nicht wahr?«

»Ja. Sein Großvater, Nonno Germano, dessen Geschwister Maria und Italo sowie seine Eltern.«

»Alessandros Vater hieß wie sein Onkel? Italo?«

»Er wurde im Andenken an Nonnos Bruder so genannt. Emilia war seine Frau, Alessandros und Isabellas Mutter.«

»Sie starben am selben Tag, wieso?«

»Ein Autounfall, als Sandro sechs und Isabella drei Jahre alt waren. Deshalb wuchsen sie bei den Großeltern auf.

Nonno sagte, das sei ein Attentat gewesen, weil Sandros Vater Kommunist war.«

»Gab es dafür Anhaltspunkte?«

»Der Mann, der den Unfall angeblich verursacht hatte, gehörte der Partei MSI an, dem Movimento Sociale Italiano. Sie müssen die doch noch gekannt haben. Das war die Vorgängerpartei der heutigen Alleanza Nazionale. Daraus entwickelte Nonno diese Attentatstheorie. Und er behauptete auch, dass der Unfallverursacher nur deshalb nicht verurteilt wurde, weil die MSI den Richter bestochen hatte.«

»Glauben Sie die Geschichte?«

»Früher habe ich daran geglaubt, heute nicht mehr so ganz.«

»Warum?«

»Weil Michele sich erkundigt hat. Er sagte mir, dass gegen den Mann gar kein Verfahren eingeleitet worden war, weil Sandros Vater den Unfall selbst verschuldet hatte und der MSI-Abgeordnete deshalb bis heute im Rollstuhl sitzt. Aber eigentlich ist mir die Schuldfrage ganz egal. Ich finde nur wichtig, dass Sandro keine Eltern mehr hat und sehr darunter leidet. Er vermisst sie bis heute. Sein Leben wäre wohl anders verlaufen, wenn sie noch lebten.«

»Warum? Waren seine Großeltern nicht gut zu ihm?«

»Doch schon. Aber Nonno Germano wollte immer, dass er so ein richtiger Mann wird, stark, selbstbewusst, erfolgreich und kämpferisch. In allem musste er gut sein. So wie sein Vater. Der war Arzt und kümmerte sich viel um arme Leute. Wenn Sandro mit schlechten Noten aus der Schule kam, gab es einen Riesenärger mit Nonno. Aber Sandro ist nun mal ein Träumer und Eigenbrötler. Er hat das nicht geschafft und fühlte sich deshalb vor Nonno wie ein Komplettversager. Deshalb hat er dann auch die Schule abgebrochen. Das war so eine Art Verweigerungshaltung. Das Einzige, was er wirklich gut kann, ist Tennisspielen. Auf dem

Tennisplatz fühlt er sich sicher. Aber das hat Nonno nie anerkannt. Für ihn war das nur eine Spielerei, nicht das wirkliche Leben.«

»Nahm Sandro seinem Großvater das übel?«

»Ja und nein. Im Grunde bewunderte er seinen Großvater, weil der so tapfer war, eben so stark, wie er selbst gern gewesen wäre.«

»Ich habe Sie vorhin aus seinem Auto aussteigen sehen. Er war sauer, dass Sie zum Begräbnis gehen, oder? Er liebt Sie noch immer.«

»Ja«, antwortete Claretta und schwieg dann. Unter den Gläsern ihrer Sonnenbrille liefen Tränen über die blasse Haut ihrer Wangen hinab.

»Und Sie lieben ihn nicht mehr?«

»Nein, das habe ich in den letzten Tagen erkannt. Wir könnten aber Freunde bleiben. Doch das geht wohl auch nicht. Er redet ständig nur von Michele und seinen faschistischen Untaten, davon, dass alle Faschisten Schweine und Mörder sind, dass Michele zu Recht ermordet wurde. Aber wie kann man nur so denken? Früher war Sandro anders. Er hat sich so stark verändert. Erst fand ich das gut, aber inzwischen ist es unerträglich geworden.«

»Haben Sie das eben Sandros Nonno erklärt? Ich habe Sie beobachtet und den Eindruck gewonnen, dass Sie mit jemandem sprachen.«

Claretta lief rot an. Es war ihr peinlich, dass Leda ihr Zwiegespräch mit dem Toten gesehen hatte.

»Ich habe ihm gesagt, dass ich nicht mehr für Sandro da sein werde und er jetzt allein zurechtkommen muss. Nonno hatte mir kurz vor seinem Tod das Versprechen abgenommen, dass ich mich um Sandro kümmern werde. Aber ich kann es einfach nicht mehr. Ich brauche einen starken Mann, so wie Michele es war. Er hat mir gezeigt, was gut für mich ist. Er wäre mit mir weggegangen, Sandro würde das nie tun.«

»Werden Sie noch zu Borgheses Grab gehen?«

»Ich weiß noch nicht so genau. Einerseits ja. Deshalb bin ich gekommen. Ich würde ihm gern eine Abschiedsrose auf den Sarg legen. Aber ich will diese Schwarzhemden nicht treffen. Deshalb bleibe ich erst noch ein bisschen hier, bis die fort sind.«

»Ist Ihnen inzwischen eingefallen, wer Micheles Mörder sein könnte?«

»Nein. Und jetzt möchte ich gern allein sein!«

Dieses Nein kam Leda einen Hauch zu schnell. Wusste oder ahnte sie etwas?

»Signorina Taddei, bitte sagen Sie mir …« Weiter kam Leda nicht, weil Claretta sie unterbrach.

»Ich sage gar nichts mehr, ich möchte wirklich allein sein. Entschuldigen Sie mich bitte.«

Daraufhin ging Claretta fort, irgendwohin in die Stadt der Toten. Gedankenverloren blickte Leda auf den Grabstein mit den Namen.

Bis auf diesen Nonno sind sie alle so jung gestorben, dachte sie. Was für eine Trauer in dieser Familie geherrscht haben musste!

Eine Stunde später war das Begräbnis vorbei, ohne dass es zu Zwischenfällen gekommen wäre. Die Schwarzhemden enthielten sich – außer dem Tragen ihrer Fahnen – jeglicher Kundgebung, einigen standen am Grab die Tränen in den Augen. Schweigend zog die Menge ab und zerstreute sich in alle Himmelsrichtungen. Leda sah, wie Claretta ganz zum Schluss ihre Rose auf den Sarg legte, noch eine Weile ruhig stehen blieb und dann ebenfalls zum Ausgang ging.

Auch Ugo und Raffaella hatten die Beerdigungszeremonie beobachtet, wohl in der Hoffnung, irgendjemanden zu entdecken, der als Täter infrage kam. Leda hatten sie erst spät erkannt und aus der Entfernung zugenickt. Nun kamen sie auf ihre Chefin zu.

»Nichts! Kein Täter in Sicht«, seufzte Ugo, dem die Verzweiflung ins Gesicht geschrieben stand. »Aber es sind auch so viele gekommen. Er kann sich gut in der Masse versteckt haben.«

»Er ist nicht hier«, sagte Leda trocken. Es war nichts als ein unerklärliches Gefühl. Jeder Beweis für diese Behauptung fehlte. Zum Glück wurde er auch von niemandem eingefordert.

»Und? Kommt ihr voran?«, erkundigte sich die Kommissarin in Urlaub und begutachtete dabei die tiefen Augenringe ihrer Mitarbeiter. Diese schüttelten den Kopf und erzählten dann vom Ermittlungskrieg der beiden Polizeichefs, zwischen dessen Fronten sie geraten waren, und dass sie sich auf diesem Schlachtfeld in ihrer kriminalistischen Existenz bedroht sahen. Sie wussten weder aus noch ein, konnten es keinem von beiden recht machen. Leda gab ihnen den guten Rat, sich im Zweifel der These von Polizeipräsident Alberto Libero anzuschließen, der von einem Serientäter ausging.

»Libero hat einen Profiler eingeschaltet«, berichtete Ugo, und sie sah ihm an, dass er das für eine zweifelhafte Idee hielt.

»Eine gute Idee«, meinte Leda zu seinem offensichtlichen Erstaunen.

»Aber so einen hatten wir noch nie«, widersprach Ugo.

»Wir hatten ja auch noch keinen Serienmord. Da ist jemand, der Puzzleteile zu einer greifbaren Persönlichkeit zusammensetzen kann, schon von Nutzen. Ich bin jedenfalls gespannt, was der Profiler sagt.«

Leda hätte den beiden gern ihr Wissen preisgegeben. Doch sie beschloss, es nicht zu tun. Ihren Mitarbeitern hätte sie einen Ermittlungsfortschritt gegönnt, nicht aber den Männern an der Spitze, die sollten sehen, wo sie blieben.

»Und was ist mit Ihrem Gespür? Was sagt das?«, ließ Raffaella nicht locker, die noch immer Probleme mit Ledas zeitweiligem Rückzug hatte.

»Das hat Urlaub«, lautete die Antwort, die Leda selbst ein bisschen dumm fand.

»Das glauben Sie ja wohl selbst nicht«, schlug es ihr von Raffaella entgegen. »Warum sind Sie nur so bockig? Wir haben genug Probleme, da müssen Sie uns doch nicht noch mehr bescheren. Signora, ich will ja wirklich nicht unhöflich sein, aber ich glaube Ihnen kein Wort. Oder wollen Sie mir ernsthaft erklären, dass es zu Ihren liebsten Urlaubsbeschäftigungen gehört, Beerdigungen von faschistoiden Fußballfans zu besuchen? Ich hatte Sie mehr in die Kategorie Genießer gesteckt. Und nur, weil Sie auf die Männer da oben sauer sind, brauchen Sie uns nicht hängen zu lassen«. Auch Ugo war sauer auf sie. Schließlich knickte sie ein.

»Va bene. Ich weiß, was die Buchstabenkombination bedeutet.«

Ungläubig starrten die beiden sie an. »Wie bitte? Seit wann?«

»Seit gestern Abend. Fragt mich nicht, wie ich darauf gestoßen bin, aber ich glaube, jetzt haben wir die richtige Fährte. Ich erkläre es euch beim Essen. Habt ihr auch Hunger?«

Leda lud sie zum Leichenschmaus der anderen Art ein, was zur regelmäßigen Einrichtung zu werden schien. An der Piazza dei Sanniti, nicht einmal fünf Minuten Fußweg vom Haupteingang des Friedhofs entfernt, kannte Leda ein Restaurant, von dem Paolo behauptete, dort würden die besten Spaghetti alla carbonara wenn nicht der Welt, so doch wenigstens in Rom serviert. Tatsächlich fand jeder etwas nach seinem Geschmack. Ugo wählte als ersten Hauptgang Tagliatelle con fave e pecorino, also mit Saubohnen und Schafskäse, Raffaella Fettuccine alla Papalina mit gekochtem Schinken, frischen Erbsen und Eiern und

Leda die von Paolo gepriesenen Carbonara-Spaghetti. Der Ober empfahl ihnen anschließend das »göttliche« Ochsenschwanzragout in Tomatensoße, Coda alla vaccinara, das nach Art der Großmutter mit Bitterschokolade, Rosinen und Pinienkernen zubereitet werde.

Ugo und Raffaella lauschten zwischen Pasta und Fleisch gespannt den neuen Erkenntnissen ihrer Chefin.

»Der Täter ist von den Kriegsereignissen traumatisiert, obwohl er sie selbst nicht erlebt haben kann. Er muss das Trauma aus seiner Familie bezogen haben, die diese Zeit als unvergesslich grausam empfunden hat. Es könnte sich um den Nachfahren eines GAP-Mitglieds handeln. Außerdem war er auf eine der drei Personen besonders wütend: auf Michele Borghese. Er wurde grausamer umgebracht als die anderen, das Gewaltpotenzial war bei dieser Tat größer. Es kann sogar sein, dass die anderen Todesfälle nur um diesen Mord herumdrapiert wurden, um uns abzulenken.«

»Dagegen spricht aber die genaue Planung aller Taten. Und die Tatsache, dass Signora Panetta vor Borghese getötet wurde. Umgekehrt würde eher ein Schuh daraus: Der Täter hatte den Plan, die Panetta und Bardi zu töten, und aus irgendeinem Grund kam Borghese dazwischen.«

Leda schaute Ugo verblüfft an. Zum einen hatte sie ihn nie so viel am Stück reden hören. Zum anderen neigte er nicht zur Erarbeitung von Täterprofilen. Das hatte er bisher immer Leda überlassen und bei ihr jahrelang die Überzeugung genährt, er sei dazu gar nicht fähig. Nun präsentierte er ihr eine These, an die sie selbst noch gar nicht gedacht hatte und die sehr logisch war.

Welche emanzipatorischen Entwicklungen würde ihre Abwesenheit noch bei ihren Leuten bewirken? War sie sonst zu dominant? Drückte sie Menschen an die Wand? Nahm sie ihnen Spielraum? Hörte sie ihnen nicht zu, weil sie ihnen nichts zutraute? Plötzlich befiel Leda eine unsägliche Angst vor sich selbst, dass sie arrogant sein könnte, unsensibel, unerträglich.

»Das stimmt. Das klingt sogar sehr gut«, hörte sie sich sagen, und sofort fühlte sie sich wieder schlecht. Sie sprach wie eine Lehrerin, die Noten verteilte. Doch Ugo sah sich bestätigt und wurde nun richtig munter.

»Ich denke auch, dass Sie vom Grundsatz her richtig liegen. Das sollten wir aber Vicequestore Raimondi nicht sagen, solange die endgültigen Beweise und der Name des Täters fehlen.«

Schon wieder hatte er recht. Leda vermutete sogar, dass er vom Ehrgeiz getrieben wurde, Raimondi auszubooten, weil er dem Vicequestore zwei Sachen gründlich verübelte: Er hatte Ugo unter Androhung von Zwangsmaßnahmen gezwungen, seine schwangere Frau mit all ihrer Angst um das ungeborene Kind allein zu lassen. Und er hatte Ledas Ermittlungsfähigkeiten infrage gestellt. Sie sagte nichts dazu, sondern sah ihren Mitarbeiter an und schloss mit ihm ein stummes Bündnis. Sie würden es denen »da oben« schon zeigen.

XXI

Der Leiter der Casa della Memoria e della Storia war genauso, wie Marco ihn beschrieben hatte: uralt, aber topfit im Kopf. Ein gepflegter alter Herr, der Massimo Vassalli hieß und mit der Einrichtung dieses Dokumentationszentrums sein Lebensziel erreicht hatte: dem italienischen Volk ins Bewusstsein zu rufen, was alle irgendwie wussten, lange Zeit jedoch nicht öffentlich gewürdigt hatten – den Widerstand und seine Opfer. Zunächst leuchteten Vassallis Augen in dem kantigen Gesicht, als Leda ihn um Hilfe bat. Natürlich, der Polizei wolle er gern das Wissen seines Archivs zur Verfügung stellen. Dafür sei es schließlich da. Worum es denn konkret gehe?

Als Leda den Verdacht äußerte, ein Gappisten-Nachfahre könne der grausame Serienmörder sein, verdunkelte sich sein Gesicht, und er erklärte diese Möglichkeit kurzerhand für undenkbar. Die »partigiani« oder »ribelli«, wie er sie lieber nennen wollte, hatten sich für das Gute eingesetzt und ihr eigenes Leben geopfert. Ein junger Mensch, versehen mit diesem Ideengut seiner Vorfahren, konnte schlechterdings kein mordendes Monstrum sein.

Leda versuchte ihm zu erklären, wie viele Holocaustopfer noch zwei Generationen später von den Familiendramen geprägt wurden und unter tiefgreifenden Störungen litten, die bisweilen ebenfalls Fehlentwicklungen zur Folge hatten. Doch der alte Herr zeigte kein Einsehen und erzählte ihr stattdessen aus Kriegszeiten. Dann erklärte er plötzlich, er habe es sehr eilig, weil er einen Vortrag halten und jetzt fort müsse.

Doch Ledas Sturheit war der von Signor Vassalli ebenbürtig, und sie forderte ihn unmissverständlich auf, ihr wenigstens die Listen mit den Namen der römischen Widerstandskämpfer zu überlassen. Man kenne nicht alle, meinte der Alte, viele hätten ihre Arbeit im Untergrund nie zugegeben, die meisten seien inzwischen verstorben. Dann wollte sie wenigstens die Namen haben, die dem Dokumentationszentrum bekannt seien. Schließlich trug Vassalli seiner Mitarbeiterin Lidia auf, zu überprüfen, ob es solche Listen gab, und verschwand.

»Das passt nicht in sein Denkkonzept«, kommentierte Lidia die Reaktion ihres Chefs. »Und wenn etwas nicht seiner Vorstellung entspricht, kann er sehr kurz angebunden sein. Das ist wohl doch das Alter.«

Lidia fand die Listen schnell und kopierte sie für Leda. Hinter den alphabetisch geordneten Nachnamen standen die Vornamen, die aktuellen Anschriften respektive ein kleines Kreuz, wenn sie gestorben waren. Außerdem waren einige der Namen mit Abkürzungen versehen, die die Kommissarin nicht verstand. Sie ließ sich erklären, dass es sich um die Zugehörigkeit zu den verschiedenen GAP-Gruppen handelte. Diese bestanden meistens aus etwa fünf Mitgliedern. Jede war für ein anderes Stadtgebiet zuständig gewesen.

Während Lidia Leda ausführlich die Organisation erklärte, überflog diese die Seiten. Plötzlich stieß sie auf den Namen Germano Settimelli. In Ledas Kopf überschlugen sich die Gedanken: der Grabstein, Clarettas Erklärungen zur Familie, die Tragödien, die sie erlebt hatte.

»Germano Settimelli war Widerstandskämpfer?«

»Sogar ein sehr wichtiger. Er war am Attentat in der Via Rasella gegen die elfte Kompanie des dritten Bataillons des SS-Polizeiregiments Bozen am 23. März 1944 beteiligt. Haben Sie davon gehört?«, dröhnte Massimo Vassallis Stimme auf Leda hinunter. Sie schaute erstaunt hoch. Der alte Mann war zurückgekehrt, angeblich, weil er Unterlagen vergessen hatte.

»Allerdings, und vor ein paar Stunden habe ich noch an seinem Grab gestanden. Ich wusste aber nicht, dass er etwas mit der Via Rasella zu tun hatte.«

»Wenn das stimmt, was Sie vorhin sagten, dann müssten alle Settimellis zu Mördern geworden sein, nach all dem, was diese Familie erlebt hat. Erst wurden Germanos Geschwister im Gestapo-Gefängnis in der Via Tasso Ende 1943 von den Deutschen zu Tode gefoltert, dann die jüdische Verlobte seines Bruders Italo nach Auschwitz deportiert. Nach dem Krieg kamen Sohn Italo und dessen Frau bei einem Autounfall mit einem Neofaschisten der MSI ums Leben. Und sind die Kinder Mörder?«

Leda starrte ihn an. Alles in und an ihr war innerhalb eines Moments erstarrt, um im nächsten Augenblick zu explodieren. Ja!, wollte sie schreien, doch sie schwieg.

Stattdessen stöhnte sie auf und stützte ihren Kopf in die Hände. Er dröhnte von der Explosion. Alle Gedanken bewegten sich gleichzeitig und suchten ihren richtigen Platz im Gehirn. Es dauerte ein paar Sekunden, bis sie ihn gefunden hatten und Leda wieder etwas Ordnung in sich verspürte. Da hörte sie plötzlich Claretta am Grab sagen: »Er redet ständig nur von Michele und seinen faschistischen Untaten, davon, dass alle Faschisten Schweine und Mörder sind, dass Michele zu Recht ermordet wurde. Aber wie kann man nur so denken?«

»Signora, geht es Ihnen nicht gut?«, erkundigte sich Signor Vassalli und beugte sich besorgt über die Kommissarin.

»Danke. Es geht schon. Sagen Sie mir bitte, wie Italos jüdische Verlobte hieß?«

»Enrica Limentani, sie arbeitete auch für den Widerstand, was die Deutschen aber nicht wussten.«

Leda war noch immer schwindelig, als sie aufstand, die Kopien in ihre Tasche steckte, sich eilig verabschiedete und das Dokumentationszentrum unter den erstaunten Blicken von Vassalli und Lidia fluchtartig verließ.

Auf der Straße lehnte sie sich an die Hauswand und atmete tief durch, um sich zu beruhigen. Ein leichter Wind bemühte sich, ihre Sorgen fortzutragen. Doch das Gegenteil geschah: Eine panische Beklemmung stieg in ihr auf, weil ihr klar wurde, dass ein weiterer Mord geschehen würde, wenn sie nicht schnell genug war.

»Stellt fest, wo Claretta Taddei und Alessandro Settimelli sind. Notfalls per Ortung ihrer Telefoninos. Dann fragt nach, ob der alte Bardi ein Haus oder eine Wohnung von einer Familie Limentani gekauft hat. Schnell, ich glaube, Alessandro ist der Mörder. Und er wird Claretta umbringen. Fragt nicht weiter, macht einfach alles, und vertraut mir!«, schrie Leda ins Telefonino. »Nein, noch besser, gib mir die Nummer von Bardis Büro.«

Es dauerte einen Moment, bis Raffaella sie fand und ihr diktierte.

»Falls ihr Claretta erreicht, sagt ihr, sie soll sich vor Alessandro verstecken, ihm keine Tür aufmachen, nicht mit ihm gehen. Fahrt zu ihr, schützt sie.«

Das Herz der Kommissarin hämmerte und verlor hin und wieder seinen Rhythmus. Sie atmete heftig dagegen an, sie schwitzte. Leda tippte Bardis Nummer ein. Gilda Curzi meldete sich.

»Limentani? Soll ich zurückrufen, oder möchten Sie warten? Es wird etwas dauern, bis ich die Unterlagen eingesehen habe.«

»Bitte rufen Sie mich an, sobald Sie sie haben, Signora Curzi. Es geht buchstäblich um Leben und Tod.«

Leda rannte zum Auto. Sie sah vor ihrem Inneren, wie Alessandro auf Claretta zuging, getrieben vom Hass des Verlassenseins, vom Wahnsinn der Geschichte, der sich bei ihm eingefressen hatte. Tief und unbesiegbar. Er diktierte sein

Fühlen und Handeln, er zwang ihn zur Gewalt gegen die Menschen, die ihm und den Seinen Leid zufügten, damals wie heute.

Da klingelte ihr Telefon.

»Weder Claretta noch Alessandro melden sich. Aber die Signale beider Telefone kommen vom Tiberufer in Höhe Flaminio«, sagte Ugo.

»Da liegt der Tennisclub. Fahrt hin und nehmt Einsatzwagen mit. Ich komme sofort.«

»Welcher Tennisclub? Da gibt es mehrere.«

Leda wühlte in ihrer Tasche, fand Alessandros Visitenkarte und gab Ugo die Adresse. Sobald sie das Gespräch beendet hatte, klingelte es wieder.

»Stimmt, die Bardis haben eine Wohnung von einer Familie Limentani gekauft. Das war 1940. 1949 hat die Familie den Kaufvertrag angefochten, kam damit aber nicht durch. Die Wohnung gehört also zu unserem Bestand«, erklärte Gilda Curzi.

Leda setzte das Blaulicht auf ihr Autodach und raste mit quietschenden Reifen los. In wilden Schlangenlinien überholte sie andere Autos auf der Tiberbrücke und folgte den Windungen des Flusses Richtung Norden. Vorbei an der Synagoge, vorbei an der Engelsburg und dem ehemaligen Justizpalast auf der gegenüberliegenden Flussseite. Über ihr jaulte die Sirene, und sie schrie: »Macht Platz, fahrt zur Seite, sonst stirbt Claretta!«

Aber niemand hörte sie, und nur wenige wichen dem Wagen aus. Und wenn, dann waren sie erstaunt, dass es eine Frau war, die am Steuer saß und so raste.

XXII

Claretta wusste nicht, wie lange sie schon gefesselt und mit zugeklebtem Mund auf diesem Stuhl saß. Ihr ganzer Körper schmerzte. Sie hatte Angst, Todesangst. Er würde sie umbringen, hatte er gesagt, weil er sie liebte und weil nie wieder ein anderer sie haben dürfte. Sie sei sein Leben, und wenn sie nicht zu ihm zurückkäme, stürbe er, und auch sie müsse sterben. Er gebe ihr noch etwas Zeit für eine Entscheidung, aber nur bis zum Abend. Mehrfach klingelte in ihrer Handtasche das Telefon.

Claretta sah durch das kleine Oberlicht des Kellers, dass es bereits dämmerte. Wieder versuchte sie zu schreien, aber die Töne pressten sich nur in ihren Kopf und den Bauch. Es schmerzte. Sie hörte direkt über sich das Aufprallen von Tennisbällen, von Schritten, die hin und her liefen. Sie saß in dieser Betonhöhle, in diesem Resonanzkasten direkt unter dem Spielfeld. Jede Berührung eines Balles mit dem Boden kam einem heftigen Schlag gleich. Jeder Fuß, der mit voller Wucht auf dem Untergrund landete, ließ ihr Gefängnis erbeben. Ihr Kopf dröhnte. Sie hörte klar und deutlich die Stimme ihres Bruders Simone, der über ihr spielte, doch niemand hörte sie.

Tränen liefen über ihr Gesicht und brannten sich in ihre geschwollenen Wangen ein. Sie roch ihren eigenen Schweiß, sie roch ihren Urin. Sie roch noch immer den Atem Sandros, als er sie zum Abschied auf den zugeklebten Mund geküsst hatte. Sie war froh gewesen, dass dieses Klebeband ihre Lippen trennte. Sie ekelte sich jetzt vor seinen Berührungen. Seine Hände, die sie vorhin gestreichelt hatten, waren die eines Mörders. Mit ihnen hatte er Menschenleben ausgelöscht und würde das Gleiche mit ihr tun.

Sie hatte das erst verstanden, als sie ihm schon in diesen Raum gefolgt war, er die schwere Eisentür schloss und ihr plötzlich das Band über den Mund klebte. Sie hatte versucht, sich zu wehren, doch Sandro war stark, und er hatte ihr den Arm so auf den Rücken gedreht, dass es furchtbar wehtat. Dann hatte er sie geschlagen und dabei vor sich hingemurmelt: »Clara, meine süße, blonde Clara. Du hättest mich nicht verlassen dürfen, nicht für einen Faschisten. Du hattest kein Recht, das zu tun. Ich bin ein guter Mann für dich. Dein Vater hat es selbst gesagt.«

Sein Tonfall war so anders gewesen als sonst, ganz leise und eindringlich, und immer wieder hatte er ihr in die Augen geschaut, mit diesem irren Blick.

Wie dumm sie gewesen war, ihm hierher zu folgen! Er hatte sie, als sie von der Beerdigung schon wieder zu Hause war, angerufen und gesagt, ihr Bruder habe sich beim Training das Bein verknackst. Sie solle ihn abholen. Dann war sie gekommen, und er hatte behauptet, dass Simone unten im neuen Krankenzimmer sitze und auf sie warte. Doch dann gab es weder ein neues Krankenzimmer unter dem Spielfeld noch einen wartenden Simone. Sie hatte ihm wie immer vertraut und war in die Falle getappt.

Nun hörte sie, wie sich der Schlüssel im Schloss drehte. Alessandro kam herein. Er trug etwas in der Hand, eine Spraydose. Sie zitterte und starrte ihn an.

»Du wirst nichts merken, mach dir keine Sorgen. Die anderen haben auch nichts gemerkt. Leb wohl, meine kleine, süße Claretta.«

Dann sprühte er ihr ins Gesicht. Es brannte ein bisschen in den Augen und roch wie Medizin. Dann verschwamm alles, und sie verlor das Bewusstsein. Das Letzte, was sie mitbekam, war sein leises Summen: »Avanti popolo, alla riscossa ...«, die Hymne der Kommunisten.

XXIII

»Es muss noch einen Raum oder Ort geben, wo man jemanden verstecken kann. Irgendwo, vielleicht hinter den Spielfeldern, denken Sie nach. Ein Abstellraum, der nie genutzt wird, ein Keller. Die Ortungssignale kommen von hier, die beiden müssen hier sein. Denken Sie nach!«, flehte Leda Vincenzo Moscato, den Geschäftsführer des Tennisclubs, an. In allen anderen Räumen des Clubs hatten sie, Raffaella und Ugo bereits nachgesehen und weder Alessandro noch Claretta gefunden.

»Es gibt nur noch die Keller unter den Spielfeldern zum Tiber hin. Aber die wurden noch nie genutzt.«

»Wo ist der Zugang?«

»Über die kleine Treppe hinter den Umkleidekabinen. Moment, für das Törchen brauchen Sie einen Schlüssel. Und für die Tür unten auch, falls die überhaupt noch aufgeht.«

Er trat an ein Schlüsselbrett, griff nach mehreren Schlüsseln und stutzte dann:

»Die vom Törchen vor dem Treppenabgang fehlen und die von einem der Keller auch.«

»Ersatzschlüssel?«, drängte Leda.

»Die habe ich in der Kiste im Schrank.«

Dort fand er sie nach einigem Suchen und drückte sie Leda in die Hand.

»Aber Alessandro hat bestimmt nichts Schlimmes gemacht, glauben Sie mir. Das kann der Junge gar nicht.«

Leda nahm die Schlüssel an sich und ging hinaus. In diesem Moment stürmten etwa zehn Einsatzpolizisten auf das Gelände des Tennisclubs.

»Ich vermute, dass Alessandro Claretta in einem der Keller gefangen hält. Wir müssen vorsichtig sein. Ziel ist es, das vermutliche Opfer Claretta Taddei zu retten. Schießen nur, wenn ich es sage. Los!«

Sie liefen beinahe geräuschlos mit gezückten Waffen die Treppe hinunter. Leda streifte auf dem Weg ihre Schuhe ab, weil die Absätze zu laut klackerten. Am Ende schlichen sie schweigend einen schmalen, betonierten Weg entlang, der auf der linken Seite zum Tiber hin von einer etwa einen Meter hohen Mauer eingefasst war. Auf der rechten Seite lagen die Keller. Von den Kellern 1 und 3 hatte sie die Originalschlüssel, von Keller 2 nur den Ersatzschlüssel. Sie näherten sich der zweiten Tür. Hier musste es sein. Leda gab den anderen ein Zeichen, winkte Ugo zu sich, steckte den Ersatzschlüssel ins Schloss und drehte ihn um, während ihr Mitarbeiter ruckartig an der Tür zog. Alessandro starrte sie entsetzt an, als Leda und Ugo ihm ihre Pistolen entgegenhielten.

»Hände hoch, Alessandro!«

»Signora, bitte seien Sie leise, Claretta schläft gerade ein«, flüsterte er. »Schauen Sie nur, wie hübsch sie ist.«

Ugo legte Alessandro Handschellen an, der alles mit sich geschehen ließ und währenddessen nur das Kommunistenlied vor sich hinsummte.

Leda stürmte zu Claretta. Zunächst dachte sie, sie seien zu spät gekommen, doch sie atmete, war jedoch vom Betäubungsmittel bewusstlos. Leda löste vorsichtig das Klebeband von ihrem Mund, band sie dann los, ließ sie von einem der Männer nach oben tragen und ins Krankenhaus bringen.

Finale

Alessandros Vernehmung wurde zum traurigen Beispiel eines Menschen, der durch eine Familientragödie zutiefst gestört war. Die Berichte seines Großvaters von Kampf, Grausamkeit und Ungerechtigkeit, die ihm seit dem Tod seiner Eltern eingetrichtert worden waren, hatten schon früh ein Bedürfnis nach Rache geweckt. Alessandro wäre gerne Richter geworden, um die Schuldigen zu bestrafen. Aber er war ein Schulversager und konnte nicht studieren, wie es der Großvater von ihm erwartet hatte. Ohne den Zuspruch und ohne die Unterstützung Clarettas hätte er es zu gar nichts gebracht. Da sie ihn liebte, so wie er war, ging es ihm lange Zeit gut, und er tat das, was er am besten konnte: Tennis spielen. Bei Kindern und älteren Damen war er als Tennislehrer sehr beliebt und verdiente ordentliches Geld. Auf dem Sparkonto lag einiges Kapital, um eine Wohnung für sich und Claretta zu kaufen. Ja, er wollte sie heiraten, mit ihr Kinder haben.

Und dann hatte sie ihn verlassen, weil er letztlich doch ein Loser-Typ war. Damit hatten sich die bis dahin im Zaum gehaltenen Gefühle ihre Bahn gebrochen. Wieder war einem Familienmitglied, in diesem Fall ihm selbst, Leid zugefügt worden. Und als er dann noch erfuhr, dass es sich bei seinem Kontrahenten um einen Rechtsradikalen handelte, da wusste er, dass er handeln musste. So wie sein Großvater damals gehandelt hatte und in den Widerstand gegangen war.

Dass es ihm nicht um die Abschaffung eines Unrechtssystems für alle ging, sondern ihn nur die Rache für seine eigenen Leiden trieb, diesen entscheidenden Unterschied sah Alessandro nicht.

Rache an Stella Di Nepi, die stellvertretend für ihre Schwester Celeste sterben musste, weil sie Enrica Limentani, die geliebte Gefährtin seines Großonkels Italo, und deren Familie an die Deutschen verraten hatte. Sie alle waren vergast oder erschossen worden.

Rache an Franco Bardi, der das Eigentum der Limentanis hatte behalten dürfen und so reich geworden war.

Und schließlich Rache an Michele Borghese, der ihm sein eigenes Leben zerstört hatte. Wenn er, Alessandro, nicht gekommen wäre, hätten sie nie für ihre Taten gebüßt, wäre die Gerechtigkeit nie wiederhergestellt worden. Und Claretta hatte ihn verraten, genauso wie die Schwestern Di Nepi die Juden aus dem Ghetto. Deshalb müsse auch sie noch sterben. Nicht nur, dass Alessandro seine Taten gestand, nein, er kündigte sogar einen weiteren Mord an.

Er fühlte sich so sehr im Recht, dass aus ihm alles heraussprudelte. Leda, Polizeipräsident Libero, den sie zum Verhör dazugebeten hatte, und Ugo saßen fassungslos vor ihm. Sie brauchten nur an wenigen Punkten nachzuhaken, um Antworten zu bekommen. Alessandro redete sich um Kopf und Kragen. Die immer wieder angebotene Hinzuziehung eines Rechtsanwalts lehnte er vehement ab. Den brauche er nicht, sagte er, weil er unschuldig sei, weil die anderen sich an *ihm* versündigt hätten, nicht er sich an den Opfern.

Als er geendet hatte, sah er zufrieden aus und fragte, ob er nun nach Hause gehen könnte. Er tat Leda fast ein wenig leid.

Die anschließende Pressekonferenz wurde für Leda zu einem Triumphzug. Tags darauf sinnierten die Medien darüber, ob die Ermittlungsmethoden von Frauen nicht insgesamt die subtileren und damit besseren seien als die von Männern und ob nicht grundsätzlich besser Frauen die Leitung gerade von Mordkommissariaten übertragen werden sollte. Viele Kolleginnen aus ganz Italien riefen begeistert bei ihr an und behaupteten, sie sei von nun an ihre Ikone in Sachen Gleichstellung im Polizeiapparat.

Das Ganze hatte für Leda persönlich zwei positive Aspekte: Vicequestore Fernando Raimondi bekam ein Disziplinarverfahren und wurde nach Rieti strafversetzt. Nicht einmal seine treu ergebene Sekretärin Lena wollte ihn dorthin begleiten. Außerdem bot der reumütige Libero ihr Raimondis Posten an. Er habe ja schon immer gedacht und gesagt, dass sie die Beste sei. Nur die politischen Umstände hätten ihn gezwungen, anders zu handeln, sie wisse ja, wie das sei ... Leda erbat sich Bedenkzeit, denn vom Aufgabenprofil her gefiel ihr die jetzige Tätigkeit »an der Front« besser.

Sowohl der römischen Stadtregierung als auch den Präsidenten der Fußballclubs und des Olympiastadions wehte aus der Öffentlichkeit plötzlich ein scharfer Wind ins Gesicht. Die ganz überwiegende Mehrheit von Fußballfans war unter keinen Umständen mehr bereit, neofaschistische Aktionen zu billigen. Sämtliche Ordner wurden ausgetauscht und die Kontrollen so verschärft, dass die Symbole der Faschisten zunächst aus dem römischen und anschließend aus allen italienischen Stadien verschwanden. Gianni Amantini flog aus seiner Mannschaft. Von da an musste er den Ave-Gruß der wahren Italiener vor dem Spiegel zu Hause entrichten.

Laura Letta, die geschiedene Frau des Mordopfers Franco Bardi, erbte laut Testament sein gesamtes Vermögen. Sie nahm das Erbe an und verkaufte die ehemals jüdischen Wohnungen zu äußerst günstigen Preisen an die ehemaligen Eigentümer, soweit sie sie finden konnte. Außerdem gründete sie eine Stiftung, aus der Forschungsarbeiten zur Aufarbeitung italienischer Geschichte während der Zeit des Faschismus und der deutschen Besatzung finanziert werden sollten.

Für die junge Mutter Maria, die Leda seit dem Tag der Ermittlung in der Wohnung der Extracommunitari nicht aus dem Kopf gegangen war, fand Leda eine betreute Wohngemeinschaft für Minderjährige mit Kindern. Dort kümmerte man sich um die Fünfzehnjährige und ihr Baby. Maria konnte die Schule besuchen, um anschließend die ersehnte Ausbildung als Krankenschwester zu machen.

Ugo Libotti, ihr langjähriger Mitarbeiter, blieb einen ganzen Monat lang dem Dienst fern. Er hatte, ähnlich wie Leda, im Laufe der Jahre so viele Überstunden angesammelt, dass das möglich war. Seine Frau Elena brauchte Unterstützung, um die Schwangerschaft zu einem guten Ende zu bringen.

Signora Grimaldi war nur wenige Tage nach Andreas Tod gestorben. Leda und Paolo luden Signor Grimaldi öfter zum Essen ein. Er hatte seine Rachegelüste gegen Antonello Faiola, den Totschläger seines Sohnes, nach einem Gespräch mit ihm fallen gelassen. In Elsa, seiner langjährigen Geliebten, fand er schließlich, trotz der großen Trauer um Frau und Sohn, eine beständige und liebevolle Stütze.

Ihre Bücher kaufte Leda von nun an immer bei Claretta in der Buchhandlung Feltrinelli am Largo Argentina. Diese musste sich nach den Ereignissen einer psychologischen Behandlung unterziehen, um ihren Schock zu überwinden.

Marco änderte seine Studienpläne und schrieb sich statt für Architektur für Politische Wissenschaften und Geschichte an der Universität ein.

Über ihren Seitensprung mit Aldo in Lavinio schwieg Leda wie ein Grab. Paolo brauchte schließlich nicht alles zu wissen …

Nachwort

1998 lernte ich in Rom eine Familie kennen, die mehrere sehr schöne Wohnungen in einem uralten Haus mitten im Ghetto besaß. Da es sich um eine wohlhabende Familie handelte, nahm ich an, dass ursprünglich das gesamte Haus seit Generationen im Eigentum der Familie gestanden habe. Doch ich irrte mich. Man hatte nur drei der sechs Wohnungen während des Krieges erworben. Ich erkundigte mich, ob die Wohnungen vorher möglicherweise Juden gehört hätten. Das wisse man nicht, und man interessiere sich auch nicht für die Voreigentümer, wurde ich barsch abgefertigt. Ich begriff, dass ich nicht weiterfragen durfte. Das Thema wurde von der erzkatholischen Familie totgeschwiegen. Erst recht einer Deutschen gegenüber. Ich ließ es zunächst auf sich beruhen, doch die Frage, wie sie an die Wohnungen gekommen waren, ließ mir keine Ruhe.

Bald stellte ich fest, dass – anders als in Deutschland – die Zeit des Faschismus weder in der Öffentlichkeit noch in privaten Kreisen diskutiert wurde. Man sprach weder über die deutsche Besatzung Roms und die Kollaboration noch über die Haltung des Vatikans und die Konsequenzen für die Juden und die Widerstandskämpfer. Auch in der Schule spielten die Gräuel des Faschismus kaum eine Rolle. Nur Roberto Benignis Film »La vita è bella« entfachte auch in Italien eine breite Diskussion darüber, ob das Drama der jüdischen Italiener in komödiantischer Weise dargestellt werden durfte. Das Grundproblem aber, dass nicht nur die Deutschen, sondern auch die Italiener an der Verfolgung von Juden und Widerstandskämpfern in ihrem eigenen Land teilgenommen hatten, machte man sich nicht zu eigen.

Gleichzeitig wurde gelassen hingenommen, dass die Enkelin des Duce, Alessandra Mussolini, für die Partei Alleanza Nazionale im Parlament saß, ungehindert politisch agieren konnte und sich jede Kritik an ihrem Großvater öffentlich verbat. Die AN ist 1995 aus dem neofaschistischen Movimento Sociale Italiano (MSI) hervorgegangen und ist heute die drittstärkste Partei Italiens. Sie bemüht sich, ihre (neo)-faschistische Vergangenheit hinter sich zu lassen, doch viele AN-Mitglieder sind Faschisten oder stammen aus Familien mit einer entsprechenden Vorgeschichte. Als der AN-Vorsitzende Gianfranco Fini das Konzentrationslager Auschwitz besuchte, nannte Alessandra Mussolini ihn einen »Politiker ohne Herz und Seele« und trat gemeinsam mit anderen Neofaschisten laut protestierend aus der Partei aus.

Spätestens zu diesem Zeitpunkt hätte ich eine umfassende Debatte über die Notwendigkeit einer Aufarbeitung der Vergangenheit erwartet. Aber sie blieb aus, was mich aufgrund meiner deutschen Erfahrungen zutiefst erstaunte.

Hinzu kam, dass zu etwa der gleichen Zeit die von faschistischem Gedankengut getragenen Fans des römischen Fußballvereins SS Lazio, der schon von Mussolini protegiert wurde, den Gegner AS Roma im Olympiastadion mit einem riesigen Transparent begrüßten, das die Aufschrift »Auschwitz ist eure Heimat, die Öfen euer Zuhause« trug. Dies führte zwar zu einem kurzfristigen Aufschrei in der Presse, der aber keinerlei allgemeine politisch-gesellschaftliche Diskussion nach sich zog. Erst recht keine drastischen Maßnahmen zur Verhinderung solcher Vorkommnisse.

Die Menschen, mit denen ich sprach, lachten über meine Ernsthaftigkeit und meinten, dies gehöre eben zur italienischen Demokratie. Schnell ging man wieder zur Tagesordnung über. 2004 und 2005 provozierte der Kapitän von SS Lazio, Paolo Di Canio, die Öffentlichkeit mit dem faschistischen Gruß. Er wurde kurzzeitig gesperrt und erhielt eine

Geldstrafe, spielte dann aber weiter. Di Canio ist bekennender Faschist und Anhänger des rechtsextremen Fanclubs des SS Lazio »Irriducibili« (Die Unbeugsamen).

Dies alles führte dazu, dass ich mich mit dieser (neo)faschistischen Seite Italiens näher zu befassen begann, wobei mir stets bewusst war, dass es natürlich auch ein politisch diametral entgegengesetztes Italien gab und gibt. So ist beispielsweise der Stürmer des AS Livorno, Cristiano Lucarelli, bekennender Kommunist. Auch soll hier nicht verschwiegen werden, dass die Roten Brigaden das Land jahrelang terrorisiert und Aldo Moro, den Parteichef der Democrazia Cristiana, ermordet haben.

Es muss 1999 oder 2000 gewesen sein, als ich eines Tages zwei alten Männern lauschte, die auf einer Parkbank saßen. Sie unterhielten sich in tiefstem römischen Dialekt, und ich verstand nicht viel, bekam aber mit, dass es um den Krieg ging. Als ich sie dann fragte, stellte sich heraus, dass die beiden Veteranen des Widerstands waren. Sie hatten als junge Männer und Kommunisten irgendwo in den Bergen gekämpft, und der eine hatte dabei sein Bein verloren. Aufgeregt erzählten sie in für mich etwas verständlicherer Sprache weiter, denn sie waren froh, jemanden gefunden zu haben, der ihnen noch zuhörte. Die Familien hatten wahrscheinlich von den Ruhmes- und Leidensberichten seit Jahrzehnten die Nase voll. Mich, die Fremde, interessierten sie aber brennend. Was davon Dichtung und was Wahrheit war, weiß ich nicht und habe es auch nie überprüft.

Eindruck hinterließ bei mir vor allem ihr Zorn auf die Faschisten, der bis heute nicht abgeflaut war. Er galt ebenso den deutschen Besatzern wie ihren italienischen Kollaborateuren. Das Massaker in den Ardeatinischen Höhlen am 24. März 1944 als Folge eines Anschlags des Widerstands (GAP) auf ein SS-Bataillon in der Via Rasella am Tag zuvor war unvergessen und unverziehen. Dabei verloren 335 Menschen ihr Leben. Bei den beiden Alten saß dieser Zorn sehr tief und traf gleichermaßen die heutigen Neofaschisten, die sie für politisch hoch gefährlich erklärten. Im Untergrund werde eine neue Diktatur von ähnlichem Zuschnitt wie die unter Mussolini vorbereitet, und niemand traue sich, offen darüber zu sprechen. Gianfranco Fini von der AN sei ein Wolf im Schafspelz, der sich demokratisch geriere, aber tatsächlich nur auf den Tag der Machtübernahme warte.

Die beiden erzählten so eindringlich, dass auch ich am Ende eine Verschwörung im Untergrund für gar nicht so unwahrscheinlich hielt. Immerhin gab es genügend Anzeichen, die einen (neo)faschistischen Bodensatz in der italienischen Gesellschaft vermuten ließen. Nach einem Gespräch mit meinem Sohn wurde mir klar, dass auch die jungen Leute diese Möglichkeit nicht für völlig absurd hielten. Man sollte an dieser Stelle vielleicht erwähnen, dass Italiener sehr schnell mit Verschwörungstheorien bei der Hand sind, die durch die Realität allerdings häufig konkrete Nahrung erhalten.

Irgendwie und irgendwo hörte ich in dieser Zeit auch zum ersten Mal den Namen Celeste Di Porto. Sie war so hübsch, dass sie von ihren Eltern »Stella« (Stern) genannt wurde. Die junge, aus dem Ghetto stammende Jüdin hatte während der deutschen Besatzung 1943/44 ein Verhältnis mit einem römischen Faschisten, der mit den Deutschen kollaborierte. Celeste strebte nach Reichtum und einem angenehmen Leben. Genau wie die anderen Juden hatte ihre Familie unter den Rassengesetzen zu leiden und jede Möglichkeit einer regulären Beschäftigung verloren. Die junge Frau verriet ihre Glaubensgenossen an den Liebhaber und erhielt pro Festnahme angeblich fünftausend Lire, was damals sehr viel Geld war. Von der Bevölkerung wurde sie »La Pantera Nera«, also »Schwarzer Panther« genannt.

Viele Juden wurden aufgrund ihrer Denunziation gefangen genommen und starben in den römischen Foltergefängnissen der Gestapo oder im Konzentrationslager, vornehmlich in Auschwitz. Von den 77 Juden, die beim Massaker in den Ardeatinischen Höhlen umkamen, gingen allein 26 Tote auf das Verratskonto von Di Porto. Unter ihnen war ihr Schulfreund Lazzaro Anticoli, der in letzter Minute gegen ihren Bruder ausgetauscht worden sein soll. Insgesamt soll sie rund fünfzig Menschen »zum Tode verurteilt« haben. Ihr Vater zeigte sich aus Scham selbst an und wurde deportiert, ihre Mutter und Geschwister konnten in die Berge fliehen. Sie überlebten den Krieg und konvertierten zum Katholizismus. Di Porto wurde nach dem Krieg zu zwölf Jahren Haft verurteilt, profitierte aber bereits wenige Jahre später von einer Amnestie und tauchte unter. Sie soll vor ein paar Jahren verarmt gestorben sein.

Als in den vergangenen Jahren im Olympiastadion immer häufiger gehisste Fahnen und Transparente neofaschistischer Fußballfans auftauchten, beschloss ich, darüber zu schreiben. Wie immer sind die Handlung und die mitspielenden Personen frei erfunden. Die Geschehnisse orientieren sich aber an der Realität, und auch der historische Hintergrund ist wahr. Die Ausschreitungen in und vor dem Fußballstadion in Catania Anfang 2007, bei denen ein Polizist getötet wurde, haben auf erschreckende Weise die Aktualität der Romanhandlung bestätigt.

Interessierten Romreisenden sind folgende Gedenkstätten und Museen zu empfehlen: das »Museo Storico della Liberazione di Roma« in der Via Tasso 145 im Stadtteil San Giovanni, die »Casa della Memoria e della Storia« in der Via San Francesco di Sales 5 in Trastevere sowie das »Museo Ebraico di Roma« in der Synagoge, Lungotevere Cenci.

Danksagung

Für ihre Hilfe bedanke ich mich bei:
Anna Korda-Crean
Bice Milhau
Massimo Rendina
Dr. Frauke Wildvang
Dr. Ursula Fritz
Dr. Wolf Hempel

Andrea Isari

Römische Affären

Roman. 288 Seiten. Serie Piper

Am Tiberufer wird die Leiche des anscheinend unbescholtenen Bankinspektors Gianpiero Puccio gefunden. Vor seinem Tod hat er noch versucht, Kontakt mit der Polizei aufzunehmen. Warum mußte er sterben? Ein Fall für Leda Giallo, die liebenswerte und eigenwillige Kommissarin, die eine große Schwäche für kulinarische Genüsse hat und sich nicht um weibliche Gardemaße schert. Bei ihren Ermittlungen stößt sie in ein echtes Wespennest von kriminellen Machenschaften. Denn die Spuren laufen auf mehr als eine seltsame Verbindung zwischen der Banca di Credito und dem Vatikan zu … Ein atmosphärisch dichtes und spannendes Krimidebüt, das die Leser in die historischen Kulissen der Ewigen Stadt entführt.

05/1447/01/L

Christiane Martini

Venezianischer Mord

Carusos zweiter Fall. 176 Seiten. Serie Piper

In der schönen Lagunenstadt ist schon wieder ein Mord geschehen! Renaldo Bancini, letzter Spross der ältesten Schokoladenmanufaktur Venedigs, soll zu seiner Hochzeit das Jahrhunderte alte Schokoladenbuch mit geheimen Rezepten aus Familienbesitz erben. Doch während der Feierlichkeiten wird Renaldos Vater heimtückisch ermordet und das kostbare Buch gestohlen. Die venezianische Katzenbande um den charismatischen Kater Caruso ist in heller Aufregung, denn eine Katze hat den Mord beobachtet und ist der einzige Zeuge. Mit Carusos detektivischem Spürsinn suchen sie in den Gassen und alten Palästen Venedigs nach dem Mörder und geraten in ernsthafte Gefahr … Ein bezaubernder Roman über die Klugheit von Katzen – mit dem Flair der schönen Lagunenstadt.

05/1985/01/R

Drei Buchstaben – drei rätselhafte Tote

Ein weiterer Fall für die couragierte römische Kommissarin Leda Giallo: Der Anführer einer rechten Schlägertruppe, die im Fußballstadion regelmäßig für Randale sorgt, wird in einem Park tot aufgefunden, in den Sand ist ein Buchstabe gezeichnet. Noch während die Ermittlungen auf Hochtouren laufen, ereignet sich der nächste Mord: Der Eigentümer eines Immobilienimperiums wird tot in seinem Bett entdeckt. Wieder hat der Täter einen mysteriösen Hinweis deponiert. Und schließlich eine alte, vereinsamte Frau, die in ihrer Wohnung erstickt wurde. Die Spuren des Täters führen die eigenwillige Kommissarin weit in die Vergangenheit zurück…

SERIE PIPER

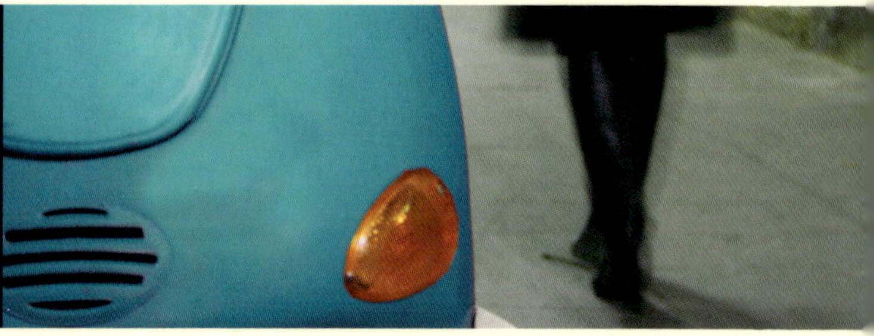

Originalausgabe

€ 7.95 [D]   € 8.20 [A]

9 783492 250931